AF537220

Peter Weingartner

Wurmstichig

edition 8

Peter Weingartner

Wurmstichig

Kriminalroman

Die Herausgabe dieses Buches wurde durch einen Beitrag der Gemeinde Triengen und des Regionalen Kulturförderfonds Sursee-Mittelland unterstützt.
Verlag und Autor danken herzlich.

kulturförderung
Region Sursee-Mittelland

Dies ist ein Roman mit Örtlichkeiten, die in ihrer Mehrzahl real existieren, was man von Personen und Handlungen überhaupt nicht behaupten kann.

Die edition 8 wird im Rahmen des Konzepts zur Verlagsförderung in der Schweiz vom Bundesamt für Kultur mit einem Förderbeitrag für die Jahre 2021–2025 unterstützt.

Besuchen Sie uns im Internet: Informationen zu unseren Büchern und AutorInnen sowie Rezensionen und Veranstaltungshinweise finden Sie unter www.edition8.ch

 Lektorat: Verena Stettler; Korrektorat: Henry Taylor; Typografie, Umschlag: Heinz Scheidegger. Umschlagbild: Menel Rachdi (er lebt als Maler & Illustrator im Luftschloss in Auswil/BE, www.menel.ch). Druck und Bindung: Beltz, Bad Langensalza.
Verlagsadresse: edition 8, Quellenstrasse 25, CH-8005 Zürich, Telefon +41/(0)44 271 80 22, info@edition8.ch

ISBN 978-3-85990-537-6

Es hat noch niemand acht gegeben auf die Verwandtschaft der Rachsucht mit der Gerechtigkeitsliebe.

Franz Grillparzer (1791 bis 1872)

Vergeltung ist eine Art wilder Gerechtigkeit.

Francis Bacon (1561 bis 1626)

Ich bin das, was ich scheine, und scheine das nicht, was ich bin, mir selbst ein unerklärlich Rätsel, bin ich entzweit mit meinem Ich.

E. T. A. Hoffmann (1776 bis 1822)

1

Über dem Venedig, einem Streifen Land in Sursees Norden, begrenzt von Autobahn, Wald und der Sure, dem Fluss, der dem Städtchen und dem Tal den Namen gibt, schwebt ein Roter Milan, erhaben, so erscheint es Melchior Kaufmann, dem ehemaligen Bauarbeiter. Der Mann steht auf der Bananenbrücke und beobachtet den Vogel, selbstvergessen, weniger der Mensch, mehr der Vogel, dem es vorzüglich gelingt, seine Gier zu kaschieren in einer Flugmanier, die bei den Menschen Neid aufkommen lassen kann. Am stärksten, so stellt sich der Rentner vor, muss das die Flugzeugbauer treffen, kränken würde sie ein solcher Anblick, wären sie Zeugen dieses Fluges, die Ingenieure.

Deren Erzeugnisse, so kommt es Kaufmann vor, mögen technische Wunderwerke sein, dem physikalischen Laien ein Rätsel, allein: Die Ästhetik des Flugs, dessen vollkommene Grazie, verkümmert im selben Masse wie die Flugmaschine an Masse und Spannweite und Fassungsvermögen zunimmt; zu keinem Schwingenschlag fähig ist eine Boeing 747, der Radius des Airbus 380, wenn er kreist und auf die Landeerlaubnis wartet, ein lächerliches Nichts verglichen mit der Agilität des Raubvogels. Am ehesten, so kommt es Kaufmann vor, nähert sich ein Segelflugzeug der Eleganz des Vogels. Und er bedauert seine Erdgebundenheit, tröstet sich mit dem Gedanken an die Freiheit des Geistes, die ihn im Kopf Reisen unternehmen und Welten erschaffen lässt. Sie gehören exklusiv ihm.

Wenn jeder Vogel eine Kondenswasserdampfspur hinter sich her zöge, hätten wir immerzu Nebel, denkt Melchior Kaufmann. Allein die Spatzen in der Hecke an der Weilenmattstrasse. Wenn Flugzeuge in gleichem Masse Nachwuchs generierten! Er blickt hoch. Sieht über dem Wald Spuren von Flugzeugen, weisse Streifen, die sich zu kreuzen scheinen und breiter werdend allmählich zerfallen – kein Widerspruch in höheren Sphären –, ihrer anfänglichen Kompaktheit verlustig gehen, zu Einzelwölkchen, wattebuschähnlichen Mikrozirren werden, bis sie sich vollständig aufgelöst haben. Über dem Venedig der Rote Milan. Der optimale Flug ist ein leiser, der ideale ein stummer. Keine verräterischen Flattergeräusche, das machen die plumpen Tauben in ihrer vergleichsweisen Grobschlacht; wenn Ton, dann der Reibung des Flugkörpers, der Federn, an der Luft geschuldet.

Während Melchior Kaufmann dem Verkehr auf der Autobahn Richtung Luzern zugewandt den Roten Milan verfolgt, blickt auf der anderen Brückenseite Margrit Röösli hinunter auf den beweglichen Tatzelwurm, die Nationalstrasse aus Richtung Basel, eine Ameisenstrasse, sässe sie im Flugzeug da oben, im Aufstieg aus Zürich-Kloten in westlicher Richtung.

»Ob der nach Amerika fliegt?«, fragt Margrit Röösli, als sie hochblickt, vom dumpfen Geräusch des Flugzeugs der Aufmerksamkeit für die Blechkäfer entrissen.

»Was meinst du?«, ertönt es von der anderen Seite der Brücke.

Die Frage hat Melchior aus seinem Sinnen gerissen.

»Die Richtung könnte stimmen«, sagt Margrit.

»Weil die Erde rund ist«, meint Melchior, »stimmt grundsätzlich jede Richtung. Alles eine Frage des Treibstoffvorrats und der Möglichkeit von Zwischenlandungen; die Wassermassen global sind doppelt so gross wie die Landmassen.«

Janosch, Margrit Rööslis Labradoodle, wird unruhig. Sein Blick durch die Metallstäbe des Brückengeländers ist ein beschränkter. Der Lärm, ein transkreatürliches Rauschen, keinem lebenden Wesen zuzuordnen, beleidigt sein Gehör. Seine Ameisen sind richtige Ameisen auf Erkundungstour zwischen Wald und Städtchen. Die Brücke eine Wüste, deren Länge der Ameisen Durst- und Hungerstrecke. Reisen zwischen Welten. Die beiden Menschen nutzen den Sonntagmorgen im April zu einem gemeinsamen Spaziergang. Janoschs Verbindung mit Margrit ist von grösserer Verbindlichkeit. Die Leine ist ihr Zeichen nach aussen, eines, das Melchior wichtig ist, denn als sich die Wege der beiden Menschen kreuzten, damals im Surseer Wald, ein paar hundert Meter weiter, hatte Melchior sich entsetzt über Margrits Gesetzesübertretung, trotz des Schildes »Hunde an der Leine führen« und dessen Strafandrohung im Kleingedruckten. Ein denkwürdiger Tag, als Janosch die Leiche einer Bewohnerin des Alterszentrum fand, ermordet, wie sich später herausstellte.

Wenn sie Janosch nicht an die Leine nähme, würde sich Kaufmann einem gemeinsamen Spaziergang verweigern. Er hat seine Prinzipien, dazu gehört ein Anweisungs- und Verbotsschilderglaube, den Röösli nie verstehen wird und als unerklärliche Obrigkeitsgläubigkeit eines ansonsten ausgeprägt freiheitsliebenden Menschen hinnimmt. Jene Begegnung im Wald, als der nicht angeleinte Janosch im Unterholz unter Astwerk und Laub eine tote Frau entdeckt hatte, kann als Beginn der Bekanntschaft von Witwer Kaufmann und Witwe Röösli bezeichnet werden.

Die Verkäuferin in Teilzeit im »Woll- und Modelädeli« und der pensionierte Bauarbeiter. Sie sind nicht Städtligespräch. Dafür sorgen andere Paarungen im

Surseer Gesellschaftskuchen. So habe sich die ehemalige Frau des einst honorablen Mörders ein ehemaliges Vorstandsmitglied des Fussballclubs Luzern geangelt. Wenns darauf ankommt, will niemand etwas Genaueres wissen. Das Hörensagen als Lehrmeister im Wahrheitsverdrehen. Der Mensch scheint nicht gerne allein zu sein. Auf Dauer wenigstens. Die Liaison der beiden Menschen, die sich nun vom Zenit der Bananenbrücke, die ihren Namen selbstredend ihrer Form verdankt, entfernen und dem Wald zustreben, angetrieben von einem Labradoodle, ist eine diskrete. Wenn man sie zusammen sieht, denkt ein aussenstehender Beobachter an ein zufälliges, unverbindliches Nebeneinandersein, das sich jederzeit auflösen kann. Auch hier, am Eingang zum Surseer Wald, wo ein Poller den Autos ein Weiterfahren verunmöglicht, würde es keine Joggerin überraschen, wenn Melchior den Weg in Richtung Mauensee einschlüge und Margrit geradeaus der Sure entlang sich Geuensee näherte.

Vom Städtchen her die Kirchenglocken. Könnte die Wandlung sein, denkt Kaufmann. Er ist kein Kirchgänger, eher Passivmitglied der Katholischen Kirchgemeinde, deren Einfluss beinahe stündlich abzunehmen scheint. Welt in der Welt, sagt sich Kaufmann. Sonntag und Werktag. Theorie und Praxis. Margrit besucht regelmässig die Messe am Samstagabend. Dass sie dabei auch die Kleider, die sie während der Arbeitszeit verkauft hat, am Fleisch sieht und begutachten kann, wie ihre damaligen Empfehlungen im Zwielicht des Hauptschiffes wirken, vor allem beim Kommunionsgang, wenn die Menschen Farbe bekennen und in ihrer ganzen Ausdehnung sichtbar werden, hat sie Melchior unter verlegenem Kichern, von dem sie nicht sicher ist, müsste sie das beichten oder nicht, das Kichern und/

oder das Beobachten, gestanden. Das potenzielle Delikt: Unandacht in der Andacht.

Melchior hat sie ausgelacht: Die Freiheit der Gedanken macht vor Kirchentüren nicht Halt, diese Zeiten seien vorbei, das wäre ja noch schöner, und er versteigt sich sogar so weit, dass er äussert, das Studium der Menschen sei gerade in der Kirche während eines Gottesdienstes die lohnenswerteste Beschäftigung von allen denkbaren, wobei Begräbnisse und Hochzeiten von besonderer Ergiebigkeit seien, wie er bei den wenigen Gelegenheiten – die letzte die Beerdigung seiner Frau – erkannt habe. Dabei sei der Blick auf die Kleider noch das wenigste; die Gesichter sagten weit mehr aus, und man könnte ein Quiz veranstalten über die verwandtschaftlichen Beziehungen, die Merkmale, die innerfamiliär dominant vererbt würden, die markante Nase, das fliehende Kinn, der schüttere Haarwuchs. Ja, und der Gang, die ganze Körperhaltung.

Die zunächst strafenden Blicke Margrit Rööslis prallten an ihm ab, und die Frau sah sich umgehend infiziert von Herrn Kaufmanns Schalk. Melchior schämte sich keineswegs, seine hellen Augen verbreiteten keine Schuldgefühle, wie er sie ihr in seiner Obrigkeitsgläubigkeit einzureden versuchte, wenn sie Janosch von der Leine löste. Unverschattet strömte kindliche Freude über vom Mann auf die Frau, die sich nun gerne anstecken liess.

Die beiden Fussgänger kreuzen Radfahrer. Man grüsst einander, nickt einander zu. Mit dem Erkennen ist das so eine Sache, eine eher einseitige: Der Helm verstellt die Gesichter, die nun alle in vergleichbarem Masse rund erscheinen. Charakteristika verschwinden unter dieser Kopfbedeckung. Nasen dominieren als Ventile des Kopfballs, Ballkopfs. Der Helm erdrückt das Besondere, nicht nur die Frisur. Dabei geht es nicht nur um die Haarfarbe; Kaufmann ist manchmal nicht einmal sicher, handelt es sich bei der nickenden Person um einen gut rasierten Mann oder eine Frau. Wenn sie ihn duzen, erschliesst sich ihm in der Stimme wohl das Geschlecht, nicht aber die Person, und seine Reaktion, ein ebenfalls duzendes »Salü«, ohne Überzeugung geäussert, da er die Person nicht erkannt hat, ärgert ihn dermassen, dass der Eierkopf auf zwei Rädern ihm mindestens eine Viertelstunde lang nicht aus dem Sinn geht.

Normalerweise ist Melchior allein unterwegs; der Sonntag ist die Ausnahme. Er mag es, ohne Begleitung in Bewegung zu sein. Da zeigt sich seine fundamentale Rücksichtslosigkeit, seine Ichbezogenheit, die er auch am Sonntag nur schwer ablegen kann. Wer nur auf sich Rücksicht nehmen muss, verlernt die Rücksichtnahme auf andere. Ein Satz, der, wäre er ihm nicht zu banal, Eingang fände in Kaufmanns Sammlung von Sentenzen. Denn der Mann ist durchaus zur Selbstreflexion fähig. Sein Tramp ist ihm heilig, es sei denn, es ist Sonntag. Da lässt er sich zu Anpassungsleistungen herab.

Wenn Janosch sein grosses Geschäft verrichtet, muss Melchior wegschauen. Er erträgt es nicht, zu sehen, wie der Hund mit Verstopfung kämpft, um sich blickt, als ob er sich genierte, die Sache ihm oberpeinlich wäre. Kurz: Der Mensch ignoriert den Hund, wie er auf seinen Märschen die Hofhunde ignoriert, die ihr Revier bellend abstecken und verteidigen. Gerade einen Hundehasser würde er sich nicht nennen, auch nicht Hundefeind, wohl aber, und das mit Überzeugung, Hundeunfreund.

Wenn er die Gebisse der grösseren Tiere anschaut –

der kleinen würde er im Falle eines Angriffs mit seinen Wanderschuhen, so stellt er sich vor, problemlos Herr –, staunt er über die Vertrauensseligkeit vieler Menschen, die für ihn die Grenze zur Verantwortungslosigkeit mehr als touchiert. Junge Mütter mit Kinderwagen und einem Kind, das knapp gehen kann, daneben, nicht auf gleicher Höhe, über dem Kind nämlich, ein Hundemonster, dem Melchior Gutmütigkeit zuschreiben möchte, wo er aber bloss tumbe Indifferenz sieht. Gleiches fällt ihm zu den Kühen ein. Warum lassen sie alles mit sich machen, ein Leben lang Milch produzieren, täglich gemolken werden ohne das wohlige Gefühl des Schwangerseins zu spüren – er ahnts vom Hörensagen, denn die Erfahrung war seiner Frau nicht vergönnt –, und worauf läuft ein solches Leben hinaus? Die finale Erfüllung der Bestimmung als Siedefleisch?

Verwandtes fällt ihm zu sich ein. Hat er sich je aufgelehnt gegen Anweisungen von oben, ob da Geri Keiser, der Oberbaumeister der Region, die Peitsche schwang oder der Stadtrat mit unsinnigen Regeln und Regulationen aufwartete, die Militärbehörde, die von ihm verlangte, zu einem nicht von ihm gewählten Zeitpunkt in vorgeschriebenem Tenue mit Sack und Pack und einer Tagesration Verpflegung einzurücken und jedes Jahr im August, zum letztmöglichen Termin, die ersten verdrängte er erfolgreich – Prokrastinator, als es den Begriff noch nicht gab –, das Obligatorische zu schiessen?

Wenn Janosch sein grosses Geschäft erledigt, bemüht sich Melchior Kaufmann um Ignoranz. Er erträgt nicht nur den Anblick nicht. Das hat er Margrit von allem Anfang an klargemacht: Dein Hund ist nicht mein Hund. Und er wird es nie im Leben sein. Nie wird er ihn bürsten, nie waschen, nie entwurmen, entzecken. Auch keine Gassigänge: Da ist ja die Beschäftigung mit dem grossen Geschäft unvermeidlich. Ihm graut vor solchen Tätigkeiten, wenn er nur daran denkt. Ich begleite dich beim Gassigehen, vorwiegend wochenends, aber damit hat es sich. Ich übernehme nicht, stehe höchstens bei. Der Sekundant. Offenen Mundes. Nie würde Melchior mit der Hand im roten Säcklein warme Hundekacke ergreifen und vom Boden entfernen. Es widersteht ihm zuzusehen, wie Margrit dies tut. Mit Todesverachtung, denkt Melchior. Er im Kampf mit dem Brechreiz, atmet bewusst durch den Mund, um seine Nase und die darin angelegten Sinnesnerven, die Geruchsrezeptoren, nicht zu aktivieren.

Dabei ist Janosch, der mittelalterliche Labradoodle, ein gutmütiger Tscholi, der manchmal halt muss. Er scheisst niemandem zuleide, nur sich und seiner Gesundheit zuliebe, das hält ihm Melchior zugute. Ein Tier wie ein Mensch. Das sagt sein Blick, den manche treu nennen, Melchior kommt er Mitleid heischend daher, schicksalsverloren mutet er ihn an, und der Mann könnte weich werden, wenn er länger und enger mit dem Hund zusammenlebte.

Das wird Melchior zu verhindern wissen. Er hat seine Prinzipien. Seinen Grundsätzen bleibt er treu. Gegenseitige Besuche, Fernsehabend, mal in ein Restaurant essen gehen – die Rente will in Umlauf kommen –, gelegentliches gemeinsames Übernachten, einmal hier, einmal dort, das muss ausreichen. Ein gemeinsames Frühstück weckt in ihm eine Angst, die Margrit spürt, ein Unwohlsein, dem einzig ein Gewaltmarsch ohne Begleitung, hinaus, hinaus, Abhilfe verschafft. Er will sich nie mehr vereinnahmen lassen, nicht mehr der Melchior sein, den man immer und überall anrufen kann, und er kommt, er springt, ein Anruf, seis vom Baugeschäft einst, vom Theaterverein, der ihn als Mädchen für alles verwendete, Kulissenbauer, Stühlestapler, Besenkönig, der ihn ausbeutete, so sieht er es heute, ohne dass er es bemerkt hätte, das nimmt er auf seine Kappe, er hätte sich wehren können. Nein, Melchior hat die Sturheit als Schritt in die Freiheit, als Voraussetzung für seine relative Unabhängigkeit entdeckt, und er nennt sie nicht Sturheit, vielmehr vorausschauende Konsequenz, denn manchmal bedauert er zutiefst, nicht schon früher darauf gekommen zu sein. Warum erinnert man sich nie an frühere Leben? Gibt es keine Abkürzung zur Altersweisheit?

Janoschs Ziehen an der Leine zwingt Margrit Röösli in Rücklage. Wenn Janosch ein Trüffelhund wäre? Melchior möchte einmal mit Hundesinnen ausgestattet durch den Wald streunen. So weit geht seine Empathie. Das Lebensgefühl der Eintagsfliege kennenlernen, von dem er annimmt, dass es sich dem menschlichen ähnlich ausnimmt, denn wenn er die Lebensdauer eines Steins mit der eines Menschen vergleicht, kommt die Eintagsfliege gewiss nicht zu kurz.

»Gehen wir da vorne rechts?«, fragt Margrit Röösli, als sie sich einer Kreuzung von Waldstrassen nähern, deren Waldausgänge sich nur mit wiederholter Ergehung langfristig im Kopf festsetzen, es sei denn, man wandert nach Karte, was hinwiederum das Risiko des Sich-Verlaufens minimiert, den Gänger und die Gängerin damit um eine Erfahrung bringend.

»Soll ich dir ein Steinpilzplätzchen zeigen?«, erwidert Melchior Kaufmann, der sich auf den Herbst freut.

»Ein richtiger Pilzler verrät doch seine Fundorte nicht; er hütet sein Wissen wie einen Schatz«, sagt Margrit in einem Versuch, ihren Begleiter etwas aufzuziehen.

»Dir verrate ich etwas, aber nur diesen einen Platz«,

sagt Melchior und denkt dabei, in Margrit werde ihm erstens mit Bestimmtheit keine Konkurrenz erwachsen, eher eine Hilfe – zwei Personen dürfen gemäss Vorschriften mehr Pilze nach Hause tragen als eine –, und zweitens, dass sie im Herbst, wenn sie, was er für sehr unwahrscheinlich hält, alleine auf die Pilzpirsch ginge, ohnehin nicht mehr wüsste, was er ihr im Frühling gezeigt hätte.

Es ist eine Prise Spott in Margrits Lächeln, aber auch etwas Genugtuung, als sie ihm ihr Okay zunickt, denn wer Pilzplätze verrät, und seis nur einen, beweist Vertrauen.

»Dann müssen wir hier quer gehen; nicht alle Steinpilze suchen die Nähe des Durchgangsverkehrs«, meint Melchior, indem er die Waldstrasse verlässt und zielstrebig vorausgeht, hinein in die Brombeerbüsche, die ihn die Beine heben lassen.

Es riecht nach Bärlauch in der Lichtung, die einst ein Sturm geschlagen hat und wo die Aufforstung erst in ein paar Jahren die Wunde schliessen wird, Bärlauch, Synonym für Frühling in den Wäldern zwischen Alpen und Mittelland, und Melchior meint, es sei in den letzten Jahren Mode geworden, die zarten Blätter zu sammeln, das sei ihm aufgefallen, worauf Margrit ergänzt, sie habe auf dem Samstagsmarkt auf dem Martiniplatz auch schon Pesto-Sauce aus Bärlauch vom Surseer Wald gesehen, abgefüllt in kleine Gläschen und zu Apothekerpreisen zu haben.

»Ich bin nicht so scharf darauf«, sagt Melchior und ergänzt im Tone eines Feinschmeckers, »ich mag Spaghetti lieber mit einer rahmig-sämigen Gorgonzola-Sauce, die dem Gericht Charakter verleiht: die Milde des Rahms, gepaart mit der Schärfe oder Rässheit, der Würze eben, des italienischen Käses. Mmh, das ist ein

Gedicht. Hab ich um Längen lieber als die klassische Bolognese.«

»Willst du mich mal bekochen?«, sagt Margrit und lacht ihren Begleiter an, in erwartungsschwangerer Vorfreude, während Janosch vorwärtsdrängt, als habe er eine Spur aufgenommen.

»Riecht der Hund einen Fuchs? Oder nur eine Katze?«, lenkt Melchior von der Frage ab, und Margrit mag nicht insistieren, sie weiss, er hat die Frage gehört, und sie weiss noch mehr: Männer wollen nicht unter Erwartungsdruck kommen, Männern soll man die Illusion lassen, sie würden frei entscheiden, und sie ist sicher, Melchior wird sich nicht lumpen lassen.

Hoppla! Margrit stolpert über eine Wurzel, kann sich gerade noch auffangen mit den Händen, die Leine aber hat sie losgelassen, für Janosch das Signal, seine Freiheit zu erproben, die Gelegenheit zu ergreifen, derweil Melchior flucht, als er den Hund zielstrebig in ein Unterholz aus jungen, dicht an dicht gesetzten Rottannen springen sieht, taub für Margrits Rufe, er solle sofort zurückkommen, aber sofort, sonst setze es was. Und Melchior? Dieser zugelaufene Zweibeiner hat Janosch eh nichts zu sagen. Und ein Gefluche, die Vorstufe des Schlagens, mag er nicht.

Melchior übersieht, was er im Normalfall nie übersieht, weil es in ihm den Spruch, das Zitat vom neuen Leben, das aus den Ruinen blüht – Schiller, Wilhelm Tell, er hats nachgeschlagen –, an die Gedankenoberfläche schwemmt: ein völlig verfaulter Baumstrunk, überwachsen mit verschiedenen Moosarten, einem zottigen Miesch, aber auch einem samtenen Moos, und darauf spriesst nicht nur ein junges Tännchen, nein, ein Ahörnchen strebt zur Sonne, zum Licht empor. Seinen Augen fehlt der weite Winkel, da er sich über Janosch ärgert, grausam nervt ihn die Tatsache, dass der Hund – das Wort Köter hielte er in diesem Augenblick für angepasster, doch er behält es für sich, will Margrit nicht brüskieren –, dass Janosch seinem Frauchen nicht gehorcht, sondern stracks davonrennt, und nicht einmal die Leine hat die Gnade, hängenzubleiben an einem Ast, sich zu verheddern an einem Brombeerstrauch, einer vorstehenden Wurzel. Die Zielstrebigkeit des Tieres verhindert, dass es sich selber fesselt, indem es schlendernd Stämme umkreist.

Melchior Kaufmann hat Ahnungen. Von der Ferse seines rechten Beins scheinen sie aufzusteigen, und sie verdichten sich dabei wie der Fersensporn in seinem Fuss, wo der Sehnenansatz verkalkt, zu einem Déjà-vu. Der schnüffelnde, eifrig grabende Hund. Der weiche, überwachsene Waldboden. Zwischendurch blickt Janosch auf und zurück zu seiner Herrin, wagt einen schüchternen Augenaufschlag in Melchiors Richtung. Was das bedeuten mag? Margrit und Melchior schauen einander an und beschleunigen ihren Schritt, einen storchigen Stelzschritt über Strünke, halbfaule Äste und Gestrüpp. Brombeerdornen lädieren Margrits Strümpfe, doch sie beklagt sich nicht. Ihren monetären Schaden wird der Mitarbeiterinnenrabatt im ›Woll- und Modelädeli‹ lindern.

Die Leiche ist besser versteckt worden als seinerzeit die Abgängige aus dem Alterszentrum. Das sieht Melchior Kaufmann auf den ersten Blick. Aber er sieht auch, dass Janosch nicht das einzige Wesen ist, das seiner Witterung gefolgt und fündig geworden ist. Ein übles Bild konstituiert sich vor den Augen der beiden Surseer Spaziergänger. Margrit Röösli muss sich abwenden, derweil Melchior sich einen Überblick zu verschaffen versucht, denn er möchte etwas zu sagen haben, wenn er der Polizei telefoniert. Und das wird er als verantwortungsbewusster Staatsbürger mit guten Beziehungen zur Luzerner Kriminalpolizei, zumindest zu einem ihrer Mitarbeiter, tun. Die Scharrspuren auf einer Fläche von rund vier Quadratmetern, Fleischspuren, Blutspuren, Reissspuren, kann Kaufmann nicht schlüssig deuten. Zunächst denkt er an eine unsachgemässe Entsorgung toter Tiere, bis ihm, als er neben einer Brombeerstaude etwas glitzern sieht, bewusst wird, dass da ein Mensch liegt: eine Armbanduhr, und daneben so etwas wie eine menschliche Hand, Frassspuren, angenagt, nicht abgenagt, und er erkennt weitere Extremitäten, bloss gelegte Füsse, Löcher in den Lederschuhen. Kopf nach unten, dessen Zustand konservierter?

»Sieht aus wie ein liegender Gekreuzigter«, sagt er, doch Margrit interessieren keine Details.

»Was machen wir jetzt?«, sagt sie, Tränen in den Augen, zitternd, einen starren Blick an Melchior gewendet und damit die Betrachtung dessen, was grösstenteils knapp unter der Erde, peripher auch darüber liegt, vermeidend. Janoschs Leine hält sie verkrampft in den Händen – man muss sich doch an etwas halten –, und sie versucht, ihren Hund wegzuziehen von dem, was ihn anzieht.

»Was machen wir jetzt?«, sagt sie noch einmal, und aus fernen Hirnregionen hört sie ein Teufelchen leise flüstern: Wenn du den Melchior willst, musst du ihn mit all seinen Eigenheiten nehmen, und dazu gehört sein unverschuldetes Talent für Leichenfunde, dabei fallen sie ihm, ungewollt von seiner Seite, vor die Augen, ohne aktives Bemühen. Auch wenn der Finder, aber das will sie nicht wahrhaben, objektiv gesehen, beim letzten wie bei diesem Mal ihr Janosch gewesen ist, aber mit dem redet ja kein Kriminalkommissar, dem wirft man ja nicht einmal einen Wurstzipfel zu. Einst wie heut.

Kaufmann erinnert die mutmassliche Lage der Leiche, wenns denn nur eine ist, an Leonardo da Vincis bekannte Zeichnung des vitruvianischen Menschen, diese populäre Proportionalitätsstudie im Kreis, und er sagt dies am Telefon dem diensthabenden Polizisten in der Kantonshauptstadt, der bei der Erwähnung Leonardos einen Augenblick lang denkt, er habe es mit einem Angeber zu tun und den Anrufer bittet, zur Sache zu kommen, worauf Melchior den vitruvianischen Menschen begräbt und betont sachlich vom toten Menschen im Surseer Wald spricht. Der diensthabende Polizist aktiviert den Einsatzwagen mit den Bergungs- und Beweissicherungsspezialisten samt Fotografen.

»Der Surseer Wald ist gross; wo genau, sagen Sie, haben Sie die Leiche gefunden?«, fragt Richard Müller; er hält die Stellung an diesem Sonntag; seine Hoffnung auf einen geruhsamen Nachmittag mit Fussball im Fernsehen haben sich damit zerschlagen.

»Kaufmann? Melchior Kaufmann haben Sie gesagt«, will Müller wissen, in dessen Kopf der Name mit etwas Verzögerung etwas angerührt hat, vage Erinnerungen.

»Ja, ja, wir sind uns auch schon über den Weg gelaufen«, sagt Melchior trocken.

»Melchior Kaufmann, der notorische Leichenfinder«, sagt Müller nun und denkt an ein Ohr und eine Nase, eingelegt in konservierender Flüssigkeit, vor einem guten Jahr, als die Luzerner Polizei sich plötzlich mit Fällen von Verstümmelungen konfrontiert sah. Eine Geschichte, die Kaufmann eine Vorladung bei der Polizei einbrachte.

Melchior ignoriert den letzten Satz des Polizisten und verweist nicht auf den Hund als Finder, der leider nicht selber telefonieren könne, verzichtet auf Hinweise von der Art, Janoschs Bellen werde von den Zweibeinern kaum je verstanden, abgesehen davon, dass man es als laut oder leise, sympathisch oder unsympathisch, kehlig hustenähnlich oder klar empfinden könne.

»Surseer Wald, Sie fahren über die Bananenbrücke, den Schlüssel für den Poller werden Sie dabei haben, dann geradeaus und die zweite Abzweigung rechts; ich erwarte Sie am Wegrand, oder soll ich Ihnen entgegenkommen?«, sagt Melchior Kaufmann, und als er merkt, dass Müller alles andere als ortskundig ist, sich beim Wort Bananenbrücke vielleicht weissnichtwas vorstellt, Dschungel und Schimpansen, erdreistet er sich, vorzuschlagen, den Fall doch Anselm Anderhub zu überlassen, der kenne sich wenigstens aus.

Ein Satz, den Müller erst als Vorwurf nimmt, Besserwisserei, Einmischung in eine Sache, die ihn gar nichts angehe. Dann aber versteht er, zu dessen Naturell es gehört, in jeder Angelegenheit das Positive zu sehen, den Hinweis als Chance, die seinen Nachmittag zu retten vermöchte. Er könnte doch versuchen, den Pikettdienst abzutauschen unter dem Hinweis, der Fall lande ja letztlich eh bei ihm, Anderhub, dem Lokaltorero, und im Bewusstsein, dass Reibungsverluste nie im Sinn einer speditiven Verbrechensaufklärung stünden, also nach Möglichkeit zu vermeiden seien, gibt er dem Anrufer aus dem Wald recht.

Mit seinem Anruf bei Anselm Anderhub in Sursee erwirkt er freilich einen grösseren Reibungsgewinn, eine wahre Reibungshausse, die ihn allerdings nichts angeht: Trudi, Anselms Angetraute, ist alles andere als begeistert, als Selmi, gestört beim Abräumen des Frühstückstisches an der Christoph-Meyer-Strasse, dem vorgeschlagenen Müller-Deal zustimmt. Nicht mit dem besten Gewissen, vielmehr mit echten Schuldgefühlen, doch das nützt der guten Trudi, die sich auf einen Sonntagnachmittag ohne ihren Herrn Gemahl einstellen muss, wenig.

»Das kommt davon, dass du diesen Leichenkönig kennst oder er dich«, sagt Trudi, die mitbekommen hat – der Lautsprecher garantiert auditive Transparenz im Hause Anderhub –, wer die Polizei informiert hat.

»Der Melchior hat damit nichts zu tun, abgesehen davon, dass er ein weiteres Mal eine Leiche gefunden hat. Da muss ich ihn in Schutz nehmen: Er hat sauber den Dienstweg beschritten, obwohl er, das gebe ich zu, meine Handynummer kennt«, entlastet Anselm seinen Beinahe-Kollegen mit dem Talent – oder sollte er besser karmisch bedingten Veranlagung sagen –, häufig als Erster in Leichennähe aufzutauchen.

Das ungute Gefühl, in einem Loyalitätskonflikt einmal mehr seinem Arbeitgeber nachgegeben zu haben, nagt an Anselm, als er seine berufsspezifischen Utensilien zusammensucht, Notizblock, Schreibzeug, Handy, Handschuhe. Er weiss, am besten schweigt er jetzt, denn jeder Rechtfertigungsversuch, ein krampfhaftes Klammern an Vernunftgründe, deren es in seinen Augen einige gibt – die Distanz, die Ortskenntnis, Zeitgewinn, im besten Fall die Personenkenntnis, das Vermeiden von Umwegen, von Wegen überhaupt, CO_2-Belastung durch Motorfahrzeuge, also durchaus Dinge von weltretterischer Relevanz –, all diese Argumente vermögen in solchen Augenblicken nicht zu verfangen, im Gegenteil, als billige Ausflüchte könnte Trudi sie nehmen, obwohl gerade der Hinweis auf ressourcenschonendes Wirtschaften bei seiner Gemahlin Chancen haben könnte: Es kommt nicht auf die Zahl der Argumente an, sondern auf deren Qualität.

»Ich komme so bald wie möglich zurück«, sagt er, als wolle er seine Frau beschwichtigen, bevor er sich nach kurzem Überlegen und einem mentalen Schwächeanfall statt für sein Fahrrad für das Auto entscheidet, sich einen Zeitgewinn einredet und im letzten Moment – der Schlüssel steckt bereits im Zündschloss – doch aufs Velo setzt und über zwei Kreisel und eine Fahrt durch das Surseer Industriegebiet und über die Bananenbrücke beim Surseer Wald ankommt, wo der Poller mitten auf dem Weg einen Radfahrer nicht stoppen kann.

Dass er den Tag kompensieren könnte, theoretisch, weiss Trudi. Sie kennt vor allem die Theorie, und trotz allem hat ihm seine Frau viel Erfolg gewünscht, ein Wort, das ihn rührt. Und beschämt. Dieses Quantum an Toleranz. Ob er so viel aufbrächte? Könnte er sich teilen, er würde es tun. Im Wissen, dass es dabei nicht bliebe und er sich mit jeder Abtrennung mehr verlöre. Vierteilen, Achtteilen. Ob er in diesem Zustand der Kriminalpolizei Luzern Gruppe Leib und Leben von Nutzen wäre?

Die Bergung der Leiche – es ist nur eine, was Melchior Kaufmann, der aufgrund der Leichenteile Schlimmeres befürchtet hat, ein Massengrab nämlich, etwas tröstet – ist eine aufwendige Angelegenheit. Die Staatsanwältin ist vor Ort. Immerhin hält sich das Aufsehen in Grenzen: der Arbeitsort der Spezialisten liegt nicht direkt am Weg, und neugierige Sonntagsspaziergängerinnen und Jogger werden am Strassenrand, wo das Polizeiauto und Anderhubs E-Bike mit einem neckischen Einkaufskörbchen auf dem Gepäckträger stehen, deutlich angewiesen, weiterzugehen, es gebe da nichts zu sehen, das für ihre Augen bestimmt sei. Verweise auf mögliche Bussen sind nicht nötig.

Immer deutlicher stellt sich heraus, dass der Mann – um einen solchen handelt es sich nämlich, nicht nur aufgrund der Kleidung mit Schuhen der Grösse 43, 44, schätzt Anderhub – einem Tötungsdelikt zum Opfer gefallen ist. Der Rumpf weist, als sie den Mann auf den Rücken drehen, viel Blut auf, eingetrocknet. Brustschuss oder Herzstich, was mutmasslich den Tod verursacht hat. Ob der Mann zuvor gefoltert worden ist, lässt sich beim ersten Augenschein nicht feststellen, wohl aber, dass sein Gesicht, die Wangen, mit einem Messer oder einem anderen scharfen Gegenstand malträtiert wurde. Anderhub glaubt, auf der linken Wange eingeritzt eine Eins lesen zu können.

»Da werden die Kollegen in Zürich einiges zu tun haben«, sagt Anselm Anderhub zum Fahrer des Wagens, der die Leiche noch heute ins Institut für Rechtsmedizin nach Zürich fahren wird.

Dabei geht es wohl weniger darum, welches Tier an welcher Stelle für Frassspuren verantwortlich ist, als um die Todesursache, die Todesumstände und vor allem um die Identität des Toten, denn die ist im Moment unklar, obwohl der Mann in einem dunkelblauen Anzug begraben wurde, der mit hoher Wahrscheinlichkeit Papiere enthält, es sei denn, die Täterschaft hätte eingegriffen. Ein weisses Hemd, eine blau gestreifte Krawatte. Ledergürtel. Anderhub stellt sich vor, er müsste eine Leiche in diesem Zustand identifizieren. Worauf würde er achten? Der Mann trägt einen Ehering, und die goldene Uhr, ein Exemplar einer Nobelmarke, haben die Spurensicherer bereits behändigt und in den Asservatenbeutel gesteckt.

Die Totenstarre erschwert es den Polizisten, die Leiche so zu bergen, dass die Spannweite der Arme der Innenraumbreite des Autos gerecht wird, ohne die Gliedmassen zu brechen. Mit leichten Wippbewegungen versuchen sie, die Steifheit aufzuweichen, die Arme wagenkompatibel zu machen. Schleifspuren deuten den Weg an, den der Täter mit seinem offenbar bereits toten Opfer genommen hat. Anderhub schätzt das Gewicht des Mannes auf gut achtzig Kilogramm; eine Aufgabe nur für einen Täter. Eine Frau, denkt er und weiss um die sexistische Schlagseite seines Gedankens, bräuchte eine Komplizin. Darf gerne auch ein Mann sein.

»Hier war im letzten Herbst ein Nest Steinpilze«, sagt Melchior Kaufmann, bemüht, in die Normalität zurückzukehren, zu Margrit Röösli, die sich bei der Knochen- und Fleischarbeit zusammen mit Janosch etwas entfernt hat und sich nun wieder zu Melchior und dem Surseer Polizisten gesellt.

»Hab gar nicht gewusst, dass du ein Pilzler bist«, sagt Anderhub.

»Nicht vergiftet; ich nehme nur, was ich mit Sicherheit kenne, Steinpilze eben, und Eierschwämme«, sagt Melchior und muss über seinen Startkalauer schmunzeln.

Eine Anspielung an frühere Leichenfunde des ehemaligen Bauarbeiters verbietet sich der Polizist.

»Hast du ihn gekannt?«, will Anselm von Melchior wissen.

»Du bist gut. In diesem Zustand.«

»Hätte ja sein können.«

»Hast du seine Augen gesehen?«

»Angeknabbert?«

»Da ist mir die Kremierung sympathischer.«

»Aber lieber nicht heute oder morgen.«

Von Asche allein lebt kein Tier, reizt es Anselm, Melchior entgegenzuhalten, doch er lässt es bleiben, denn die Vorstellung, von Säugetieren zerrissen und/oder von Kleinlebewesen in die Einzelteile zerlegt zu werden, Biodiversität in Ehren, aber solche Aussichten muntern ihn nicht auf. Die Frage, ob und wie die pilzlichen Myzelien die Berührung mit menschlichen Leichen verarbeiten, beschäftigt den Polizisten nur kurz, denn es gibt Arbeit.

Es gibt Dinge, die man tun muss, auch wenn man sie nicht tun sollte. Dem Vater keine Träne nachzuweinen, kann dazugehören. Auf dem Balkon meines Schlafzimmers hat ein Zitronenfalter mir zugewunken. Wer flattert, scheint immer zu winken. Man muss den Wink lesen können, auch wenn er nicht mit dem Zaunpfahl kommt.

2

Vereinzelte Gaffer sind nicht zu vermeiden. Sie mit Gewalt zu verscheuchen, wäre unangemessen. Unverhältnismässig, das ist der korrekte Ausdruck, von den Medien gerne verwendet, wenn die Polizei es nicht unterlässt, eine unbewilligte friedliche Demonstration aufzulösen mit Wasserwerfern oder Gummigeschossen.

Es sind die einsamen Menschen, die den Sonntag zu Tode wandern, so scheint es, und auch bei Paaren ist nicht immer Lebenslust zu lesen aus den Blicken. Rentner haben immer Sonntag. Die anderen, die Menschen im Erwerbsleben, mögen vielleicht den Montag verabscheuen. Das Wochenende macht den Pensionierten bewusst, dass sie wochentags mehrheitlich alleine wandeln, ohne Arbeit als Mittel der Zerstreuung. Der Erfüllung? Ein schmerzliches Bewusstsein? Einer wie Melchior Kaufmann zieht die Wochentage in der Regel vor, und auch wenn er meistens zielgerichtet unterwegs ist, gibt ihm das doch die Möglichkeit der freien Wegwahl bei jeder Abzweigung, was ihm gut tut: ein Gefühl von ungeheurer Freiheit. Es stünde ihm frei, zu gehen, immer weiter bis nach Bern oder ins Aargauische. Heute ist Sonntag.

Ein solcher Wald ist das Naherholungsgebiet der Gesundheitsbewussten. Da joggen sie, die ehemaligen Lehrerinnen und die Bürolisten mit Hang zum Spitzbauch, da schlurfen sie mehr, als dass sie rennten, mit schweren Beinen hieven sie ihr Übergewicht über die Schotterwege im Wald, wo die Bäume bei Sonnenschein mit Schatten aufwarten und das flache Gelände das Atmen erleichtert.

Sie halten sich brav zurück, die Gaffer, und Anselm Anderhub hat den Fotografen den Auftrag gegeben, die Hartnäckigsten, die Ausdauerndsten zu fotografieren, einer spontanen Eingebung folgend, der Vermutung nämlich, dass es für einen Täter nichts Befriedigenderes geben könne, als die Polizei rätselnd vor dem Ergebnis seiner Tat zu verfolgen. Heimlich in sich hinein lachend. Quizmaster im Spiel des Lebens und des Todes. Klischee, Anderhub ist sich dessen bewusst. Andererseits kein Kostenpunkt, die paar zusätzlichen Kilobytes auf der Speicherkarte, kein Argument für die Sparapostel nicht nur im Finanz-, auch im Justiz- und Polizeidepartement.

Von einem halbmorschen Baum, so vermutet Anderhub, klopft ein Specht. Die Krähen – hacken die wirklich Augen aus, allen Wesen, nur einander nicht? – sind stumm; ab und zu hört Anselm Amseln sich mit ihrem Warnruf in Sicherheit bringen; ein Eichelhäher spottet aus der Ferne, vermutlich von der anderen Seite der Sure her. Sonst herrscht eine moorige Stille im Surseer Wald, abseits von den für die Bewirtschaftung ausgebauten Hauptwegen. Man kann faule Pilze riechen. Ob es sich dabei, wie der Name nahelegen könnte, um den Fauligen Klumpfuss handelt, weiss er nicht. Der Polizist riecht Moder, Tod.

Nachdem die Fundstelle geräumt ist, die Leiche auf dem Weg nach Zürich, der mutmassliche Schleifweg von der Waldstrasse zum vorläufigen Grab in dunkler Walderde nach Spuren abgesucht – Trittspuren, Taschentuch, Kaugummipapier –, allerdings ohne einen eindeutigen Erfolg in Form eines Identitätshinweises oder eines klar zuzuordnenden Sohlenabdrucks zu zeigen, löst sich diese Sonntagsgesellschaft am frühen Nachmittag auf.

Melchior Kaufmann verspürt ein Hüngerchen, derweil Margrit Röösli unter dem Eindruck der Ereignisse im Wald der Appetit ziemlich vergangen ist. Sagt sie. Er erfährt auch auf dem stummen Weg zurück ins Städtchen keine Reanimation. Die Leine, an der Janosch zieht, als ob zu Hause noch eine Leiche wartete, dabei weiss sein Magen, dass es Zeit ist, gefüttert zu werden, die hat Frau Röösli doppelt um ihr Handgelenk gewickelt.

Anselm Anderhub besteigt sein Fahrrad. Jemand hat vier Tannzapfen in sein Körbchen gelegt; der Polizist nimmt sie mit, denkt: Die kann ich gebrauchen. Als Grillmeister. Den Poller beim Waldeingang haben seine Kollegen wieder aufgestellt, bemerkt er, und er denkt: Eine Leiche ist kein Notfall, bei dem jede Minute zählt. Leichen haben viel Zeit. Tote haben alle Zeit. Krematorium oder Erdbestattung. Vorteil Kremation.

Über die Bananenbrücke setzt der Polizist den Elektrohilfsmotor seines Fahrrads in Betrieb, und er macht einen kleinen Umweg, um aus der Confiserie mit Café beim Bahnhof eine kleine Süssigkeit mit nach Hause zu bringen. Eine Nussstange für sich, eine Crèmeschnitte und ein Vermicelles für Trudi. Versöhnerli? Nein, damit muss er bei Trudi nicht kommen. Wenn jemand nicht korrupt ist, dann seine Frau. Er ist schon aufgestiegen, da zögert der Polizist, erinnert sich an die Auslage: nur noch drei Nussstangen. Anderhub holt eine zweite Nussstange. Wer isst, hat mit dem Leben noch nicht abgeschlossen, denkt er. Wer einkauft, glaubt an die Zukunft. Anderhub kommt sich vor wie ein Werbetexter im Dienst einer Konsum-Konsum-über-alles-Ideologie.

Als er zu Hause ankommt, findet er die Haustüre abgeschlossen vor. Eigentlich nicht Trudis Art. Anselm will seinen Schlüsselbund aus dem Hosensack fingern. Da ist nichts, nur Taschentuch und Handy. Klar! Er hat nach dem Baden am Vorabend die Wäsche von allem Inhalt geleert, denn mit gewaschenen Banknoten möchte er nicht auf die Bank gehen und einen Umtausch beantragen. Die Münzen, der Schlüsselbund, der Autoschlüssel, der Memory-Stick für alle Fälle, Anselm weiss, wo all das liegt: im Schlafzimmer ausgebreitet auf seinem Nachttischchen. Wo steckt Trudi? Er klingelt. Keine Schritte. Klingelt Sturm. Keine Trudi, die sich, ein Schatten verriete sie, der Haustüre nähert. Was ist da los? Anselm ausgesperrt? Das hat sie noch nie gemacht. Er greift zum Handy.

»Ich konnte ja nicht wissen, dass der Einsatz bereits beendet ist; es ist auch schon vorgekommen, ja beinahe die Regel, dass du erst am Abend zurückgekehrt bist«, sagt Trudi am Telefon, der Ton, so Anselms Eindruck, die Schnittmenge von schnippisch und eingeschnappt. Schnappisch. Eingeschnippt.

»Heute ist nicht auch schon; es gibt im Moment nichts zu tun, bevor die Ergebnisse der forensischen Untersuchungen vorliegen. Ziemlich strube Geschichte, so wie der tote Mann aussieht. Schuss in die Brust. Wo bist du denn?«, will Anselm von seiner Frau wissen, die er auf dem Handy erreicht hat, was alles andere als selbstverständlich ist, denn Trudi gefällt sich zuweilen darin, das Handy auf lautlos zu stellen, trotzig, kommt es Selmi vor, weil sie hasst, was zu seinem Job gehört: immer und überall erreichbar sein.

»Ich sitze gemütlich in der milden Frühlingssonne vor einer Meringue mit Vanilleglace unterfüttert und einem Rahmberg oben drauf in der Gartenwirtschaft des Bürgisweyerbad, zusammen mit Annemarie und

Christoph, und geniesse einen herrlichen Sonntag«, sagt Trudi in ätzender Aufgeräumtheit.

Anselm muss sich fassen, herrlich, sagt sie, dämlich wär richtig, jetzt nur nicht aufregen, bloss cool bleiben, schlucken die Wut, verdrängen den Ärger.

»Du kannst ja auch kommen, mit dem Velo etwa anderthalb Stunden, hab ich mir sagen lassen, stimmts Christoph?«, fährt Trudi weiter, und Anselm muss sich zusammenreissen.

Die spinnt wohl, Bürgisweyerbad, beliebte Ausflugsbeiz zwischen Melchnau und Madiswil. Högeriges Bernbiet, wenn auch nicht weit von der Luzerner Grenze entfernt, Altbüron, Grossdietwil, vergegenwärtigt sich der Polizist die Luzerner Karte. Und kocht.

»Und ich möchte mir von dir sagen lassen, wie ich ohne Schlüssel in mein Haus komme«, sagt Anselm ziemlich angefressen.

»*Unser* Haus«, sagt Trudi, und Anselm hört im Hintergrund seine Schwägerin und den angeheirateten Schwager aus Willisau lachen, zumindest bildet er sich ein, dass sie die Situation fröhlich auskosten, wenngleich er ihnen keine Schadenfreude unterstellen will, eher eine unschuldige und nachvollziehbare Solidaritätsfreude mit Trudi, die sich nach seinem plötzlichen Abgang in den Surseer Wald nach dem Brunchfinale – und das ohne Abschiedskuss, eine Rarität im Anderhub'schen Eheleben – zu helfen gewusst hat und mit dem Auto ins Hinterland gefahren ist.

»Ich hab die Türe zur Waschküche unten offen gelassen, nicht, dass du durch ein Fenster einsteigen musst und am Ende als vermeintlicher Einsteigdieb dastehst, steckengeblieben im Fensterchen, strampelnd mit den Beinen, wenn möglich noch schreiend und am Ende von unseren Nachbarn entdeckt«, sagt nun Trudi, deren gute Laune über die Distanz von gut dreissig Kilometern so hörbar ist wie die perfide versteckte Anspielung auf seinen Umfang in der Mitte des Leibes.

Anselm atmet auf. Nicht, dass er es sich nicht im Garten hätte gemütlich machen können. Das Wetter stimmt nicht nur im Bürgisweyerbad; das Hochdruckgebiet erstreckt sich an diesem Sonntag im April über ganz Zentraleuropa. Doch die Mittel zur Löschung des Durstes befinden sich im Keller, und Durst hat er bekommen, obwohl er kaum ins Schwitzen geraten ist im Schatten des Surseer Waldes. Dies im Gegensatz zu den Männern, die den Toten ausgraben und ins Auto hieven mussten. Bei einem kühlen Bierchen und der Lektüre der Sonntagszeitung im Garten, Anselm Anderhubs Sonntagsritual bei Schönwetter, nähert sich sein Mütchen wieder der Normaltemperatur, und als Trudi knapp drei Stunden später gut gelaunt nach Hause kommt, macht ein Küsschen vollends wieder Gutwetter. Crèmeschnitte und Vermicelles? Die lassen sich auch morgen noch geniessen, denkt Trudi und stellt sie in den Kühlschrank, derweil Anselm seine erste Nussstange – vorab die Teighülle wäre diesbezüglich gefährdet – in voller Frische seinem Gaumen zuführt.

»Kennt man die tote Person?«, will Trudi wissen.

»Nein«, sagt Anselm, »aber es ist ein Mann diesmal.«

»Man könnte bald glauben, der Surseer Wald sei ein bevorzugter Friedhof für Mordopfer«, sagt Trudi.

»Friedwald sagt man dem, weisst du das nicht?«, sagt Anselm, und natürlich kennt seine Frau diese Einrichtung, die es auch in der Region gibt: Man mietet sozusagen einen Baum, der im Grundbuch verzeichnet ist – Art, Grösse, Standort kann man wählen –, und hat seinen Aschenplatz auf sicher, gegen einen stolzen Preis natürlich und mit klaren Nutzungsbedingungen, die beispielsweise eine Bepflanzung, wie sie auf Friedhöfen üblich ist, untersagen.

»Mordfriedwald Surseer Wald«, frotzelt Trudi.

»Nun übertreib mal nicht«, wirft Anselm ein, »alle zwei Jahre eine Leiche, Selbstmorde inbegriffen, wohl verstanden, ist vielleicht etwas über dem nationalen Schnitt für Wälder dieser Grösse, gerade die Selbstmorde finden halt häufig im Versteckten statt und erscheinen kaum in geografischen Statistiken, eher in soziologischen.«

Trudi weiss, was er meint: Die Häufung von Suiziden in der Landwirtschaft als Folge von Überschuldung, aber auch – das ist Anselms kaum beweisbare Annahme – als Folge einer zunehmenden Landwirtschaftsfeindlichkeit vorab in städtischen Agglomerationen. Bauern als Abzocker von Steuergeldern, Vergifter der Natur, Verdichter der Böden. Bauern nicht als Versorger des Landes mit Lebensmitteln, vielmehr als Sündenböcke für alles und jedes, und wenn die Neureichen ihre Hütte in der Nähe eines Schweinestalls aufstellen, muss, wie in der Agglomeration von Luzern passiert, nicht der Neuzuzüger weichen, nein, derjenige, der schon immer da war, darf wegen Geruchsimmissionen keine Schweine mehr halten. Recht und Gerechtigkeit – eine Diskrepanz, die Anselm bei seinem abgebrochenen Studium der Jurisprudenz, lang ists her, sauer aufgestossen ist. Dabei ist im nationalen Parlament kaum eine Lobby so stark vertreten wie die Bauernschaft.

»Natürlich kann die Autobahnnähe dieses Waldes zusätzlich zur Stadtnähe dazu beitragen, dass ein wildes Deponieren einer Leiche reizvoll erscheint: schnell da, schnell weg, aber von einem Hotspot im Mordgeschäft würde ich nicht reden«, sagt Anselm.

»Dem Image der Region ist das sicher nicht zuträglich.«

»Pah! Image! Warum wollen immer mehr Leute hier wohnen?«

»Du hast ja recht.«

»Und die Chance, dass der Tote nicht aus dem Ausland hierhergebracht wurde, ist gross«, sagt Anselm, denn er ahnt, da eröffnet sich eine Baustelle, die er zu beackern haben wird.

»Ich mache zum Nachtessen noch einen Salat«, sagt Trudi, und Anselm ist sehr einverstanden, denn nach der zweiten Nussstange empfiehlt ein kurzer Blick auf seinen Bauch, über den sich straff der Hemdenstoff legt, in Allianz mit dem Bild vom Waschküchenfenster dem Polizisten etwas Kalorienarmes, Gesundes, zumal er seine 10000 Schritte, die selbstverordnete Tagesmindestration, noch lange nicht erreicht hat, trotz den Pedalumdrehungen, die vermutlich auch zählen.

Als toleranter Mensch, vor allem sich selber gegenüber, lässt sich Anselm Anderhub deswegen nicht ins Bockshorn und schon gar nicht auf einen Vitaparcours jagen. Heute nicht einmal auf einen Spaziergang an den Sempachersee. Der Durchschnitt müsse stimmen, redet er sich zu, und da sehe es gar nicht übel aus. Und was, wenn er die Treppenstufen im Hauptquartier aufwärts doppelt zählte, was sein Schrittzähler auf dem Handy natürlich nicht macht?

Ein versöhnlicher Abend, traute Zweisamkeit im frühlingswarmen Garten. Zum Sonnenuntergang singt die Hausamsel vom Dachgiebel, und Anselm erkennt im Gesang eine Melodie, die ihm heute wie Hohn vorkommt: Es sind die ersten fünf Töne des Intros von ›Lazy Sunday Afternoon‹, einem Song, mit dem die Band namens ›Small Faces‹ vor über fünfzig

Jahren die Schweizer Hitparade eroberte. Als er beim letzten Mailcheck vor dem Bettgang den Titel googelt und sich das Lied unter Youtube zu Ohren führt, von A bis Z, die ganzen dreieinhalb Single-Minuten, staunt er nicht, dass es tatsächlich mit Vogelgezwitscher aufhört. Ein indirektes Geständnis: Ja, wir haben euch gelauscht und uns inspirieren lassen? Zu dieser späten Stunde aber schläft Anselms Amsel bereits, und den Hohn im Ton, den Spott über einen faulen Sonntagnachmittag, erträgt er mit einem Lächeln, ja Hoffnung gibt ihm seine Entdeckung, dass der nächste Sonntag für ihn ein bequemer sein werde, steht Kollege Müller doch in seiner Schuld. Es sei denn, der Fall, den er bereits als seinen Fall sieht, verlangte seine Mitarbeit.

Montagmorgen, Neunuhrsitzung im Hauptquartier zu Luzern. Leonardo, der neue Tote aus dem Surseer Wald, dominiert die Wochenstartzusammenkunft. Max Hunziker lobt Richard Müllers Geistesgegenwart. Da kann Anderhub die Augen verdrehen, wie er will.

»Wenn wir schon einen Mann vor Ort haben, sparen wir uns Fahrspesen, abgesehen davon, dass Zeit auch Geld ist«, sagt der Chef und bleibt unwidersprochen.

»Und umwelttechnisch eine saubere Sache«, meint Silvio Wagner und kann ein süffisantes Grinsen nur mit Mühe verbergen.

Gerade du musst das sagen, du, der du als Horwer mit dem Auto zur Arbeit und jeden Mittag nach Hause fährst, denkt Anderhub. Sein Schweigen bucht er für sich als innere Grösse ab. Sollen sie spotten; was ficht mich das an? Oder so. Auch Susanne Brechbühl schweigt und vermutet, was in Anselms Kopf abläuft. Was solls: Niemand möchte sich den Wochenstart versauen lassen. Das Kontingent an unbedachten Äusserungen hat Kollege Wagner ausgeschöpft. Einer für alle, alle für einen, zitiert Anderhub im Kopf den Wahlspruch der Eidgenossenschaft, am Bundeshaus verewigt, in lateinischer Sprache. Das erspart die Übersetzung in die vier Schweizer Landessprachen: Unus pro omnibus, omnes pro uno. Was einst keineswegs als Propagandaspruch für die UNO gedacht war.

Der Chef hat sich vorbereitet. Noch rennen ihm keine Journalisten die Bude ein; die Bergungsaktion gestern fand beinahe unter Ausschluss der Öffentlichkeit statt, ein paar Spaziergänger, eine Handvoll Joggerinnen, die denken, man werde wohl am nächsten Tag in der Zeitung lesen oder übers Lokalfernsehen erfahren, was da passiert ist. Die meisten setzten ihre Gänge fort, standen nicht oder bloss kurze Zeit zur Neugier, die sie zu Gaffern gemacht hätte. Hunziker projiziert die Bilder an die weisse Wand im Sitzungszimmer.

»Ihr könnt sie auch im Intranet abholen«, sagt er und schaut Anselm Anderhub an, der selbstverständlich die operative Federführung an der Surseer Front übernimmt.

Eine Art Brainstorming, im Vertrauen darauf, dass die Bilder ihre Wirkung tun, je breiter, desto besser, frei nach dem Motto: Zehn Augen sehen mehr als zwei. Und Bilder lösen Erinnerungen aus, erwirken unwillkürlich Assoziationen. Andrea Zurfluh, die persönliche Mitarbeiterin des Chefs, macht Notizen zu den Äusserungen der Anwesenden zu den Bildern, Übersichten und Detailaufnahmen, auch solche vom Kopf.

»Nicht schon wieder eine kultische Bestattung wie bei der Kastelenleiche«, ruft Silvio Wagner aus, in Anspielung an eine junge Frau, die im Luzerner Hinterland, sitzend in einer Waldgruft am Fuss der Kastelen, gefunden worden war.

»Kreuzigung ohne Kreuz und Nägel«, sagt Brechbühl.

»Sieht aus wie eine Hinrichtung; riecht nach Mafia«, sagt Hunziker.

»Da sind irgendwelche Zeichen auf den Wangen«, sagt Müller, »machs etwas grösser.«

Tatsächlich: Zwar ist das Gesicht ziemlich verschmutzt, vermutlich wurde der Mann über den Waldboden geschleift, doch auf der rechten Backe des Opfers sind Ritzungen festzustellen, auf der linken, die stärker verschmiert ist, vermuten die Ermittler Ähnliches.

»Wie alt schätzt ihr den Mann?«, fragt Hunziker.

»Plus minus fünfzig«, sagt Anderhub, der Einzige in der Gruppe, der den Toten live sozusagen gesehen hat, »aber das kann täuschen, der Dreck, die ersten Spuren des Abbaus.«

Von Frassspuren spricht er nicht; die haben auch die anderen festgestellt, und sie schweigen dazu.

»Ich hätte ihn tiefer begraben«, sagt Brechbühl.

»Fichten sind Flachwurzler«, meint Richard Müller.

»Vermutlich sind im Ehering vielleicht sogar Namen oder mindestens Initialen eingraviert«, sagt Brechbühl, deren Scheidung erst vier Jahre zurückliegt.

»Wann sind erste Resultate der Rechtsmediziner aus Zürich zu erwarten?«, will Anderhub wissen; er denkt an Fotos mit gewaschenem Gesicht, in erster Linie aber auf Hinweise auf die Identität, eine Schlüsselinformation, ein Startpunkt, denn erst die Kenntnis der Identität ermöglicht den Ermittlern ein zielgerichtetes Vorgehen.

»Sobald sie etwas herausgefunden haben, und das sollte bald der Fall sein«, erklärt Hunziker.

»Das ist Theater, eine inszenierte Geschichte, nicht bloss die Entsorgung einer Leiche«, vermutet Susanne Brechbühl, »und die Täterschaft spielt damit, wenn ihr mich fragt, dass wir das auch so kommunizieren, zu welchem Zweck auch immer.«

»Was sollte denn der Zweck sein? Das ist doch ein gewaltiges Risiko«, wirft Silvio Wagner ein.

»Wer würde sich die Mühe machen, die Leiche sozusagen zu drapieren, wenn es bloss darum ginge, sie verschwinden zu lassen? Das könnte die Täterschaft einfacher haben, indem man sie einfach verlocht, und zwar tief, oder verbrennt oder sie in einem Säurebad sich auflösen lässt«, insistiert die Neo-Luzernerin, deren Dialekt sie auch nach mehr als vier Jahren noch als Bernerin herausstellt.

»Hätte haben können«, sagt Anderhub.

»Was sagst du?«, fragt Brechbühl.

»Nichts«, sagt Anderhub und schüttelt den Kopf, »aber ich kann deiner Argumentation folgen. Da steckt eine Botschaft drin. Die Täterschaft will uns etwas sagen.«

»Uns oder jemand anderem«, sagt Brechbühl.

»Und.«

»Hä?«

»Uns oder – Schrägstrich – und jemand anderem«, sagt Anderhub und ergänzt, dass die Feststellung der Identität der Schlüssel zur Gruppe der anderen sei; vielleicht seis auch eine Einzelperson, die freilich eine kräftige sein müsste, denn der Mann, obwohl von sportlicher Statur, wiege sicher zwischen siebzig und achtzig Kilogramm.

Das muntere Fantasieren erweist sich erwartungsgemäss nicht als direkter Weg zu einer Lösung, trägt aber gerade durch die fehlende Zielgerichtetheit dazu bei, sich nicht vorschnell auf eine Theorie festzulegen, von der loszukommen schwierig werden könnte, sobald sie sich verfestigt, wie die Erfahrung immer wieder zeigt.

Auch wenn es schwierig ist, die Idee einer wertfreien und nicht zu bewertenden Sammlung von Beobachtungen und Gedanken konsequent durchzuhalten.

»Vielleicht ist das Ganze eine reine Verarschung«, wirft Wagner ein, »vielleicht will uns jemand einfach beschäftigen und dadurch Zeit gewinnen, um die echten, die reellen Spuren zu verwischen, während wir uns irrwitzige Hypothesen um die Ohren schlagen.«

»Auch das ist möglich«, meint Max Hunziker.

»Was lässt sich über die Lage bezüglich der Himmelsrichtungen sagen?«, nimmt Susanne Brechbühl ihren Faden wieder auf und spinnt ihn weiter.

Das nun lässt sich auf den Fotos nicht feststellen, und so ist Anselm Anderhub gefragt, der die Stelle kennt, allerdings weder einen Kompass dabei hatte noch stets eine Windrose im Kopf mitträgt, schliesslich ist er weder Vermesser, noch Geometer noch Orientierungsläufer.

»Ich schätze grob, der Kopf lag Richtung Westen, also Richtung Mauensee, die Füsse damit logischerweise Richtung Osten«, sagt Anselm.

»Eine Windrose! Der Mann bildet eine Windrose!«, ruft Susanne Brechbühl aus.

»Und? Das kann reiner Zufall sein. Glaubt ihr, der Mörder wandere mit einer Leiche auf dem Buckel und einem Kompass in der Hand durch den Wald«, sagt Wagner und verweist darauf, dass Leichenentsorgungen der illegalen Art in der Regel unter beträchtlichem Zeitdruck erfolgen, besonders wenn die für den Tod verantwortliche Person in Personalunion auch noch für das Verschwindenlassen zuständig ist und riskiert, bei der Arbeit gestört zu werden.

Anselm Anderhub erduldet diese Brainstormings mehr, als dass er sie schätzt. Vor allem, wenn dann plötzlich, wie eben, nicht mehr neutral quasi spintisiert, den Gedanken assoziativ ihr Lauf gelassen wird, sondern wenn Wertungen einfliessen, hält er den Zeitpunkt für gekommen, das Experiment abzuschliessen. Oder, als Spielernatur, als die er sich sieht, dasselbe ad absurdum zu führen, auf dass auch andere im Team merken, dass es Zeit wäre, abzubrechen.

»Denkbar ist wie bei jedem Todesfall auch ein Selbstmord«, äussert er in vollem Ernst.

»Hat man eine Tatwaffe gefunden?«, fragt Richard Müller, uneingedenk der Spielregeln: sammeln, aufnehmen, was kommt, nicht bewerten; stehenlassen, nicht hinterfragen.

»Ich denke an einen, wie soll ich sagen, begleiteten Freitod, einen assistierten Suizid, wenn ihr das besser versteht«, führt Anderhub aus, »nicht mittels Natrium Pentobarbital, sondern mit Plumbum.«

»Plumbum?«, fragt Wagner.

»Klingt gut, vor allem bum im Zusammenhang mit einem Schuss in die Brust, klingt wirklich einschlägig«, sagt Anderhub und blickt in fragende Augen, was in ihm das Erklärungsbedürfnis zum Leben erweckt.

Nur Hunziker erinnert sich an das Periodensystem aus dem Chemieunterricht, Pb, aber der Boss schweigt.

»Blei, oder was immer der Lauf der Tatwaffe enthalten haben mag«, spricht Anderhub weiter, »ein Exitus brachialis sozusagen, wie ihn Gunther Sachs, der Playboy des letzten Jahrhunderts, vorexerziert hat, Kopfschuss, wenn ich mich richtig erinnere, nachdem er die Diagnose Demenz, Alzheimer erhalten hatte.«

Da schauen ihn aber Gesichter an! Hunziker ist der reiche Jetset-Sachs noch ein Begriff, der mit den Schönen seiner Zeit von der persischen Ex-Kaiserin Soraya bis zu Brigitte Bardot geturtelt hat.

»Ja, Sachs, aus der Töffli-Dynastie, Silvio, sagt dir die Marke Sachs nichts?«, plaudert Anderhub weiter, »Erbe, nicht Erfinder, nicht Konstrukteur, Mechaniker.«

Was fantasiert da der Senior wieder, fragen die anderen Gesichter, jede Runzel ein niedergestreckt daliegendes Fragezeichen. Die Blicke verraten erhebliche Zweifel am Geisteszustand ihres geschätzten Kollegen, der seine Rolle mit einer Ernsthaftigkeit im Argumentieren so überzeugend spielt, dass Max Hunziker sich zum Eingreifen gezwungen sieht.

»Stopp!«, sagt er. »Wir brechen hier ab. Andrea wird so gut sein, die Ergebnisse unserer Übung als loses Stichwortprotokoll zusammenzufassen und allen zukommen zu lassen. Die Erfahrung zeigt, dass ein Blick darauf, gerade wenn man denkt, nicht weiterzukommen, die Augen öffnen und auf alternative Möglichkeiten weiten kann. In diesem Sinne ermuntere ich euch und mich, offen zu bleiben, und ich bin sicher, die Wahrheit sieht noch einmal ganz anders aus. Das kennen wir ja, nicht?«

Anselm muss lächeln über den pastoralen Ton, den der Chef angeschlagen hat. Zeit für einen Kaffee. Die Versammlung löst sich auf. Hunziker bereitet sich auf eine erste Pressemitteilung vor, berät sich mit dem Informationsbeauftragten und Mediensprecher Roman Stübi. Das Übliche halt. Nicht zu viele Details. Bitte um Mithilfe. Das Pflichtprogramm; die Polizei steht stets unter kritischer Beobachtung. Dass die Meldung neugierig machen wird, ist Max Hunziker klar, Mordopfer im Surseer Wald gefunden, nicht alltäglich, auch wenn er damit seine liebe Mühe hat, da sie die Ermittlungen, so seine Erfahrung, in den meisten Fällen mehr behindert als fördert.

Hunziker hat sich mit Anderhub in dessen Büro über Melchior Kaufmann unterhalten, den Mann, der nicht zum ersten Mal bei der Entdeckung einer Leiche zugegen war. Ob er sich damit nicht verdächtig mache, will der Chef wissen. So viele Zufälle. Als Anderhub ihm versichert, für Kaufmann würde er die Hand ins Feuer legen, ob Grill oder Cheminée, trifft der erste Teil des Untersuchungsberichts aus Zürich in Luzern ein. Die Identität des Toten gemäss seinen Papieren ist geklärt. Ein Hubert Soltermann. Zudem hat man seine DNA abgezapft und sich mit einem Telefonanruf bei der mutmasslichen Witwe kundig gemacht, ob ihr Mann abgängig sei. Er sei, seit einigen Tagen. Die Kollegen aus Zürich geben den Auftrag für die Detailabklärungen, die zur kriminalistischen Lösung des Falles beitragen, an die Kriminalpolizei Luzern zurück und stellen die Ergebnisse der Untersuchung der Todesursache und weiterer Einzelheiten auf den Nachmittag in Aussicht. In der Wohnung des Toten gilt es zunächst einmal, die DNA zu verifizieren.

»Es gibt Arbeit«, ruft Hunziker Anderhub zu, bei dem das Wort »abgängig« einen eher bitteren Abgang verursacht hat, hat er doch das Bild eines entlaufenen Hundes vor Augen.

Wer abhaut, ist abgängig. Wer nicht innerhalb zu erwartender Frist zurückkehrt, ist es. Zu unterscheiden sind die freiwillige und die unfreiwillige Abgängigkeit. Wer verschollen geht, ist abgängig. Anselm Anderhubs finale Konklusion: Nicht jede Person, die abgängig ist, muss zwingend vermisst werden. Solches geht ihm durch den Kopf, während er auf seinem Handy herumtippt.

»Hubert Soltermann-Meyer, der CEO der Meyer und Partner Immobilien und Treuhand AG mit Hauptsitz in Sursee«, ruft Anselm zurück. Er hat bereits den Namen gegoogelt.

»Kennst du ihn?«, will Hunziker wissen.

Eine Frage, die Anderhub leicht verärgert, ist sie in seinen Augen doch Ausdruck der Erwartung, Sursee sei ein Dorf, nein, ein Kaff, in dem jeder jeden kennt. Eine Erwartung, die auch in einem Dorf wie Büron oder Nottwil nicht zu erfüllen ist. Ein Zeichen für die wasserköpfliche Ignoranz der Städter und Agglomerationisten, wo Anonymität für Weltläufigkeit und das Gegenteil, die Überschaubarkeit, wo jeder jeden kennt, für Hinterwäldlertum stehen. Anselm lässt sich sein Unverständnis nicht anmerken.

»Nein, aber ich weiss, wo die Firma ihr Büro hat«, gibt er sachlichtrocken zurück.

Da meldet sich Roman Stübi, die ›Luzerner Zeitung‹ will etwas gehört haben von einem Mordfall im Surseer Wald, eine Leserin habe sich bei ihnen gemeldet und reklamiert, wieso noch nichts online darüber zu erfahren sei.

»Nimmst du Susanne mit?«, fragt der Chef noch, bevor er sich mit dem Medienverantwortlichen berät, und in seinem Kopf beginnt eine Wut zu brodeln auf die Ungeduld der Jetztzeit, einen Zeitgeist, in dessen Bann die Menschen immer und sofort alles wissen wollen und sogar glauben, ein Recht darauf zu haben.

Anselm nickt. Er hat verstanden. Ein Interview mit der Witwe steht an, und mit Susanne Brechbühl an seiner Seite fühlt er sich wohl. Das AB-Team der Gruppe Leib und Leben. Die SOKO Leonardo, so nennt Anderhub das Duo, der vitruvianische Mensch da Vincis als Inspiration. Das Duo hat sich mit dem Tod des Hubert Soltermann-Meyer zu befassen.

Anderhub schickt die Spurensicherer nach Sursee,

DNA-Abgleich, kündigt deren Besuch rasch telefonisch an, nicht ohne zu ergänzen, er selber komme auch vorbei am Nachmittag. Die Witwe macht im kurzen Gespräch einen gefassten Eindruck, was ihn leicht irritiert, da er anderes gewohnt ist und eine aufgelöste Frauenstimme erwartet hat; vermutlich haben die Zürcher der Frau kein Foto geschickt. Abgängig. Überfällig. Abfällig übergängig. Obergärig. Grauslich. Der mutmassliche Todeszeitpunkt steht auch noch aus. Anderhub vergegenwärtigt sich die Situation von gestern Vormittag. Der Hund wird den Toten gerochen haben, der schon. Lange hat Soltermann-Meyer nicht im Wald gelegen. Aber unter Tieren sprechen sich gewisse Düfte und Nahrungsquellen schnell herum, und ohne Janoschs frühe Leinenflucht hätte der Leichnam in Kürze bis zur Unkenntlichkeit verstümmelt aussehen können, was zwar die Identifizierung nicht verunmöglicht hätte.

»Warten wir weitere Informationen ab«, sagt Anselm zu Susanne, »damit wir nicht mit leeren Händen kommen.«

»Von mir aus könnt ihr in den Mittag gehen«, sagt Hunziker, und er verspricht, sie sofort zu informieren, sollte Zürich Material liefern, »Handy auf laut schalten, Anselm!«

Der hat verstanden, versteht die Anspielung auf vergangene Unterlassungen, stellt unverzüglich vom Vibrier- auf den Tonmodus um. Während Susanne Brechbühl ihr mitgebrachtes Müesli aus dem Kühlschrank holt, meldet Anderhub sich kurz vor elf Uhr ab. Sein ritueller Mittagsmarsch führt ihn an die Reuss und hinüber in die Altstadt, nach der Brücke die Rathaustreppe hoch und dann rechts zum Schwanenplatz, wo er die Strasse überquert und den Weg in Richtung

Verkehrshaus unter die Füsse nimmt, vor der Hofkirche aber brüsk abbiegt und dem Löwendenkmal zustrebt.

Es ist ein annähernd planloses Gehen, das der Polizist da praktiziert; die Intuition bestimmt, wohin es geht, und im Löwencenter, wo er nach einem Augenschein beim sterbenden Löwen landet, ergattert er sich einen Platz an einem Zweiertischchen. Bündner Pizokel mit Bio-Lattich und Röstzwiebeln und knackigem Marktsalat? Wenn die Zwiebeln nicht wären, denkt Anselm und bestellt Nasi Goreng mit knusprigem Kroepoek. Er mags asiatisch, auch wenn die Krabbenchips eventuell Spuren von Zwiebeln enthalten könnten. Heutzutage kann alles alles enthalten, denkt Anselm, wenn er sich wieder einmal Inhaltsstoffe zu Gemüte führt, im Feierabendbierchen Johannisbrotmehl. Was solls: Wenn Zwiebeln, dann wenigstens unsichtbar und ohne Beissen zu verschlucken.

Das Telefon aus der Zentrale erreicht ihn um zehn vor zwölf; die komischen Blicke von den Nebentischen stören ihn mässig. Kurz darauf erhält er ein Mail mit dem angehängten Bericht.

»Sag Susanne, sie solle sich, das heisst uns, bei Frau Soltermann auf halb zwei, zwei anmelden; ich bin in einer halben Stunde im Büro«, sagt Anderhub der Sekretärin.

»Aye, Aye, Chef«, quittiert Andrea Zurfluh, die vor zwei Wochen erst aus dem Mutterschaftsurlaub zurück an die Arbeit gekommen ist, in einem Vierzig-Prozent-Pensum, also zwei Tage pro Woche, und wünscht weiterhin einen guten Appetit, denn ihren Ohren ist nicht entgangen, dass Anselm mit halbvollem Mund spricht, besonders die Häufung der Zischlaute in seinem Votum haben ihn als aktiven Kauer verraten.

Klar ist die Todesursache. Der Soltermann-Meyer starb an einem Schuss in die Brust, 7,65 Millimeter Browning das Kaliber, die Verletzungen, das Herz, sofort letal. Hinrichtung? Dann müsste der Mann gefesselt worden sein und an den Handgelenken Spuren von Seilen aufweisen. Was nicht der Fall ist. Duell wie einst, High Noon?

Anderhub nimmt bewusst die Krabbenchipsresten in seinem Gaumen und zwischen den Zähnen wahr beim Gedanken an die potenziellen letzten Gedanken des Mannes, der ohne Henkersmahlzeit auf seine Exekution wartet. Die Bilder aus Kriegsfilmen. Die Unausweichlichkeit des Todes, auf die nur hoffen kann, wer als Alternative Folter, Höllenqualen befürchten muss. Und immer wieder die Hexenbilder.

Noch nicht zu klären vermochten die Forensiker die Frage, ob die Ritzungen in die Wangen des Toten vor oder nach dem Tod des Mannes appliziert worden sind. Und das ist das Rätsel. Ein Rebus, Bilderrätsel? Auf seiner rechten ein senkrechter Strich, den man als Eins deuten könnte, eine angelsächsische Eins ohne Anstrich, und auf der linken ist deutlich eine Vier zu sehen, vermutlich mit einer Rasierklinge eingeritzt. Und zwar eine geschlossene Vier, das heisst ein Kreuz, dessen linker Schenkel mit dem oberen verbunden ist. Anderhub vermutet stark, dass der Täter oder die Täterin sich erst nach dem Schuss mit den Backen des Soltermann-Meyer befasst hat. Sonst hätte er ihn ja irgendwie ruhigstellen müssen. Ebenfalls für die Ritzarbeit nach dem Schuss spricht die Überzeugung Anderhubs, dass es dem Täter um die Lesbarkeit gegangen sein muss.

»Ein Psychopath, wie mir scheint«, sagt Max Hunziker, der sonst mit Urteilen zurückhaltend ist, »ein

Perversling. Was hältst du von diesen Einritzungen, Anselm?«

»Vierzehn«, sagt Anderhub.

»Vierzehn«, sagt Hunziker.

»Soll ich mal im Internet recherchieren, wofür die 14 steht«, bietet Susanne Brechbühl ihre Dienste an.

»Aber nicht, dass du am Ende abhebst und dich in reiner Feinstofflichkeit auflöst; wir brauchen dich noch«, sagt Hunziker, der weiss, dass die Zahlenmagie in der Esoterik Bibliotheken füllt.

»Keine Angst; ich bin gut geerdet«, sagt Susanne und verschwindet an ihren Arbeitsplatz.

»Vierzehn sagt mir etwas«, sagt Anselm Anderhub, und Hunzikers erstaunter Blick ermuntert ihn, »Johan Cruyff trug die Nummer 14, der Ajax-Amsterdam-Fussballer, oder Nedomansky, der Tschechoslowakische Eishockeyspieler, aber das ist lange her.«

»Wieso weisst du das?«, will Hunziker wissen.

»Unnützes Wissen, Max, das sich ablagert über die Jahre, nicht loszuwerden, aber vielleicht steckt hinter den beiden Ziffern ja etwas ganz Simples, Profanes«, meint Anselm und lobt den Täter für seine Mitteilungsfreudigkeit, keineswegs selbstverständlich, dass Täter ihren Verfolgern Tipps gäben; das sei doch ihre Chance: »Der will uns etwas sagen, wartet vielleicht nur darauf, dass wir ihn erwischen, auf jeden Fall ist er ein Spielertyp, was ihn mir fast sympathisch macht.«

»Oho!«, tut der Chef, als ob er sich entsetzte.

»Nicht zuletzt, weil ich aus eigener Erfahrung weiss, dass jeder Spieler Fehler macht«, beruhigt Anselm, und er denkt an die Rummy-Partien, die er regelmässig mit Trudi, seiner Frau, spielt und wo er es ist, der dabei der talentiertere Fehlermacher ist, obwohl dieses Spiel ihm eigentlich entgegenkommen müsste, geht es doch darum, mit Möglichkeiten elastisch umzugehen: Welche Kombinationen lassen mich die meisten Zahlen loswerden?

Die Polizisten erinnern sich an die Verbrechen, die auf das Konto der Roten Armee Fraktion gingen. Wurde Soltermann-Meyer Opfer eines politischen Verbrechens? Immobilienhändler haben nicht überall den besten Ruf, gelten als Profiteure eines von weiten Kreisen als ungerecht empfundenen Systems, das Grundbesitzer privilegiert. Es gibt Treuhänder, die sich als Veruntreuhänder profilieren, wie ab und an der Gerichtsberichterstattung der Zeitungen zu entnehmen ist.

Sogar Anderhub verdrängt das Faktum, dass er um ein Vielfaches günstiger lebt als jeder Mieter einer Zweizimmerwohnung in Sursee. Mit Garten und dem Recht, da einen Nagel einzuschlagen, wo er will. Aber solange Mieter, Städte vielleicht ausgenommen, bei der Gesetzgebung in den Parlamenten, vorab den nationalen, praktisch aussenvor stehen, ändert sich nichts. Zumal viele Mieter selber von Grundeigentum träumen, irgendeinmal.

Anselms in regelmässigen Abständen auftretender klassenkämpferischer Anfall. Er geht vorbei, er weiss es. Es ist die Suche nach Tatmotiven, die ihn auch in die historische Ferne schweifen lässt in der Hoffnung, es ergebe sich ein Anknüpfungspunkt im Meer der Millionen Möglichkeiten. Leonardo. Oder der Gekreuzigte. Was will uns der Täter sagen? Die Botschaft der Zahl 14? Vierzehn. Der Kreuzweg besteht aus 14 Stationen. Der Ministrant in Anderhub erinnert sich. Die 14 Nothelfer in der katholischen Kirche, Kapellen auch auf der Luzerner Landschaft, die ihnen gewidmet sind, die Zahnwehkapelle in Dagmersellen, die Flüsskapelle auf dem Hügel oberhalb von Nottwil, wo man gegen

Rheuma, den fliessenden Schmerz gebetet hat. Und in Luthern am Napf ist die Heubergkapelle den 14 Nothelfern geweiht, die Walsburgkapelle gilt als Ort, den die Menschen bei Zahnschmerzen aufgesucht haben, und das Heilwasser der Kapelle Luthernbad hat dieses Haus zum wohl meistbesuchten Wallfahrtsort des Kantons gemacht. Einsiedeln im Hinterland. Vierzehn, zweimal sieben. Und sieben mal sieben ergibt feinen Sand.

Mitten in Anselms Tagträumereien, um die unwahrscheinliche Prämisse herum gebaut, der Mörder könnte theologisch gebildet den Kriminalern einen heissen Tipp für die Reise in die Irre haben geben wollen, kommt Susanne Brechbühl zurück zu den beiden Männern. Und auf gehts, gen Sursee.

Ich hatte nie einen Plan; ich hatte Pläne. Pläne können durchkreuzt werden durch die Umstände. Der Regen, der Wind, die auf Rot stehende Ampel, der Hunger. Der Hunger nach Leben, den ich einst hatte. Haben die Umstände ihn mir ausgetrieben? Der Vater. Mit Plänen kannst du dich durchs Leben mogeln, denn du kannst sie bei jeder Weggabelung revidieren, sie den Umständen anpassen. Manche Umstände verfestigen sich zu Zuständen, du wirst sie nicht mehr los. So gerinnen Pläne von unzerstörbarer Hartnäckigkeit.

3

Über dem Pilatus verdichtet sich das Gewölk über das Mass hinaus, das zur Bildung eines Huts nötig wäre. »Hat der Pilatus einen Hut, so ist das Wetter gut« – die Redensart verdankt ihre Strahlkraft über den Wahrheits- oder wenigstens Wahrscheinlichkeitsgehalt hinaus in erster Linie einem Reim aus der Herz-Schmerz-Liga und einer Formelhaftigkeit, die sich jedes Kind merken kann. Das denkt Anselm Anderhub mit Blick aus dem Fenster, bevor die beiden Diensttuenden der Luzerner Polizei, Anderhub und Brechbühl, sich auf den Weg nordwärts Richtung Surental machen.

Früher Nachmittag. Der Verkehr von mittelprächtiger Mässigkeit. Der Schwerverkehr mit seinen netten Slogans aufgemalt, die zeigen sollen, wie wichtig die Lastwagen für die Versorgung der Bevölkerung sind (»Lifere statt lafere«, »Dich stören LKWs? Dann bestelle keinen Müll!«), könnten aus der Ferne als Ameisenköniginnen wahrgenommen werden, wenn es der schweren Brummer nicht so viele gäbe. Sie sind so zahlreich, dass sie Abstand nehmen müssen voneinander, und trotzdem kommt es auch heute wieder, kurz vor dem Tunnel Eich, zu einem Elefantenrennen, das sich bis in den Tunnel hineinzieht und die Frage aufwirft, welche Blicke die beiden Fahrer während des dreiminütigen Manövers einander wohl zuwerfen. Oder wahrscheinlicher: Sie starren stur geradeaus, denn der Tunnel ist eng; eine abrupte Richtungsänderung kann tödlich sein.

»Arschlöcher«, entfährt es Anselm, als er die beiden Monster nebeneinander im Tunnel verschwinden sieht, der ihm in Ermangelung eines Pannenstreifens so schmal erscheint, dass er, privat unterwegs, mit seinem Personenwagen einen Lastwagen nicht zu überholen wagt, denn er weiss, wie solche Manöver Trudi stressen. Und sein Gebiss.

Susanne reagiert nonverbal, schürzt die Lippen, er kennt das von Trudi, wenn er einen Fluch loslässt, reagiert mit einem Seitenblick, den Anselm als Schattenbewegung gewahrt.

»Hier nimmst du am besten die Ausfahrt rechts«, sagt Anselm zu seiner Chauffeuse im Dienstwagen bei der Ausfahrt Sursee.

»Aber wir müssen doch nicht nach Büron«, wendet Susanne ein, »und nach Schöftland schon gar nicht.«

»Lass mich dich leiten«, masst sich Anselm an, und nur Susannes ausgesprochener Sanftmut und einem Vertrauen in Anselms Erfahrungsvorsprung ist es zuzuschreiben, dass kein böses Wort fällt und nicht einmal die Gedanken der Frau so schwarz sind wie die Wolken über den Bergen, die aus der Ferne ziemlich bedrohlich aussehen, als sie beim Zollhauskreisel in Richtung Schenkon abbiegen, wo die Familie Soltermann-Meyer wohnt. Von wegen Bauernregeln und Bergen, die Hüte tragen: Es beginnt zu regnen.

Das Dienstfahrzeug verfügt über eine Einrichtung, die Anderhubs altem Zafira abgeht: ein GPS-Gerät, bloss müsste mans einschalten. Das gibt sein Stolz nicht zu. Einbildung? Bei der Tankstelle nach der Ausfahrt wird er einsichtig, füttert das Gerät mit der Zieladresse, denn so tief ins Quartierdetail reichen seine Geografiekenntnisse nicht, dass er jede Strasse in der Region kennen würde. Ein solides Einfamilienhaus, kein Protzbau, keine Prahlimmobilie. Anderhub ist nicht sonderlich erstaunt darüber. Dafür wird der Immobilienunternehmer gewiss eine Ferienwohnung im Bündnerland, Wallis und/oder Tessin sein Eigen nennen, eine Finca auf Mallorca. Statussymbole. Aussagen über den Menschen. Der eine braucht einen Porsche, um in der Gruppe, mit der er sich vergleicht, zu punkten, der andere gerade kein Auto. Oder einen alten Zafira, dem der Halter einen uneitlen praktischen Nutzen zuschreibt. Sie finden das Haus auf Anhieb, und Anderhub ist froh, wird da nicht mit einem bösen Kläffer gedroht. Chinesischer Granit, vermutet Anderhub, aufgestellt als Sichtschutz; grauer Schotter als pflegeleichter Bodenbedecker. Natur-, ja lebensfeindlicher gehts kaum. Stopp, Selmi: Geht dich nichts an. Die parkierten Autos deuten auf Besuch hin.

»Ich bin informiert«, sagt Isabella Soltermann, nachdem sie die beiden Polizisten ins Haus gebeten hat.

»Und?«, sagt Anderhub.

»Ich kann mir beim besten Willen keinen Reim auf diesen Mord machen«, sagt Frau Soltermann, »ich wüsste nicht, wer einen Grund haben könnte, Hubi so etwas anzutun.«

Sie hat sich vorbereitet, antizipiert polizeiliche Fragen eine Spur zu offensichtlich, findet Anderhub. Ihre Kinder sind da, ein Sohn und zwei Töchter, alle erwachsen, um ihrer Mutter beizustehen. Deren Anwesenheit mag ihre Gefasstheit erklären angesichts des Verlusts ihres Ehemanns. Eines in der Art überaus unschönen Verlusts, der viele trübe Gedanken von der Leine lässt. Eine Hinrichtung – und so kommt diese Tötung den Ermittlern vor – setzt eine Zeit der Verhandlung, im weitesten Sinn eines Prozesses voraus; darauf, auf den Schein nämlich, eine Pseudo-Rechtsstaatlichkeit, haben sogar Schlächter wie Stalin oder Mao Wert gelegt, und die Vorstellung davon, wie diese Phase abgelaufen sein könnte, wo doch das Urteil zum Vornherein klar war, und zwar allen Beteiligten, kann nicht beruhigen und trösten schon gar nicht, verursacht als Accessoire zu den Bildern vom Schmerz und Grauen im Kopf vielmehr flaue Gefühle in der Bauchgegend. Das ist kein Unfall, kein Blitzschlag, keine unvorhersehbare Hirnblutung, kein plötzliches Herzversagen. Das ist das Ende einer längeren Geschichte, in welcher der Zufall nicht die Hauptrolle spielt. Und darum sind die Polizisten da.

Isabella Soltermanns ältere Tochter bittet Anderhub und Brechbühl zu Tisch und fragt nach deren Wunsch.

»Möchten Sie etwas trinken? Kaffee, Tee, Wasser?«

Die beiden verzichten mit Verweis auf das erst vor Kurzem genossene Mittagessen, wie Susanne sich äussert, und Anderhubs innerlicher Protest – Zurfluhs Telefon hatte sein Mittagessen zu einer Delectatio interrupta, einem unterbrochenen Genuss gemacht – gibt keinen Laut von sich.

»Sie wollen sicher wissen, ob mein Mann Feinde hatte«, hebt nun die Witwe Soltermann an und verrät sich so als Konsumentin gängiger Kriminalfilme im Fernsehen.

»Wie Sie selbst von den Kollegen aus Zürich vernommen haben, ist Ihr Mann ja mutmasslich umgebracht worden, also müssen wir von einer Täterschaft ausgehen, die ihn ermordet hat«, sagt Susanne Brechbühl und öffnet ihre Mappe.

»Wir haben ein paar Aufnahmen dabei. Fühlen Sie sich imstande, sie zu betrachten?«, fragt Anselm.

»Man hat mir am Telefon schon einiges gesagt«, meint Frau Soltermann, und die Polizisten nehmen das als Einverständnis.

Das Bemühen der Witwe um Stärke, um Contenance, vielleicht auch, um die Kinder zu schonen, ist in ihrem starren Blick, in der verkrampften Gesichtsmuskulatur der blondierten Frau mit einem angedeuteten gespaltenen Kinn, einem Kinngrübchen, zu erkennen.

»Willst du wirklich?«, fragt der Sohn seine Mutter, »Niemand kann dich dazu zwingen.«

Sein Tonfall verrät eine gewisse Empörung im Sinne von: Können die nicht warten, müssen die am ersten Tag schon bohren? Pietät ist wohl ein Fremdwort bei der Luzerner Polizei.

Die Mutter aber will nun vollends wissen, was Sache ist.

»Ihr Sohn hat Recht, aber vielleicht können Sie zur Aufklärung dieser Tat beitragen, wenn Sie imstande sind, uns mitzuteilen«, dabei öffnet Susanne Brechbühl ihre Mappe und entnimmt ihr ein Bild mit dem Kopf des toten Soltermann-Meyer, »was diese beiden Zeichen bedeuten?«

Isabella Soltermann erschrickt. Der Sohn fühlt sich in seiner Einschätzung der Polizei bestätigt.

»Ich kann Ihnen versichern, dass diese Zeichen mit hoher Wahrscheinlichkeit erst nach dem Tod Ihres Mannes angebracht wurden«, versucht Anderhub die Gedanken der Frau umzuleiten, und er ergänzt: »Ihre Aussage ist für unsere Arbeit wichtig.«

»Da ein Strich und da ein Kreuz, nein, da ist ja noch ein, äh, so etwas wie eine Vier«, sagt Frau Soltermann vornübergebeugt mit sonorer Stimme, während ihre Töchter ihr je eine Hand halten.

»Und? Sagt Ihnen das etwas? Eine Eins und eine Vier? Hat die Zahl 14 eine Bedeutung für ihn, für Sie, für das Unternehmen?«, insistiert Susanne Brechbühl.

Frau Soltermann schaut ihre Kinder an, zuckt mit

den Schultern, scheint zu graben und grübeln in den Erinnerungen, irgendwo, möchte wirklich, so macht es den Anschein, beitragen zur Aufklärung des Verbrechens an ihrem Mann, doch fündig wird sie nicht. Eins, vier, vierzehn. Sie dreht die Zahlen. Vier, eins, einundvierzig. Eins plus vier gleich fünf. Vier minus eins gleich drei. Eine Bedeutung kann sie in den beiden Ziffern nicht sehen. Da verdichtet sich gar nichts. Und es sieht für die Polizisten nicht so aus, als ob die Frau ihnen etwas vorspielte.

»Ist vor vierzehn Jahren etwas Entscheidendes passiert? Oder im Jahr 2014? Oder am Vierzehnten irgendeines Monats?«, bohrt Anselm Anderhub nach, denn er ist überzeugt: Diese Ritzungen, das ist kein Zufall, vielmehr eine Botschaft, die es zu entschlüsseln gilt.

Und gleichzeitig nagt auch ein böser Verdacht in seinem Zweiflerkopf: Rechnet der Täter am Ende genau damit, dass sie, die Luzerner Kriminalpolizisten, sich den Kopf darüber zerbrechen, was das bedeuten soll, dabei waren die Schnitte dazu gedacht, die Polizei zu beschäftigen und darob andere Zeichen, die zu ihm als Täter führen könnten, zu übersehen. Ein doppeltes Spiel, raffiniert, muss Anselm zugeben. Aber was haben sie anderes in den Händen? Wo zum Teufel sollten sie denn anfangen, wenn nicht hier?

»Jetzt nähme ich gerne ein Glas Wasser«, kommt er auf ein früheres Angebot zurück, und auch Susanne sagt auf Nachfrage nicht Nein zu einer Erfrischung, die draussen in der Natur bereits eingetroffen ist, denn die dunklen Wolken um den Pilatus herum haben sich weiter verdichtet und strömen wie einst die Gletscher in Richtung Mittelland, entladen sich auf ihrem Weg dorthin in einem monotonen, dichten, intensiven Frühlingsregen ohne Blitz und Donner, auf den die

Wasserversorgungen der Dörfer, Stadt Sursee inbegriffen, und die Bauern und Garteninhaber mit Blumen, Kräutern und Gemüse dort, wo andere Granitschotter hinkippen liessen, schon länger gewartet haben. Und die Regenwürmer und die Schnecken im Garten werden aus ihren Löchern kriechen.

Von weiteren Bildern verschonen die Polizisten die Trauerfamilie. Anderhub bittet noch um einen Gegenstand, auf dem mit Sicherheit DNA-Spuren von Hubert Soltermann-Meyer zu finden sind. Witwe Soltermann schafft gleich drei an, den Wecker, die Zahnbürste und den Kamm mit vereinzelten Haaren und Schuppen, Gegenstände, die ihr Mann jeden Tag mindestens einmal berührt hat. Sie verschwinden im Asservatenbeutel der Polizisten, und Anderhub kommt auf den ersten Satz zurück, den Isabella Soltermann, an ›Tatort‹ und Co. geschult, am Anfang des Gesprächs geäussert hat. Und sie beantwortet die Frage nach den Feinden ihres Mannes mit biederer Absenz von Originalität, mit der geradezu klassischen Gegenfrage nämlich.

»Wer hat denn keine Feinde, gerade in seiner Position?«, fragt die Frau zurück, und sie fährt, nonverbal ermuntert, weiter, »Im Immobiliengeschäft gibt es immer Gewinner und Verlierer, echte und vermeintliche, und vor allem ist die Missgunst so gross wie in kaum einem Gewerbe.«

»Das heisst?«, animiert Anderhub weiter, der den letzten Satz bezweifelt, ist die Missgunst doch ein Virus, der die ganze Gesellschaft mit Dauerbefall gesegnet hat.

»Ist doch klar, liegt in der Natur der Sache: Wer ein Haus kauft, glaubt, er habe das Objekt überzahlt, und wer eine Immobilie verkauft, fühlt sich übers Ohr gehauen, wenn er sie später viel teurer ausgeschrieben sieht«, erklärt die Frau, deren Vater das Geschäft aufgebaut und die gewiss am Familientisch mitbekommen hat, wie ein Geschäft läuft, wo Zimperlichkeit und Skrupel als Synonyme für Schwäche gelten.

»Das ist mir zu allgemein, das gilt auch für den Autohandel, den Antiquitätenmarkt, ja die ganze freie Marktwirtschaft«, konkretisiert Anselm seinen letzten Gedanken und kann sich gerade noch die Zunge abbeissen, bevor ihm ein anderer Gemeinplatz über die Zunge wandert, der das menschliche Wirtschaften an sich treffend beschreibt: bescheissen und beschissen werden; verseckeln und verarscht werden.

»Haben Sie möglicherweise Kenntnis von aktuellen Geschäften, von denen Ihr Mann vielleicht erzählt hat, Geschäfte, die ihn beschäftigt haben, Namen von schwierigen Kunden, ehemaligen Klienten, die noch eine Rechnung offen haben?«, will jetzt Susanne Brechbühl wissen.

»Hubi hat Privatleben und Geschäft stets strikt getrennt«, sagt seine Witwe mit kalter Bestimmtheit, nicht mit Freude hinterlegt, wie Trudi das sehen würde, wenn es bei Anderhubs denn so wäre, nein, mit Misstrauen unterfüttert, so hört es Anselm.

Dass die Kinder einander angeschaut haben bei diesem Votum, ist nicht nur Anderhub aufgefallen, denn auch die Blicke zweier Polizeiangestellter treffen sich kurz. Das Gespräch ist also nicht ganz unergiebig. Anderhub und Brechbühl erfahren, dass die Kinder von Hubert und Isabella Soltermann-Meyer nicht in der Firma Meyer und Partner arbeiten, wobei da ein deutliches »Noch nicht« eingeschoben werden muss, denn alle sind sie vom Fach, Immobilien, Treuhand, Rechnungswesen. Sohn Heinz hat zudem die Hochschule St. Gallen besucht, ein Wirtschaftsstudium abgeschlossen, dies nach einer Lehre mit Berufsmatura auf einem anderen Treuhandbüro. Aber sie arbeiten bei Unternehmen, die nicht den gleichen Markt bearbeiten, der Sohn in Zürich, die Töchter in Bern und Lausanne.

»Fremdes Brot essen, das ist Hubert und mir immer wichtig gewesen«, sagt Isabella Soltermann, und sie verweist auf ihre eigene Erfahrung mit dem Welschlandsemester in Genf; das hätten sie vom Vater gelernt, und Beispiele im Bekanntenkreis hätten sie darin bestätigt: Wer aus der geschützten Werkstatt des elterlichen Betriebs nie herausgekommen sei, dem mangle es an grundlegenden Erfahrungen, was die Gefahr einer eigentlichen Betriebsblindheit erhöhe.

Auf die Frage hin, ob sie keine Brüder habe, huscht ein grauer Schatten über das Gesicht der Frau mit dem Kinngrübchen: Doch, doch, aber der eine, Bernhard, sei beim grossen Tsunami in Thailand 2004 ums Leben gekommen, und der andere, der ältere, einst der Kronprinz, Jonas, habe sich weitgehend auszahlen lassen und friste sein Leben jetzt als Aussteiger sozusagen und Zen-Buddhist auf einem kleinen, abgelegenen Höfli im Hinterland, am Napf. Das komme vor, der Gegenentwurf zum dominanten Vater, Kunststück, er war der Pionier, der sich hochgearbeitet hat, sie kenne da mehrere ähnlich gelagerte Beispiele, sagt Isabella mit einem gequälten Lächeln, als müsste sie sich entschuldigen. Das sei auch der Grund, warum Hubert als ihr Ehemann ins Unternehmen eingestiegen sei, und ja, sie hätten zusammen studiert seinerzeit, und das habe sich wunderbar ergeben, eine Win-Win-Situation, wie die Polizisten sich wohl vorstellen könnten, die Möglichkeit, dass im Sinne ihres Vaters die Familien- und Unternehmensgeschichte weitergeht. Für den Vater die Lösung, Erlösung. Und für Hubi, nicht mit einem silbernen Löffel im Mund geboren, die Chance seines Lebens.

Soltermann-Meyer, der zweite Name als Erkennungszeichen, der das Dynastische im Unternehmen herausstellen soll. Wie Schneider-Ammann, der ehemalige Bundesrat. Meyer und Partner, die Polizisten kapieren, eine etablierte Marke auf dem lukrativen Immobilienmarkt, setzt man nicht leichtfertig aufs Spiel.

»Also gibt es keine aktuellen Konfliktsituationen, von denen Ihr Mann eventuell mit Ihnen gesprochen hat?«, nimmt Susanne Brechbühl den Feindfaden wieder auf.

Isabella Soltermann schüttelt den Kopf. Das Geschäft habe sie nicht sonderlich interessiert, sagt sie; sie habe ihre Aufgabe in erster Linie darin gesehen, ihrem Mann den Rücken freizuhalten, traditionelle Rollenteilung halt, nicht das moderne Frauenbild, das sei ihr bewusst, aber für sie habe das gestimmt. Sie hätte jedenfalls nicht tauschen wollen mit ihrem Mann. Es brauche in diesem Geschäft, wie wohl in den meisten anderen auch, eine gewisse Rücksichtslosigkeit, oder besser Härte, Konsequenz, wenn man Erfolg haben wolle, was freilich nichts mit illegalen Machenschaften zu tun habe. Vielmehr gelte es, hart zu verhandeln, taktisch klug, nicht schon den Kompromiss im Kopf, sondern das Maximum, das Optimum als Verhandlungsergebnis sollte nicht weit darunter liegen, auch im Sinne der Kunden, deren Interessen man als Treuhänder, aber auch als Immobilienfachmann zu vertreten habe, wenn es etwa darum gehe, ein Renditeobjekt für einen Investor zu bewirtschaften. Auch als Platzhirsch auf dem Platz Sursee geniesse man keinen Bonus, wie man vielleicht annehmen könnte, im Gegenteil, man müsse sich jeden Tag bewähren, das habe sie schon von ihrem Vater mitbekommen.

»Und jetzt werden Ihre Kinder in die Fussstapfen Ihres Mannes treten«, wagt Anderhub eine Prognose.

»Sie sind gut. Was glauben Sie? Mein Mann hat die Wachtablösung in den nächsten fünf Jahren angedacht. Aber dass wir nun unter äusserem Druck über die Zukunft des Unternehmens entscheiden müssen, das war nicht vorgesehen«, sagt die Witwe.

Anderhub fallen die Fälle von verpassten Geschäftsübergaben ein, sei es bei landwirtschaftlichen Betrieben, sei es bei vielen Gewerblern im Städtchen. Das geht so weit, dass eine Generation übergangen wird, weil einerseits die Generation der Väter länger fit bleibt als früher, andererseits die Söhne kein halbes Leben warten wollen, bis sie selber etwas bewegen können. Der junge Meyer mit seinem Meditationszentrum und dem Gnadenhof für Tiere als Beispiel. Manchmal braucht es keine Indienreise, um Einsichten, was Lebenseinstellung und Werte betrifft, in die Realität umzusetzen. Wobei, so relativiert Anselm die in gewissen Kreisen beachtliche Bewunderung für die Konsequenz des Aussteigers, man sich diese auch leisten können müsse. Als »Barfussgänger vom Napf« bezeichnete ihn die Lokalzeitung in einem Porträt, Sommerserie über sogenannte Originale. Daran erinnert sich Anderhub. Auch wenn er nicht operativ tätig ist, Jonas Meyer wird im eigenen Interesse nicht völlig gebrochen haben mit seiner Familie und als Rettungsfallschirm sicher noch ein paar Aktien sein Eigen nennen, denkt der Polizist.

»Wie wir der forensischen Untersuchung entnommen haben, ist Ihr Mann bereits vor ungefähr fünf Tagen gestorben«, lenkt Susanne Brechbühl das Gespräch in eine andere Bahn, derweil Anderhub noch immer Familiengeschichten nachhängt, Konstellationen, die zu eigentlichen kalten Kriegen innerhalb von Familien und Sippen geführt haben, Beziehungsabbrüchen und hässlichen Rechtsstreitigkeiten.

Die Frau muss die in der Aussage Brechbühls verborgene Frage erwartet haben.

»Ich weiss, ich hätte Hubi vielleicht früher als vermisst melden sollen«, sagt Isabella Soltermann, »aber ich wollte nicht Unruhe verbreiten, im Betrieb vor allem, obwohl man ihn gerade dort zuerst …«

Anselm Anderhub nimmt der Frau nicht alles ab. Wie ein schlechtes Theater kommt ihm vor, was ihm jetzt vorgespielt wird. Es gibt Menschen, die können nicht lügen, eigentlich eine positive Eigenschaft, denkt Anderhub. Es gibt Menschen, denen kräuselt sich etwas in der Nasengegend, sobald sie schwindeln. Andere verraten sich mit der Stimme, mit dem Blick, in einem Unredlichkeit verströmenden Gesamtbild.

»Sie haben den Kollegen im Geschäft gesagt, Hubert, der Chef, sei krank, stimmts?«, wagt er einen Schuss ins Blaue.

Es sei ihr peinlich gewesen, zu sagen, sie wisse nicht, wo Hubert sei, zumal es gar nicht seine Art gewesen sei, sie im Ungewissen zu lassen über seinen Aufenthaltsort. Und sie habe gehofft, er komme wieder und habe eine plausible Erklärung, obwohl: Hubert habe sich bei Verspätungen jeweils telefonisch bei ihr gemeldet. Das sei ziemlich oft vorgekommen, denn Verkaufs- oder Kaufverhandlungen, das wisse sie auch, deren Dauer sich nur schwer abschätzen lasse, könnten sich in die Länge ziehen, und manchmal brauche man Geduld, um zum Ziel zu kommen. Durchhaltewillen. Hartnäckigkeit. Einen langen Atem. Stehvermögen. Und ja, sie wisse, sie habe einen Fehler gemacht, sie hätte früher Alarm schlagen müssen, andererseits: Man hofft und hofft und betet. Ob sie das nicht kennten?

Sie schaut unsicher von Susanne zu Anselm. Man malt sich alles Mögliche aus und hofft inständig, es treffe nicht ein. Oder hofft man am Ende insgeheim gar, dass der schlimmste Fall eintritt? Diesen Gedanken, wenn sie ihn denn gehabt hätte, was Anderhub ihr zutraut, behält Frau Soltermann für sich.

Die Schilderungen der Frau erklären für Susanne Brechbühl auch die relative Coolness, mit der sie der Meldung vom Tod ihres Mannes begegnet ist. Und das Nichtwahrhabenwollen einer unangenehmen Sache, weit verbreitet. Susanne mit ihrer Scheidungsgeschichte.

»Wann haben Sie Ihren Mann denn letztmals gesehen?«, führt Anselm das Gespräch wieder auf die ermittlungstechnisch gerade Linie zurück, und er zückt seinen Notizblock, holt den Kugelschreiber aus der Busentasche seines Hemdes.

»Das war am letzten Mittwoch«, sagt Isabella Soltermann.

»Also vor einer knappen Woche«, rechnet Anderhub.

»Hubi ist nach dem Abendessen nochmals weggefahren, nichts Besonderes, viele Geschäfte werden ausserhalb der Bürozeiten gemacht, das war schon so, als mein Vater den Betrieb führte, die grossen, die wichtigen vor allem«, sagt Isabella.

»Hat er gesagt, wohin er fährt?«

»Nein. Ist für mich auch nicht von Bedeutung.«

»Ist Ihnen etwas aufgefallen, war Ihr Mann aufgeregt, besonders angespannt oder sonstwie anders, nicht wie üblich?«, mischt sich Susanne Brechbühl ins Gespräch.

»Jetzt im Nachhinein«, Isabella Soltermann gerät ins Stottern, »es…, ich…, ja, er war, äh, irgendwie aufgewühlt, kribbelig. Ich hab mir nichts weiter gedacht. Wird ein schwieriger Fall sein, ein spezieller vielleicht, besonders lukrativer oder umstrittener.«

»Ausserordentlich?«

»Nein, kommt vor.«

Anderhub hält sich zurück, weist nicht darauf hin, dass es eben nicht mehr vorkommt, nie mehr, nie wieder wird ihr Ehemann wichtige Geschäfte zu erledigen haben oder ebensolche vortäuschen. Ob dieses verzögerte Realisieren der Realität auch zum genetischen Erbe des Menschen gehört, als Teil einer erfolgreichen Überlebensstrategie nach dem allgemeinplatzigen Motto, die Zeit heile alle Wunden, leicht abgewandelt, die Zeit mache das Ertragen von Wunden erträglicher?

Auf dem Friedhof Dägerstein an der Rigistrasse in Sursee wieselt eine rote Katze geduckt von dannen, als Friedhofsgärtner Sebastian Emmenegger seinen wöchentlichen Rundgang übernimmt. Emmenegger hat nichts gegen Katzen, aber alles an seinem Platz. Und der Platz von Katzen ist nicht der Friedhof. Das ist seine Meinung. Andernorts haben sie Rehe auf dem Friedhof, hat er in der Zeitung gelesen. Wars in Basel? Deren Potenzial, Schaden anzurichten, ist grösser als jenes der Surseer Quartierkatzen, die keinen Blumenschmuck fressen und Trauerkränze normalerweise in Ruhe lassen, sondern sich höchstens an unpassender Stelle, unpassend aus Sicht des Verantwortlichen für die Friedhofsordnung und aus jener der Hinterbliebenen, versäubern. Er versteht das Theater um die Rehe nicht: Warum baut man keine Mauer um den Friedhof herum wie hier bei seinem Friedhof? Mit gusseisernen Toren, die kein Tier öffnet? Oder wenigstens einen hohen und stabilen Hag? Wartet man, bis die Wildschweine Leichen auszugraben beginnen? Emmenegger schüttelt den Kopf.

Eigentlich ist er nicht der Friedhofsgärtner; die Gartenarbeit übernehmen die Profis im Auftrag der Trauerfamilien, teils im Abonnement, teils auf Auftrag, wenn die Hinterbliebenen eine Aufhübschung, vielleicht auf Allerheiligen hin, für nötig befinden. Und einen Eingriff in die Gewerbefreiheit kann sich die Stadt Sursee nicht leisten. Emmenegger sorgt als Rentner, beinahe um Gotteslohn, auf dem Gottesacker dafür, dass Ordnung herrscht auf dem Friedhof. Friedhofsaufseher. Kontrolleur, das passt besser.

Der Friedhof soll eine Gattung machen, wenn Besucher von auswärts hierher kommen, nicht nur an Festtagen wie Ostern, Pfingsten, Allerheiligen oder Weihnachten, Gansabhauet und Kilbi, wenn die Heimwehsurseer ihre Wurzeln aufsuchen und daselbst keine Trüffeln finden. Im Herbst reicht ein Rundgang pro Woche nicht, je nach Wetter. Auch im Frühling ist der rüstige Rentner meist zusätzlich zum Montag am Freitag auf das Wochenende hin nochmals auf Patrouille.

Emmenegger hat sich den Blick für das Wesentliche angeeignet. Liegt ein Ast am Boden, Stolperanlass für betagte Friedhofsbesucher – die sind eh in der Überzahl –, hebt er ihn auf. Zigarettenstummel, Kaugummipapierchen. Das ärgert ihn mässig; er nimmt das Bücken als Übung im Dienst der Leibesertüchtigung. Steht eine Giesskanne nicht in der Reihe, schafft er Ordnung. Gefreiter bei der Infanterie, pensionierter Schulhauswart. Die verschiedenen Depots mit Kannen, Wasserhahn und Abfallgittern (Kompostierbares hier, Plastik und Co. da) wirken betreut, und sie sind es, einigermassen ausgerichtet: Die Ausgüsse zeigen ausnahmslos alle gegen Westen.

Haben Wind und Regen Blumengestecke zerfleddert, versucht Emmenegger sie notdürftig zusammenzubinden oder entsorgt sie, wenn ihre Unansehnlichkeit ihn stört. Reklamiert hat noch niemand; würde sein Dienst wahrgenommen, würde er geschätzt. Melchior Kaufmann nimmt ihn wahr. Bei seinen Rundgängen hat Emmenegger stets ein Taschenmesser im Hosensack und Schere samt Schnur auf Mann dabei. Und Handschuhe.

Ein ruhiger Job, eine meditative Arbeit in der Stille, mitten unter Toten, die in irgendeinem Stadium der Verwesung unter dem Boden oder aber in Aschenform in einer Urne liegen. Und immer auch eine Gelegenheit, das Familiengrab seiner Eltern zu besuchen und ein paar Minuten über die Vergänglichkeit alles Irdischen, der Pflanzen, der Tiere, der Menschen, zu sinnieren. Gerne lässt er sich von Jahreszahlen in frühere Zeiten zurückversetzen, 19. Jahrhundert, als noch Kutschen fuhren und das Kindbettfieber grassierte.

Das erzählen nur die ganz alten Familiengräber, wenn ein Todesjahr der einen Person dem Geburtsjahr einer anderen entspricht. Wer 1888 geboren ist und 1979 starb, wie Frau Stocker, die hat zwei Weltkriege erlebt und überlebt und die Spanische Grippe dazu; woran aber vielleicht ihr Ehemann 1929 gestorben ist, verrät der Stein nicht. Börsencrash, Hitlers Aufstieg. Emmenegger stellt sich die Gesichter dieser Menschen vor, Männer mit Kaiser-Wilhelm-Schnauz, dabei sind es die Mehrbesseren bloss, die sich bis heute ein Familiengrab leisten, ja, unterhalb der Kapelle wirken die grossen Steine wie Gruften, die vom Wirken honorabler Surseer Familien erzählen. Zuweilen, aber ausschliesslich bei Männern, ergänzt eine Berufsbezeichnung den Namen. Baumeister, Amtsrichter,

Metzgermeister; Fabrikarbeiter liest er nirgends, und Frauen haben keinen Beruf.

Vielleicht hat er den halbwegs gekippten Stein beim ersten Überblick nicht sehen wollen. Oder ihn für einen jener Grabsteine gehalten, die das Alter, die Schwerkraft, auf eine leicht schräge Ebene gebracht haben. Auch die Anordnung – die Steine stehen in Viertelkreisen und nicht, wie auf den meisten Friedhöfen, in Reih und Glied – lässt Auffälligkeiten eher untergehen. Jetzt, da er sich einem Familiengrab nähert, gibt es kein Ausweichen. Da steht ein Stein schiefer als der Turm in Pisa, um mindestens fünfzehn Grad geneigt.

Vandalismus, nein Grabschändung, schiesst es Sebastian Emmenegger durch den Kopf. In den sieben Jahren, da er diese Ehrenarbeit versieht, hat er das nie erlebt, obwohl ihm die Stadtverwaltung von der Möglichkeit erzählt und ihm ans Herz gelegt hat, bei etwaigen Feststellungen sofort, wirklich umgehend, die Stadtverwaltung zu informieren, damit man einschreiten könne, bevor die Gerüchte ins Kraut schössen und womöglich Nachahmungstäter auf den Plan riefen, Lausbuben, die ihrem Übermut Ausdruck verliehen, pubertäre Mutproben, was dem Image des friedlichen Landstädtchens Sursee alles andere als förderlich wäre.

»Was studierst du, Baschi?«

Der Ruf von den Gemeinschaftsgräbern unter den Föhren her reisst Emmenegger aus seinen Gedanken. Er blickt auf und hebt die rechte Hand zum Gruss.

»Schau dir das an, Melk«, ruft nun Emmenegger den Melchior Kaufmann zu sich, der dem Grab seiner Frau, einem anonymen Gemeinschaftsgrab, das zweihundert Franken gekostet hat, einen Besuch abgestattet hat. Die günstigste Version.

Für ein Familiengrab für vierzig Jahre hat eine Familie mehr als 7500 Franken, Grabstein nicht inbegriffen, hinzublättern. Kaufmann hat das Reglement seinerzeit genau studiert und ist zum Schluss gekommen, der Mensch sei nicht für die Ewigkeit gemacht, die Erinnerung an den Menschen erst recht nicht, und auch ihn solle man dereinst verbrennen.

Rentnertreffen am Rentnertreffpunkt. Baustelle oder Friedhof. Die beiden Männer kennen einander schon lange. Der Bauarbeiter und der Schulhauswart, der ein Arbeitsleben lang im Schulhaus vis-à-vis vom Friedhof gewirkt hat. Man latscht sich in Sursee halt immer wieder über den Weg.

»Das müssen wir der Polizei melden«, sagt Kaufmann, »und zwar unverzüglich.«

»Ich weiss«, sagt Emmenegger, »ich habe den Auftrag, die Stadtverwaltung zu informieren. Alles Weitere sollen die dort veranlassen; das geht mich nichts mehr an.«

»Das war nicht der Wind.«

»Nein, das war nicht der Wind.«

»Das war auch kein Tier.«

»Nein, das war gewiss keine Katze, dann noch eher eine Mäusefamilie.«

»Und schau dir das an, da ist noch eine Inschrift, eine verdammte Schmiererei«, ereifert sich Kaufmann, »der Name des alten Mannes durchkreuzt.«

Und Melchior Kaufmann, der ehemalige Bauarbeiter, schon einige Jahre pensioniert, zückt sein Handy und macht ein paar Bilder, trotz den Protesten Sebastian Emmeneggers, der es mit der Angst zu tun bekommt, hört er doch noch die Worte des Stadtschreibers: Sofort melden, und ja nicht hausieren gehen mit einer solchen Feststellung.

Während Emmenegger sich nun abdreht und sich in aufrichtiger Erregung anschickt, die Stadtverwaltung über den Vandalismusvorfall auf dem Friedhof Dägerstein zu informieren, telefoniert Melchior Kaufmann Anselm Anderhub. Die beiden haben die Handynummern ausgetauscht und gespeichert, dies nach dem zweiten Vorfall mit Melchior'scher Beteiligung, als Kaufmann nach der Gansabhauet die Leiche des Metzgers in der Sure entdeckt hatte.

»Willst du mich verarschen, Melk?« Anselm Anderhubs Empörung ist nicht gespielt.

»Ich sag dir nur, wies ist, Anselm, was du daraus machst, ist definitiv deine Sache.«

Melchior Kaufmanns Gelassenheit in den Worten ist keine im Gehirn; aus ihm spricht eine Gewissheit: Anselm wird anbeissen. Anselm wird anbeissen müssen. Anselm beisst an.

»Und wie heisst der Mann, wie hast du gesagt?«, fragt der Polizist nach, als ob er sich vergewissern müsste, dass er nicht träumt, dass er richtig gehört hat, und er schaltet sein Handy mit einer Geistesgegenwart auf laut, die ihn im Nachhinein erschreckt, erstaunt, erfreut, in ebendieser Reihenfolge, ein Reflex: So kann er sich ein mühsames Paraphrasieren ersparen.

»Meyer, Heinrich Meyer, der Immobilienheini, im weitesten Sinne Konkurrent, je nach Situation und Konstellation auch Kumpan und Kollege und Compagnon meines früheren Chefs Geri Keiser!«

Im Wohnzimmer der Familie Soltermann in Schenkon herrscht einen Augenblick lang Schweigen, obwohl die Münder mehrerer Menschen offen stehen. Hören sie Volkes Stimme?

»Was ist mit meinem Vater?«, wagt sich Isabella

Soltermann aus der Deckung, die Beleidigung oder mindestens volkstümliche Geringschätzung ihres Erzeugers durch Angehörige der Arbeiterklasse mit erkennbarer Verbissenheit ignorierend.

»Hast du die Frage gehört?«, will Anselm von Melchior wissen.

»Ja, hab ich. Aber das ist deine Baustelle, die Details, meine ich, ich kann nur sagen, dass Meyers Grabstein, das Familiengrab auf dem Friedhof Dägerstein – du weisst ja, wo das ist, du wohnst doch um die Ecke – geschändet worden ist. Da muss jemand aber massiv Gewalt angewendet haben, kann ich nur sagen, da reicht ein Geissfuss nicht, und ich bin ja sozusagen vom Fach, ich hab eine Ahnung davon, was so ein Steinbrocken wiegt. Und das ist nicht ein Tuffstein, das ist Granit. Also Zufall ist das nicht, das kann ich euch flüstern. Und die Schmierereien!«

Beim letzten Wort horcht Anderhub auf, und er denkt an die Inschrift in Hubert Soltermanns Gesicht. Dass ein Vandalenakt auf einem Spielplatz oder auf einem Friedhof, in einer Waldhütte oder in der Badi im Normalfall nicht zur Gruppe Leib und Leben der Kantonspolizei Luzern weitergereicht wird, schliesst diese Möglichkeit in diesem Fall aber keineswegs aus. Und Anderhub ist überzeugt: Ein solcher Fall liegt hier vor.

»Wer weiss davon?«, will Anselm von seinem Sozusagen-Kollegen Melchior noch wissen.

»Der Emmenegger Baschi meldet es eben der Stadtverwaltung. Und was die damit machen, weiss ich nicht. Vermutlich unter den Tisch kehren, das heisst putzen, räumen, geraderücken, möglichst sofort, so wie ich die kenne«, sagt Kaufmann, und der Schlaumeier weiss, das muss die Polizisten reizen, das wird ihnen Beine machen.

»Das darf nicht sein! Das muss gemeldet werden! Das muss verfolgt werden. Ich werde mich darum kümmern.«

»Das will ich hoffen.«

Jetzt liegt der Ball ohne Umweg über irgendeinen Dienstweg bei Anselm Anderhub.

»Hast du Bilder gemacht, zur Sicherheit?«

Kaufmann bestätigt seine Fotografentätigkeit, was Anselm vorerst beruhigt. Das Rendezvous im Hause Soltermann mit Frau und Kindern des getöteten Hubert Soltermann-Meyer nimmt ein abruptes Ende.

»Halten Sie sich bitte zur Verfügung«, sagt Anderhub, und er meint die ganze Familie Soltermann, und wenn sie psychologische Unterstützung bräuchten, sollten sie sich melden.

Der Aufbruch ist ein überhasteter, auch in Susanne Brechbühls Augen, doch auf dem Weg zum Auto erklärt Anselm sein Vorgehen: »Melchior hat recht. Ob unter den Tisch oder unter den Teppich, es kommt aufs Gleiche heraus. Aus den Augen, aus dem Sinn. Da sind alle Gemeindeverwaltungen gleich gestrickt, ob Hinterland, Unterland oder Stadt: Nur keine negativen Schlagzeilen! Die fürchten sie wie der Teufel ...«

»... das Weihwasser.«

»Gut gelernt, Susanne, bravo!«

Dass da keine zufällige Koinzidenz vorliegt, das erscheint auch Brechbühl wahrscheinlich, und so ergeht denn ein Telefon sowohl an den Polizeiposten Sursee, als auch nach Luzern, wo Max Hunziker die Ausweitung des Falles von einem aktuellen Toten zu dessen längst totem Schwiegervater nicht gerade Freude bereitet, denn er ahnt eine Verlängerung mit Penaltyschiessen. Hunziker informiert die Staatsanwältin.

Wenn ich tue, was ich tue, dann hat das Gründe. Gründe legt man sich manchmal im Nachhinein zurecht, wenn der Mensch eine Tat aus dem Sumpf der Irrationalität auf die Ebene der Vernunft zu heben versucht. Weil die Welt, obwohl durchdrungen von Zufall, Unvernunft und Willkür, weil die Welt, weil die Menschen in der Welt sich etwas einbilden auf ihren Verstand, der ihnen Halt zu geben vorgaukelt. Einen Massstab für Richtig oder Falsch. Ich glaube zu wissen, was ich tue. Und dann kommt ein Bergsturz, ein Seebeben, und alles ist anders.

4

Die Spurensicherung der Kriminalpolizei Luzern macht sich auf den Weg nach Sursee, kämpft sich bei anziehendem Feierabendverkehr mitten im Nachmittag den Hirschengraben hinunter zur Autobahnauffahrt, derweil Anderhub und Brechbühl, die beiden Ermittler im Fall Soltermann-Meyer, nun vor dem verwüsteten Grab des Heinrich Meyer stehen. Melchior Kaufmann hat vor dem Eingang auf sie gewartet. Sebastian Emmenegger hat den Dienst temporär quittiert, beziehungsweise anderweitig fortgesetzt: Der Betreuer des Totenackers rapportiert gerade auf der Stadtverwaltung den Vorfall auf dem Friedhof Dägerstein. Anderhub versucht seine Gedanken zu sortieren; verstehen kann er nicht, was da getan worden ist. Wie er nicht versteht, wie jemand uralte Kultstätten im Nahen Osten einfach in die Luft sprengen konnte, und die neuste Mode, Statuen und Denkmäler zu zerstören, weil sie Exponenten des Kolonialismus darstellen, ärgert ihn fast körperlich: Scherben schaffen keine Gerechtigkeit. Im Gegenteil: Das Verschwinden fördert das Vergessen des Unrechts.

Das gusseiserne Tor des Eingangs Dägersteinstrasse fällt ins Schloss, Isabella Soltermann geht die wenigen Stufen zur Kapelle hoch und nähert sich dem Gottesacker, der Reihe, die sie kennt. Die gut Fünfzigjährige hat sich für den Gang auf ihres Vaters Grab etwas herausgeputzt. Und zwar dem Ort angepasst: sonntäglich, dezent elegant, ein Deux-Pièces in pastellenem Grün. Ihre Kinder organisieren die Beerdigung von Hubert Soltermann, treffen die nötigen Abklärungen bei Gemeinde und Pfarramt, wobei die Leiche natürlich noch nicht freigegeben ist. Aber den Pfarrer einweihen und für die Abdankung vorbereiten, das geht allemal. Soltermann soll in Schenkon begraben werden.

Sollte Isabella dereinst sterben, und wer möchte daran zweifeln, steht der Familienbegriff in der Diskussion. Da Heinrich seit Längerem nichts mehr zu sagen hat, seit er kurz nach der Jahrtausendwende mit erst sechzig Jahren gestorben ist und Hubi seit Kurzem ebenfalls schweigt, hängt alles am Testament Isabellas oder an der vermutlich beim Nachwuchs dominierenden Meinung, dass der Ehemann, wenn auch angeheiratet, ihrer Mutter nähersteht als der Vater. Sozial, nicht blutbegründet. Solches geht Anderhub gerne durch den Kopf, wenn er vornehmlich auf Friedhöfen mit ihren blossen Jahreszahlen ohne Geschichten über Familien nachdenkt und deren Zerfall, ja Auflösung so tief bedauert, dass ihm plötzlich dümmste Fragen über die Lippen huschen.

»Das ist der Vater, der Heinrich, stimmts?«, fragt Anselm seinen Informanten, als ob ers nicht wüsste.

Melchior Kaufmann nickt.

»Das siehst du ja an den Lebensdaten.«

»Seine Frau lebt noch?«, will der Polizist wissen.

Kaufmann verweist auf die Frau, die sich gemessenen Schrittes der Abteilung Familiengräber, wo ihr Vater liegt, nähert, zuckt mit den Schultern, die wüsste Genaueres.

»Das siehst du ja, der Platz rechts ist noch frei. Und der drunter, der Bernhard, das muss der Sohn sein«, mischt sich Susanne Brechbühl ein, indem sie mit der Hand auf die untere Inschrift, die eine Aufschrift ist, vermutlich in Kupfer gehalten oder einer Kupferlegierung, deutet.

Inzwischen ist die Tochter des Heinrich Meyer, Isabella Soltermann, beim Grab ihres Vaters eingetroffen. Ihr sicherer Schritt hat sich hörbar im Kiesweg niedergeschlagen.

»Das ist mein Bruder, 2004 umgekommen beim grossen Tsunami in Thailand«, sagt sie.

»Ferien?«, will Anderhub wissen.

»Nein, ausgewandert, hat sich dort an der Küste, Khao Lak Beach, ein Ferienresort aufgebaut, zusammen mit seiner thailändischen Frau«, sagt Frau Soltermann, ob bedauernd oder in bewunderndem Ton, ist für die Polizisten nicht auszumachen, eine bemühte Neutralität, Sachlichkeit hingegen schon.

»Wie hat Ihr Vater das aufgenommen?«, will Anderhub wissen.

»Was meinen Sie?«, gibt sich Isabella Soltermann naiv, was Anderhub innerlich aufregt, und am liebsten würde er ihr die Leviten lesen, aber deutsch und deutlich, allein: Er beherrscht sich.

Er weiss, wer die Nerven zuerst verliert, hat das Spiel verloren. Rummy. Wem es zuerst verleidet, möglichst viele Möglichkeiten durchzuspielen, der tut das Falsche. Und das ist in den meisten Fällen Anselm, derweil Trudi sich mehr Zeit lässt. Der Polizist leistet sich die Nachlässigkeiten, der Ungeduld geschuldet, beim Spiel mit seiner Frau, das fällt ihm eben ein als mögliche Erklärung seiner innerfamiliären Schlappenserie, und das in seiner vermeintlichen Kernkompetenz, der Kombinatorik.

»Wer sich ein Familiengrab leistet, dem ist die Familie wichtig. Und wer ein Familienunternehmen aufgebaut hat, im Bewusstsein, eine Dynastie begründen zu wollen, hat unweigerlich Erwartungen an seinen Nachwuchs«, sagt Anselm Anderhub.

Melchior Kaufmann wird Zeuge eines kleinen, informellen Verhörs, und er hört genau hin, auch wenn er sich von den Polizisten abwendet und so tut, als betrachte er den Blumenschmuck, den Frühlingsflor auf den Familiengräbern, der viel verrät über Sorgfaltspflichten und Werthaltungen gegenüber Wesenheiten wie Familie, Sippe, Namen, Renommee.

Isabella Soltermann hat Anderhubs Frage verstanden. Sie merkt, ihm kann sie nichts vormachen. Was soll sie tun? Angriff als beste Verteidigung? Ja, es stimme, der Vater habe andere Vorstellungen gehabt.

»Normal«, sagt sie, »jeder Vater hat Vorstellungen, auch wenn er das nicht zugibt. Auch jede Mutter hat unweigerlich Erwartungen. Die einen können das besser verstecken.«

Anderhub sagt nichts, gibt ihr recht, menschlich.

Ihr Vater sei da klar gewesen. Und sie spricht einen Wesenszug an, der auch in seinen Söhnen stecke. Etwas Unbedingtes, Irreversibles, das sie wohl als logisch konsequent bezeichnen würden. Durchziehen. Eine Form geistigen Starrsinns. Sturheit. Zuerst Bernhard, der nach einer unschönen Sache mit Vater alle Brücken abgebrochen habe, ausser der Bankverbindung. Und dann Jonas. Wie Vater gewütet und geflucht hat. Einer seiner Tobsuchtsanfälle. Enterben! Sie erinnere sich an die Szene, die er gemacht habe, als Jonas sich losgesagt hat. Ganz unerwartet sei es nicht gekommen. Jonas, der den Betrieb hätte übernehmen sollen, irgendwann aber auf komische Ideen gekommen sei, für den Vater komisch, natürlich. Um sich weiterzubilden, geht man in die Vereinigten Staaten. Oder vielleicht nach London. School of Economics oder wie die heissen, die Kaderschmieden der Wirtschaft. Aber Jonas. Nach einem längeren Aufenthalt in Tibet, dann in einem Ashram in Indien – Sabbatical, ein halbes Jahr – sei er als anderer Mensch zurückgekehrt. Oder als Mensch, dessen Anlagen sich während dieser Zeit in eine Richtung ausgebildet hatten, die dem Vater nicht gefallen konnten, diesem Mann mit Pioniergeist, der sich als Sohn eines Vorarbeiters in der Kleiderfabrik – der Erste in der Familie, der überhaupt die Gelegenheit hatte, sich weiterzubilden – zum selbstständigen Unternehmer emporgeschuftet hatte.

»Auch mir war mein Bruder, ehrlich gesagt, fremd geworden«, sagt Isabella Soltermann.

Melchior Kaufmann beobachtet eine Weinbergschnecke, die sich bedächtig, aber nie zögernd über den Kiesweg bewegt, eine Schleimspur hinter sich herziehend. Und er erinnert sich vage ans Gerede im Städtchen nach dem frühen und völlig unerwarteten Tod des Heinrich Meyer mit erst sechzig Jahren. Hatte er sich übernommen? Wobei? Er war doch im Frühling noch Heinivater gewesen, Herr über die Surseer Fasnacht. Bösartige Verunglimpfungen: den Ansprüchen und Erwartungen seiner Frau nicht gewachsen? Die Häme der Neider. Plötzlicher Herzstillstand, kann alles heissen oder nichts, passiert nicht nur Wanderern.

Alles habe er in Frage gestellt, der Jonas, Immobilienhandel, der Gipfel einer Weltanschauung, die den Grundbesitz nicht nur als legitim ansieht, sondern als Ausdruck einer Freiheit beziehungsweise Voraussetzung für so etwas wie Freiheit in einer Welt, wo das Geld regiert. So redet Isabella Soltermann. Die Freiheit des Stärkeren, die Freiheit der Ausbeutung, wo etwas gilt, wer meisterlich und ohne moralische Skrupel andere übers Ohr hauen kann. Status und Besitz überhaupt: Jonas habe die väterlichen Werte verachtet, als reinen Schein verhöhnt, ein Leben in Einfachheit vorgezogen.

»Konsequent?«, fragt Anselm.

»Theoretisch, denn die jährlichen Dividenden aus dem Unternehmen, die hat er nicht verschmäht, bis heute«, sagt Isabella Soltermann, und die Polizisten verstehen den Unterton, und Anselm denkt: Auch das Eremitentum muss man sich leisten können.

Die Schnecke geht unbeirrt ihren Weg, der in seiner Unebenheit eine echte Herausforderung darstellt, zumal es weniger verstellte Umwege gäbe. Sie stellt sich ihr ohne hörbares Jammern. Das Unvermeidliche annehmen, denkt Melchior, als Voraussetzung für Zufriedenheit. Ob Schnecken so etwas wie Zufriedenheit, sogar Glück vielleicht, fühlen können? Sieht die Schnecke ein Ziel, den roten Steinweg am Ende des Kieselwegs, oder ist die Befriedigung der Primärbedürfnisse, allen voran die Stillung des Hungers, der einzige Antrieb? Und wovon lässt sie sich leiten: Geruch? Optisch? Sind Schnecken auch herzinfarktgefährdet?

»Das muss Ihren Vater gekränkt haben«, greift nun Susanne Brechbühl ins friedhöfliche Gespräch ein, »er muss sein Lebenswerk in Gefahr gesehen haben.«

»Das ist so«, sagt Isabella Soltermann, und Anselm Anderhub sträuben sich die Nackenhaare angehörs dieses Satzes, der in den letzten Jahren in Mode gekommen ist und ihn in seiner Absolutheit an die postulierten Wahrheiten des Katechismus erinnern. Das ist so. Widerspruch zwecklos: Das ist so. Fertig. Das ist einfach so. Schluss.

Melchior Kaufmann hat die Schnecke kurze Zeit aus dem Blick verloren, denn er verfolgt eine Bachstelze, die, ihren leicht abstehenden Schwanz wiegend, auf dem Kiesweg steht und die Menschen aus Distanz zu beobachten scheint. Als er zur Schnecke zurückkehren will, ist es die Schleimspur, die das Tier verrät. Die Distanz – die Schnecke ist in den Pflanzen des Nachbargrabs der Familie Meyer untergetaucht – verleitet den Rentner zu Gedanken über Zeit und Raum und damit zu seiner eigenen Relativitätstheorie.

»Mit seiner romantischen Idee eines Urkommunismus, der in nomadischen Gesellschaften vielleicht seinen Sinn und eine vernünftige Berechtigung gehabt haben mag – obwohl ich auch da meine Zweifel habe, denn wenn alles allen gehört, geht auch die Privatsphäre vor die Hunde –, kam er beim Vater, diesem stolzen, und das mit Recht, Selfmademan schlecht an«, erzählt Isabella Soltermann weiter.

Da treffen die Spezialisten vom Kriminaltechnischen Dienst aus Luzern beim Surseer Friedhof ein, und sie reissen die Menschen am Grab des Heinrich Meyer aus ihrem Sinnen. Die Weinbergschnecke geht unbeeindruckt ihrer Nahrungssuche nach. Oder hat sie einen Sinn für Fitness? Gar einen fürs Gehen, so vor sich hin, nichts zu suchen? Die Bachstelze hat sich auf die Einfriedung, eine massive Mauer, zurückgezogen. Melchior Kaufmann ist interessierter Beobachter, der auf Fürsprache Anderhubs hin den Platz nicht verlassen muss. Ein diskreter Einsatz; Emmenegger ist noch nicht zurück von der Stadtverwaltung, und er hat auch keine Anwesenheitspflicht, ist er doch kein Zeuge einer Straftat, sondern nur Feststeller eines ungehörigen Sachverhalts, Entdecker und Melder desselben, ohne irgendwelche Verursacher gesehen zu haben. Es wird fotografiert, und als Patrick Steiner, einer der Spurensicherer, auf der Steinplatte vor dem Grabstein einen kümmerlichen Rest von Exkrementen entdeckt, wirft er einen Blick auf das Gefäss, wo Weihwasser, meist gemischt mit Regenwasser, drin ist, und er hat eine Ahnung: Da hat sich ein Mensch versäubert.

»Was haben Sie gesagt?«, reagiert als Erste Isabella Soltermann.

»Da hat ein Mensch das getan, was zivilisierte Menschen normalerweise auf dem WC tun«, sagt Patrick Steiner.

»Sie spinnen doch!«, entfährt es der Tochter des da Beerdigten, erschrickt ob ihrem Auswurf und hält sich die Hand vors Maul, als ob sie einen verbalen Nachschlag verhindern möchte, sich vielleicht schämt.

»Bist du dir da sicher?«, mischt sich nun Anselm Anderhub ein, bemüht, die Wogen zu glätten, die Soltermanns Ausruf aufgeworfen hat.

»Ziemlich«, sagt Steiner ungerührt.

»Und es kann nicht eine Katze gewesen sein oder ein Hund? Ein Marder? Oder meinetwegen ein Fuchs?«, will Susanne Brechbühl wissen, die das Nachtleben auf Friedhöfen nicht unterschätzen möchte.

»Schauen Sie sich das Weihwasserbecken an. Besser gesagt: Riechen Sie daran!«, sagt Steiner. »Einen Schluck zu nehmen, würde ich hingegen nicht empfehlen.«

Das Gefäss ist halb voll, obwohl es länger nicht geregnet hat, und was wie Wasser aussieht, ist nicht ganz klar.

»Ein Hund mit Zirkuserfahrung, ein gut dressiertes Tier brächte eventuell einen derart präzisen Strahl zustande«, wird der erfahrene Spurensicherer mit Blick für die Details konkret, doch so genau will es niemand wissen, am allerwenigsten Frau Soltermann.

»Aber …«, hebt diese an.

»Ja, das stellt uns vor Fragen«, sagt Anderhub und meint nicht nur jene nach der Herkunft, also dem Urheber oder der Urheberin der exkrementellen Schweinerei.

Zum Beispiel jene, die sich bei jedem Opfer eines Verbrechens oder Vergehens stellt: Wer könnte das warum getan haben? Welche Gründe müssen vorliegen, dass sich jemand zu einer solchen Tat hinreissen lässt? Hinkauern, imaginiert Anselm Anderhub einen konkreten Akt und kalauert rein innerlich: Gut gekauert ist halb getroffen.

Keine Frage: Auch diese Spuren wollen gesichert werden. Da reicht das Fotografieren wie bei der Schmiererei, die Kreuze über dem Namen, nicht aus. Patrick Steiner kennt keine Berührungsängste, arbeitet er doch mit Handschuhen. Und was ihm im Frischzustand der einzusammelnden Objekte an Olfaktorik unangenehm in die Nase gefahren wäre, ist mittlerweile so weit verrochen, dass er nicht einmal tun müsste, was er routinemässig tut: Er atmet durch den Mund. Und füllt routiniert ab.

Die Leute vom Kriminaltechnischen Dienst haben ihre Fotos im Kasten und die Proben in den Asservatenbeuteln. Sie ziehen von dannen, während Anderhub über einen eventuellen etymologischen Zusammenhang der Wörter Beutel und Beute sinniert und zu keinem Schluss kommt. Susanne Brechbühl nimmt sich noch einmal Isabella Soltermanns an und versucht eine Chronologie aufzunehmen, indem sie Antworten auf Fragen nach dem letzten Auftritt ihres Mannes herauszukitzeln versucht. Wobei sie merken muss: Die Frau weiss wenig über ihren Mann, und sie scheint sich auch wenig für dessen Verbleib interessiert zu haben, bleibt im Vagen, vermutlich an der Erfahrung geschult, dass er seiner Wege ging, stets mit der Rechtfertigung, das im Namen seiner beruflichen Tätigkeit zu tun, die erstens ihren Vater ehrt und zweitens für ein gutes Auskommen sorgt. Schicksal?

Genau so habe Isabellas Vater es mit ihrer Mutter gemacht. In späteren Jahren, als die Kinder selbstständig waren, habe sie Wochen im Ferienhaus im Wallis verbracht, das Heinrich Meyer ihr zur Verfügung gestellt, ja eigentlich für sie gekauft habe. Irgendein Gegengeschäft. Was ist kein Gegengeschäft? In Anflügen von entlarvender Ehrlichkeit erzählt die Frau von einem Leben, das schon vor dem Tod Huberts ein Witwenleben gewesen sei. Dass sie sich damit belasten könnte, ist ihr nicht eingefallen. Oder spielt sie ein doppeltes Spiel im Sinne von: Ja, ich hätte ein Motiv, aber wenn ich mich so naiv stelle, erwecke ich einen unschuldigen Eindruck? Susanne Brechbühl weiss nicht, was sie davon halten soll. Steckte sie dahinter, müsste sie einen Helfer gehabt haben, wäre auf einen Komplizen angewiesen, nicht unbedingt für den finalen Schuss, wohl aber, um die Leiche im Surseer Wald zu deponieren.

Anselm Anderhub und Melchior Kaufmann schreiten über den Friedhof. Kiesel knirschen unter ihren Füssen; Melchior hat die Weinbergschnecke vergessen. Beide hängen den Gedanken nach, die in den Pappeln hängen und sich an den Steinen angesetzt haben. Gedanken an den Tod. Gedanken an verstorbene Menschen. Melchior denkt an seine Frau, die vor sechs Jahren ihrer Krebserkrankung erlegen ist. Gemeinschaftsgrab.

In einem Urnen-Einzelgrab ohne Beschriftung liegen Anselms Eltern. Die Wertschätzung, denkt Anselm, korreliert weder mit der Anzahl Friedhofsbesuche noch mit der Wahl der Art des Grabes. Er denkt an seine Eltern, wenn er die Thujahecke in seinem Garten schneidet; das erinnert ihn zusammen mit dem Geruch der frisch abgeschnittenen Pflanzenteile daran, wie einst sein Vater auf einer Bockleiter stehend und mit dem Gleichgewicht kämpfend die Hecke geschnitten hatte, während er, seine Schwester und seine Mutter das Schnittgut zusammenlesen mussten.

Der Geruch des Kellergangs weckt Kindheitserinnerungen, während der Friedhof für ihn kaum persönliche Gefühle und Bilder hervorruft. Bis er Namen und Jahreszahlen liest, Lebensalter ausrechnet und sie mit weltgeschichtlichen Ereignissen verbindet, worauf sein Kopf mögliche Lebensbilder produziert. Der Ort des Todes an sich, der allgemeine Todesbezirk, der ihn mehr als Park, als Biotop, als Ort der Ruhe anzieht denn als Stätte von Andacht und Gedenken. Wer vierzig Jahre tot präsent sein will, bezahlt dafür mehr als 16'000 Franken für ein Hallengrab. Die Quadratmeterpreise in Sursee zählen zu den höheren im Kanton; kein Wunder, wollen die Stadtväter und Stadtmütter mit Hochhäusern Boden sparen. Sie sparen nicht an potenziellem Schatten, denkt Anselm, und irgendwann wird er auch auf sein Haus fallen.

Melchior und Anselm, Brüder im Geiste, Grübler und Schweiger. Der Einladung Melchiors, einen Kaffee zu nehmen im Städtchen, und einen Nussgipfel, verweigert sich Anselm.

»Ein andermal gerne«, sagt er, aber er zöge dem Gipfel die Stangenform vor, und verabschiedet sich mit dem Hinweis, er müsse noch auf der Stadtverwaltung vorbei, man könne die Wiederinstandstellung der Grabstätte in die Wege leiten, diskret, von ihm aus, den Gärtner bestellen mit dem Auftrag, den Stein wieder zu richten, die Schmierereien zu entfernen, das Gepflänz nach Möglichkeit zu revitalisieren, der Zustand sei ja jetzt aufgenommen.

Melchior versteht. Je weniger Leute Zeugen des Vandalenaktes auf dem Friedhof sind, desto besser für den Seelenfrieden der Bevölkerung, desto schlechter für den Bodensatz im Gerüchtetopf des Städtchens, der von Zeit zu Zeit aufgewühlt werden will. Kurz möchte Anselm seinen Kollegen darum bitten, die Sache für sich zu behalten, auch, ja gerade gegenüber seiner Gefährtin, Frau Röösli, nichts zu erzählen, deren Worte im Kleiderladen, wo sie als Aushilfsverkäuferin arbeitet, auf fruchtbaren, multiplikatorisch höchst interessanten Boden fallen könnten. Dann lässt er es bleiben, im Vertrauen auf Melchiors Verschwiegenheit, aber auch, um Melchior nicht zu beleidigen.

Susanne Brechbühl fährt nochmals nach Schenkon: Sie hat da im Hause Soltermann noch ein paar Aufgaben zu lösen. Frau Soltermann fährt voraus. Brechbühl weiss, was sie will, aber das findet sie nicht in Schenkon. Der gute Hubi hat Büro und Heim scharf getrennt. Er habe kaum je Arbeit mit auf den Tannberg genommen, sagt Isabella, aber häufig sei er spät nach Hause gekommen oder nach dem Abendessen nochmals weggegangen. Brechbühl will wissen, womit sich der tote Immobilienhändler – Immobilienhengste nennt der Volksmund in höchstem Masse diskriminierend die Spezies und meint das nicht freundlich, obwohl sich eventuell ein Hauch von Bewunderung ins männliche Pferd geschlichen hat –, womit er sich also in den letzten Tagen seines irdischen Wandelns herumgeschlagen haben mag. Handykontakte, Mailverkehr. Das Übliche eben. Sie ahnt es in diesem Fall und weiss es aus Erfahrung: Neben den Spontantötungen, die mit guter Verteidigung als Totschläge in die Kriminalgeschichte eingehen, stehen die Morde mit langer Vorlaufzeit, und das Bild des toten Soltermann spricht nicht unbedingt für Spontaneität seitens der Täterschaft.

»Wir müssen den Computer und das Handy Ihres Mannes konfiszieren«, eröffnet die Polizistin – sie hat sich in Luzern rückversichert – ihrer temporären Gastgeberin.

»Ich weiss nicht, wo sein Handy ist«, sagt Frau Soltermann, deren Kinder inzwischen mit dem katholischen Pfarramt telefoniert und die Auskunft erhalten haben, sie sollten sich wieder melden, sobald die Leiche freigegeben sei; man werde sicher eine für alle Seiten befriedigende Lösung finden, zumal es wohl zuerst gelte, die Kremation zu organisieren.

Dass ihr Vater kremiert werden soll, ist den Kindern klar; sie wollen ihren Vater nicht mehr sehen in diesem Zustand, die Bilder haben ihnen gereicht. Und Heinz – der Name eine Reverenz vor Gründervater Heinrich? – checkt mal ab, was eine Todesanzeige kostet, einerseits in der ›Luzerner Zeitung‹, andererseits im ›Surseer Boten‹. Ihm ist bewusst: Dieser Tod wird die Leute beschäftigen. Hubi Soltermann ist im Gewerbeverein, in der Zunft, in der Freisinnigen Partei. Ein Zugezogener zwar, aber einer, der sich Mühe gibt, so würden die Eingeborenen wohl urteilen und auf seine Grosszügigkeit verweisen – Sponsor hier, Gönner da –, die wohl auch in den Jahresberichten anlässlich der Generalversammlungen jener Körperschaften ihre explizite Erwähnung finden werde.

»Dann nehme ich mal den Laptop da mit; kennen Sie die Passwörter Ihres Mannes?«, fragt Brechbühl.

Die abschlägige Antwort überrascht sie nicht. Einen

Sinn möchten Passwörter ja haben. Da ruft Anselm an, die Friedhofsgeschichte sei für die Stadt als seuchenpolizeiliche Verantwortliche erledigt; Emmenegger hat die Kompetenz, das Nötige zu veranlassen. Zu Lasten der Staatskasse. Stadtkasse. Bis ein Übeltäter gefunden und überführt ist, den man belangen und dem man die Kosten für die Arbeit in Rechnung stellen könnte. Er gehe noch bei der Firma Meyer und Partner Immobilien und Treuhand AG vorbei, sagt Anselm und wünscht einen guten Abend. Man sehe sich morgen.

Auf dem Weg ins Städtchen macht sich Anderhub Gedanken über den Anteil an Persönlichkeit in Urin und Kot. Und es wird ihm beinahe übel bei der Vorstellung, menschliche Exkremente untersuchen zu müssen. Nein, mit der Medizin hat es Anselm nicht. Seine Kinder wickelte er stets mit Todesverachtung und Mund- statt Nasenatmung.

Zur Jahreskontrolle müsste er auch mal wieder. Zweijahreskontrolle. Oder sinds drei. Wenn Trudi ihn nicht daran erinnern würde, er ginge nicht. Nur schon die Blutentnahme, für ihn ein Graus. Und die Medizinischen Praxisassistentinnen tun das mit frappierender Selbstverständlichkeit. Manchmal hat er gar das Gefühl, aber sagen würde er so etwas natürlich nie, sie ziehen einen essenziellen Lustgewinn aus der ganzen Prozedur, haben eine beinahe sadistische Freude daran, einen offensichtlich – auch wenn er seine Befindlichkeit zu überspielen versucht – verängstigten, wehrlos ausgelieferten Mann, zu stechen und ihm Blut abzuzapfen. Das aufmunternde Lächeln und die Frage, ob es gehe. Sollte er sagen, nein, es geht nicht? Geniessen diese Frauen die Schwäche der Männer?

Anderhub schweift ab. Was will er eigentlich? Ach ja, es ist zwar bald fünf Uhr nachmittags, aber Meyer und

Partner werden wohl auch ohne Partner Soltermann, dem Partner der Isabella Meyer, noch an der Arbeit sein.

Die Meldung vom Tod des Chefs ist längst im Büro angekommen. Franz Schnyder, der Senior im Unternehmen, war noch unter Heinrich Meyer eingetreten, hatte eh nie an die Krankheitsgeschichte geglaubt, die Isabella aufgetischt hatte, Frühlingsgrippe, ein Witz, aber als Besserwisser vom Dienst und Konservativer von altem Schrot und Korn – »wir haben es immer so gemacht« – weiss er um seinen Ruf, die Bedeutung des Wortes Diskretion und hat geschwiegen. Bis jetzt.

»Das war ja mit Händen zu greifen, dass da etwas nicht stimmt«, sagt er, »Hubi war nie krank.«

Anderhub verbietet sich seinen Klassiker – einmal ist immer das erste Mal – und verlegt sich aufs aktive Beobachten. Die Sekretärin Doris Buholzer hat die Meldung vom Tod offensichtlich am meisten mitgenommen: Die Augenpartie, das versteckt kein Make-up, verrät, dass sie geweint haben muss. Und die Blicke der Männer auf die junge Frau, die gute Seele des Betriebs, die erste Abladestation für schwierige Kundschaft, legen dem Polizisten einen Verdacht nahe: War da vielleicht mehr als professionelle Nähe zwischen dem Chef und seiner nächsten Mitarbeiterin? Liegt da am Ende ein Gschleipf in der Luft, das die Herren Franz Schnyder, Felix Marti und Ruedi Stutz, wenn dem so wäre, zweifellos mitbekommen haben müssen?

»Wie Sie sicher wissen, ist Herr Soltermann nicht eines natürlichen Todes gestorben«, sagt Anselm Anderhub, nachdem er sich als Kriminalpolizist vorgestellt hat.

Und deshalb sei er da. Jeder Mord habe seine Gründe, sagt er, und hinter den meisten steckten handfeste Motive, die, das müsse er ihnen ja nicht erklären, nicht nur im privaten Leben, sondern auch in der beruflichen Tätigkeit, im Arbeitsumfeld liegen könnten. Bildet er sich das nur ein? Ist Doris Buholzer beim Ausdruck »Privatleben« zusammengezuckt? Hat Stutz bei der »beruflichen Tätigkeit« nicht einen tiefen, geräuschvollen Atemzug genommen? Und Marti: Der hat sich an dieser Stelle mit der rechten Hand in die Kopfhaare gegriffen, als ob ihn Läuse bissen. Anderhub besinnt sich auf Solides, Materielles.

»Sie werden verstehen, dass ich den Laptop Ihres Kollegen mitnehmen muss«, sagt Anderhub, bewusst nicht vom Chef sprechend, nicht einmal als Primus inter Pares bezeichnet er Soltermann.

Möglicherweise könnten sie die Aufklärung des Verbrechens beschleunigen, wenn sie mit Details bezüglich schwieriger Klienten beispielsweise nicht hinter dem Berg hielten. Wenn sie nicht hier vor allen reden möchten, hier sei die Nummer der Polizei, das Sekretariat, einfach Anderhub verlangen, er sei der Einzige dieses Namens im ganzen Korps der Luzerner Polizei, sagt Anselm, für dessen Vornamen dasselbe gilt wie für den Namen, und er greift in die Innentasche seines Sakkos und verteilt allen ein Kärtchen.

Da klingelt es an der Türe, und zwar ziemlich scharf, so kommt es Anderhub vor, sehr bestimmt und mit Anlauf bis zum Anschlag gedrückt, liest der Polizist aus der Heftigkeit des Klingelns. Doris Buholzer jedenfalls erschrickt, als ob sie das Klingeln erkennen und nichts Gutes ahnen würde. Sie erhebt sich, strebt der Türe zu, doch der potenzielle Kunde oder Klient oder Dienstleistungsbezüger mag nicht warten.

»Ich muss mit Herrn Soltermann ein ernstes Wörtchen reden; seine Offerte ist eine Frech...«, strömt es ihm mit hoher Lautstärke von den Lippen; seine Worte ersterben beim Anblick der Gesellschaft, und Frau Buholzer versucht den Mann zu beruhigen.

»Herr Soltermann ist leider nicht da, wie Sie sehen, tut mir leid, Herr Schnarwiler«, sagt sie.

Beim Namen Schnarwiler fällt bei Anselm Anderhub mehr als bloss ein Groschen: Das ist doch der eingebildete junge Dynamiker, der das Grundstück seiner Schwiegereltern, die Metzgerei samt Umschwung, überbauen wollte, inzwischen überbaut hat. Der Schwiegersohn jenes bedauernswerten Metzgermeisters, der vor drei Jahren in der Nacht der Gansabhauet auf gewaltsame Weise ins Jenseits befördert wurde.

»Herr Schnarwiler?«, sagt Anderhub.

»Was machen Sie denn hier? Der Polizist, nicht? Der Surseer Hercule Poirot! Der Wachtmeister Studer des Surentals!«, spöttelt Severin Schnarwiler.

»Guten Tag, wie gehts?«, macht Anderhub auf jovial.

»Da sind Sie am richtigen Ort, das sage ich Ihnen. Aufräumen. Der Soltermann weiss schon, warum er nicht da ist! Wer solche Offerten macht, handelt kriminell; das widerspricht jeglichem Prinzip von Treu und Glauben«, ereifert sich Schnarwiler.

»Hubert Soltermann wird Ihnen nie mehr dazwischenfunken«, sagt Anderhub seelenruhig.

»Was?«, sagt Schnarwiler.

Die Aufklärung dauert ein paar Minuten, denn die tragische Geschichte des angeheirateten Einsteigers in die Meyer-Dynastie will dem angeheirateten Eindringling in eine Metzgerfamilie nicht in den Kopf, so tut er jedenfalls. Natürlich geizt Anderhub mit Details; er beschränkt sich auf den Todesfall Hubert Soltermann als Faktum, ohne mit einem Wort auf die Todesursache einzugehen. Severin Schnarwiler aber kann eins und eins zusammenzählen: Ein Herzinfarkt oder eine Gehirnblutung rufen keine Kriminalpolizisten auf den Plan.

»Wer übernimmt denn Soltermanns Dossiers?«, gibt sich Schnarwiler obercool und abgeklärt.

»Wir haben auch erst vor Kurzem vom Todesfall unseres Chefs erfahren; ich muss Sie um etwas Geduld bitten«, sagt jetzt Franz Schnyder.

»Wir können die Übung auch gleich jetzt abbrechen«, interveniert Schnarwiler, »denn so habe ich mir eine Zusammenarbeit nicht vorgestellt. Ich finde mit Sicherheit eine Immobilienfirma, die auch an die Interessen ihrer Klienten denkt, nicht nur ans eigene Portemonnaie. Das Angebot Soltermanns ist schlicht eine Frechheit.«

So spuckt er nun die zweite Silbe jenes Wortes aus, das ihm beim Betreten des Büros von Meyer und Partner irgendwo zwischen Bronchien und Halszäpfli steckengeblieben ist.

Und mit diesem Satz macht der Schnösel – das ist das Wort, das Anderhub für diese Art von Mensch ausgesucht hat, jung, überheblich, von sich eingenommen – kehrt und verlässt die Räumlichkeiten des traditionellen Surseer Immobilienunternehmens. Doris Buholzer ist nicht allein, als sie aufatmet, und die Herren lassen sich von Anselm Anderhub ohne Widerrede davon überzeugen, dass er den Laptop des Chefs zwecks eingehender Prüfung, vorab des Mailverkehrs, behändigen muss.

»Kennt jemand Hubert Soltermanns Passwörter?«, fragt er zur Sicherheit nach, im Wissen, dass die Spezialisten vermutlich auch zum Ziel kämen, doch Umwege kosten Zeit und Geld.

Die drei Männer schauen einander an, dann blicken sie alle, wie auf Kommando, so scheint es Anderhub, auf Doris Buholzer.

»Ich meine, man muss doch Zugriff zu den Daten haben, wenn jemand ausfällt?«, ermuntert der Polizist die stumme Gesellschaft, »das ist doch ganz normal, das Geschäft muss weiterlaufen, auch wenn jemand ausfällt, warum auch immer.«

Die Frau lässt sich noch etwas Zeit; Blicke schiessen hin und her. Da hebt einer, es ist der Marti, in unschuldiger Unwissenheit die Schultern. Er scheint der Dienstjüngste zu sein. Als Anderhub weder Anstalten macht, mit Worten, Drohungen also, Druck zu machen, noch allzu offensichtlich das Zeitargument bemüht, und seis durch einen Blick auf die Uhr, als der Polizist also grosse Gelassenheit demonstriert, als würde es ihm nichts ausmachen, noch Nächte und Tage auf eine Antwort zu warten, als allen vier Personen im Hauptquartier des Immobilienunternehmens klar wird, dass eine abschlägige Antwort – nein, wir haben keine Ahnung – umgehend hätte kommen müssen, um glaubhaft zu sein, wird Doris Buholzer weich.

»Hubi hat mir mal einen Zettel gegeben, für alle Fälle, hat er gesagt, wenn er einmal nicht da wäre und ein potenter Kunde, dessen Verlust schwer wöge, eine Information bräuchte«, sagt die Sekretärin.

Na, also, denkt Anderhub.

»Isabella71«, sagt Buholzer.

Das ging aber unerwartet geschmeidig, sagt sich Anderhub und holt seinen Notizblock aus der Mappe: »Und wie geschrieben?«

»I gross und der Rest klein«, sagt Buholzer.

»Das gilt für die Anmeldung beim Starten des Computers?«

»Das gilt immer und überall.«

Schnyder, Marti und Stutz blicken einander an: So unvorsichtig war ihr Chef, und ihnen hat er gesagt, sie sollten sich Passwörter wählen, die keinen Bezug zu ihnen als Personen hätten und auf keinen Fall zum Geschäft. Und nicht immer das Gleiche verwenden. Richtig hintergangen fühlen sie sich, eiei, und bei Schnyders Franz kommt so etwas wie unverhohlene Schadenfreude auf über die Geschehnisse, die freilich mit der unbedachten Wahl von Passwörtern, so nimmt auch Schnyder an, in keinem direkten Zusammenhang stehen. Während für seine Kollegen der Jahrgang der Chefin bislang ein Geheimnis war, Schnyder kannte ihn schon immer. Das Alter kann auch Vorteile mit sich bringen.

Anderhub lässt sich von Doris Buholzer den Laptop von Hubert Soltermann-Meyer bereitmachen, die Frau freilich nicht aus den Augen lassend, deren Finger auf der Tastatur vor allem, denn es sollte ihr nicht in den Sinn kommen, da noch herumzumanipulieren, Dateien verschwinden zu lassen, kompromittierende, wie schnell geht das, nichts da: Den Stecker ziehen soll sie und fertig.

Erstaunlicherweise fragt niemand nach einem amtlich-richterlichen Dokument, das diesen Schritt als rechtens erscheinen liesse. Anselm schliesst daraus, dass niemand gewillt ist, sich für Soltermanns Rechte einzusetzen, und weiter, dass es nicht weit her ist mit dessen Beliebtheit, seinem Ansehen in der Bürogemeinschaft. Loyalität als Fremdwort. Ob jemand froh ist, dass der Chef tot ist? Auf jeden Fall nicht unfroh, doppelte Verneinung, in der Sprache nicht dasselbe wie in der Mathematik: Nicht unfroh, heisst noch nicht froh. Die Sprache kennt die Farbe Grau.

Während Anderhub einmal mehr ins Tagträumen geraten ist – wie sieht eine verhohlene Schadenfreude aus? –, hat Frau Buholzer den Laptop vom betrieblichen Netzwerk abgekoppelt.

»Voilà«, sagt sie, als sie dem Polizisten – die hat vor Kurzem noch geweint, denkt Anderhub erneut – den Apparat aushändigt.

»Vielen Dank«, sagt Anderhub, »und halten Sie sich zur Verfügung, falls wir noch Fragen haben. Dann verabschiede ich mich und wünsche einen schönen Abend allerseits. Es sei denn, jemand von Ihnen möchte noch etwas loswerden.«

Die vier Meyerlinge im Raum blicken einander an. Marti verscheucht mit der rechten Hand eine Fliege, die sich auf seinem Hemd niedergelassen hat. Schnyder, vom Heuschnupfen geplagt, wie die gerötete Umgebung der Nasenlöcher und der Augen verrät, niest sich in die Ellbogenkehle – zur Gewohnheit geworden mit der Coronakrise. Stutz kratzt sich im Dreitagebart und strahlt Nachdenklichkeit aus. Buholzer blickt auf ihren Computer, als ob von dort über eine E-Mail des Chefs aus dem Jenseits die ultimative Handlungsanweisung kommen könnte.

Auf dem Weg nach Hause wählt Anselm Anderhub die Bahnhofstrasse. Der Martigny-Platz erfüllt ihn in seiner Leere mit Erstaunen: Hat die Verdichtung, das Allheilmittel gegen den Kulturlandverlust, so kommt es ihm vor, kurz Pause gemacht? Irgendwie muss da bei der Planung etwas falsch gelaufen sein, denkt er. Oder es war eine andere Zeit. Jede Zeit ist eine andere Zeit, und er würde sich nicht wundern, wenn plötzlich die Idee aufkäme, erstens den Snozzi-Bau aufzustocken und auf dem Platz einen Wohnturm als neues Wahrzeichen Sursees zu fordern. Anderhub hat sie noch gesehen, die alten Bürgerhäuser, die dem Snozzi-Bau weichen mussten. Vage erinnert er sich an den Woll- und Teppichknüpfereiladen.

Ein Turm, ja das zeigt Grösse und Urbanität, aber die Stimmberechtigten von Sursee folgen nicht immer den Ideen des Stadtrats. Schon etliche Vorhaben fanden nicht die Gnade des sogenannten Souveräns. Souverein. Schweineklub. Grössenwahn. Kleingeistigkeit angesichts postmoderner Ambitionen? Das Städtchen ist ein Dorf, denkt Anderhub, was zu hoch hinaus will, phalliert. Falliert. Scheitert. Geht den Bach hinunter. Anselm weiss nicht, soll er sich darüber ärgern oder in Frohheit verfallen, und er ist erleichtert, weder das eine noch das andere tun zu müssen.

Der Polizist, den Laptop eines toten Immobilienmaklers unter dem Arm, schaut in die Schaufenster der Buchhandlung. Er mag das. Bücher, das sind die Tagträume anderer Menschen, und sie zeigen ihm die Unterschiedlichkeit des Empfindens, des Denkens, der Einstellung gegenüber dem Leben. Und dem Leser, also ihm, ermöglichen sie, sich vorzustellen, was auch noch erwägenswert wäre. Anderhub mag Zeitreisen ohne Zeitmaschine, Reisen in andere Regionen der Welt im Kopf, ohne einen Koffer packen zu müssen. Ohne zu frieren oder zu schwitzen. Nicht einmal einen Schirm braucht er. Keine Platzreservation im Zug. Kein Flugticket.

Seiner grundsätzlichen Bequemlichkeit geschuldet sieht er den Mangel an Abenteuergeist und Risikolust, die er in selbstkritischen Phasen als Selbstzufriedenheit und Bünzlitum im Quadrat identifiziert, allein: Da steht er nun vor dem Schaufenster mit Reiseführern und weiss, er kann nicht anders, als sich das nächste

Fenster vorzunehmen mit Belletristik, wobei ihn weniger das Schöne und/oder Traurige interessiert, sondern das Schräge, das Absurde, das Verspielte.

In der Bäckerei kurz vor dem Bahnhof wartet die letzte Nussstange des Tages auf Anselm Anderhub. Immobilienmakler haben es nicht leicht, denkt der Polizist auf dem Weg nach Hause. Ein guter Lohn wird das Leiden am Ruf wettmachen müssen, dabei tun sie ihre Arbeit, wie er seine Arbeit tut. Und wie der Berater von Fussballspielern nicht nur Menschenhändler ist, sondern auch Familienvater.

So versucht er, das innere Gleichgewicht zwischen Vorurteil und Wahrheit durch Relativierungen wieder herzustellen, was ihn aber derart zermürbt, dass er die Nussstange, zum Dessert gedacht, vor seiner Haustüre bereits aufgegessen hat; Trudi verrät der Begrüssungskuss zwar die Schwäche ihres Ehegespons, allein, sie hält sich zurück, fragt nach Anselms Befinden, nicht nach dem Fortschritt der Ermittlungen und erntet eine vage Aussage.

»Das ist der Laptop des Toten.«

Er deponiere ihn gleich bei der Türe, damit er ihn morgen nicht mitzunehmen vergesse, sondern beim Verlassen des Hauses darüber stolpere, sagt Anselm und kann sich annähernd in Menschen hineinfühlen, die spüren, sie nähert sich, langsam zwar, aber unaufhaltsam, die Zeit des Vergessens, die man irgendwann Demenz nennen wird, dann nämlich, wenn keine Tricks, wie er sie noch praktiziert, mehr verfangen, wenn der Mensch sich ergibt, nach Kämpfen und Krämpfen, einer Zeit des Überspielens.

Der Abend im Hause Anderhub an der Christoph-Meyer-Strasse in Sursee findet zu einem grossen Teil im Garten statt, wo Trudi den Trockenheitsgrad der Blumen prüft und Anselm zunächst die Zeitung liest. Das, was ihm am Morgen, als die Todesanzeigen ihm prioritär in die Augen sprangen, entgangen ist. Oder was er, siehe oben, wieder vergessen hat. Die Niederlage des FC Luzern, von einer unnötigen schreibt der Journalist, als ob es im Sport nötige Niederlagen gäbe, sie bringe die Mannschaft wieder in die Nähe der Abstiegszone, und aus der Euphorie, die noch vor wenigen Wochen Träume von der Teilnahme an europäischen Wettbewerben befeuerte, wird umgehend Ernüchterung. Oder Realitätssinn, wie der Kommentator meint: Für sporadische Überraschungen reichts, an Konstanz fehlts.

An Konstanz soll auch die Arbeit der Polizei gemessen werden. Einmal einen Drogenhändlerring ausheben ist ja gut und recht, doch die Arbeit eines Polizeikorps muss über längere Zeit beurteilt werden. Davon ist Anderhub überzeugt, und als er Korps denkt und sich den Tag durch den Kopf gehen lässt, wird ihm bewusst, dass er allein im Verbund mit Susanne Brechbühl mit der Lösung des Falls Soltermann-Meyer überfordert wäre. Zumal dieser Fall Kreise zieht. Und mehrere Fronten eröffnet. Da sollen die Weltmeister, WM, Wagner-Müller, ihren Teil beisteuern. Max soll sie zu Heinrich Meyers Witwe schicken, denkt Anselm.

»Kannst du den Rosen etwas Wasser geben, Selmi«, fragt Trudi, »aber nicht auf die Blätter, nimm die kleine Kanne mit dem engeren Ausguss.«

Wie sich Fragen in bittendem Tonfall geäussert im Schwick zu Aufforderungen, um nicht zu sagen Befehlen umformen können, denkt Anselm. Er hat sich angewöhnt, bei solchen Arbeiten, die er als mechanische bezeichnet, das Weiterhirnen im Kopf nicht abzustellen, was bisweilen zu pflanzenpflegerischen Fehlleistungen führt, indem er die falschen Gewächse giesst oder anderen die doppelte Ration zukommen lässt und sie dabei zu ertränken droht. Trudi hat sich abgewöhnt, ihren Selmi zu schelten dafür. Sie legt ihm im Fall der Überdosis auch nicht nahe, mit Verlängerungskabel und vorgehängtem Föhn den Schaden wieder gutzumachen.

Trudi glaubt an Selbstheilungskräfte.

Wenn sie wollen, dass ich mich erkläre, dann sollen sies haben nach Massgabe meiner Fähigkeiten. Aber sie müssen wissen, dass die Welt der Menschen nur einen kleinen Ausschnitt der ganzen Welt darstellt. Wenn man die Welt der Ameisen nähme, würde man sich aufgrund der schieren Zahl der relativen Marginalität des Tieres Mensch bewusst, dessen Wirken freilich überproportionale, ja überweit reichende Folgen hat. Da kommt meinen Taten, zu denen ich stehe, auch wenn ich sitze oder liege, eine entsprechend krass übertriebene Bedeutung zu, eine Bedeutung, die sie nie und nimmer verdienen, denn jeden Tag werden Tausende von Ameisen zertreten, seis von unachtsam umherwandelnden Schuhen humanoider Fussgänger oder Fahrzeugen, seis von anderen, voluminöseren, schwereren Tieren, da muss ich nicht einmal den Ameisenbären bemühen. Und ich habe die Konfrontation nicht gesucht; ich will nur mein Recht.

5

Ein traumloser Schlaf. Davon kann Anselm Anderhub nur träumen. Auch Trudi wünscht, im eigenen Interesse, ihrem Selmi eine ruhigere Bettruhe. Der Polizist ist im Verlaufe der Jahrzehnte – im Gegensatz zu dem, was man erwarten könnte, was er selber erwartet hat: Erfahrung, parallel zu Alter und Dienstalter gewachsene Abgeklärtheit nämlich – keineswegs belastbarer geworden im Sinne des Wegsteckens von Tageserlebnissen, auf dass sie als Tagesreste nie mehr in einem Traum auftauchen würden. Wenn das Einschlafen noch einigermassen gelingt, mit der Bewältigung der Träume tut er sich schwer. Als ob die Dämonen, die tagsüber seine Umgebung tränken, in der Nacht auf eine Niederlassungsbewilligung pfiffen und bei Anselm ungefragt andockten! Wenn er das Ehebett verlässt, um im Gästebett zu ruhen und Trudis Erholungsbedürfnis nicht zu kompromittieren, nimmt er sie mit, seine Geister und Bilder, Fantasien und Tageseindrücke.

Öffnet er das Fenster im Gästezimmer, das einst Marco bewohnt hat, Anderhubs Sohn, seit drei Jahren Deutschlandkorrespondent einer Zürcher Tageszeitung, suchen die Dämonen nicht das Weite, im Gegenteil, so kommt es ihm vor: Sie holen Verstärkung, die ihm nun das erneute Einschlafen versauen. Von tausend rückwärts zählen. Autogenes Training. Ein Kapitel in einem Buch lesen. Anselm hat alles versucht, seinen Kopf zu befreien von Gedanken, die wie junge Marder in seinem Estrich herumspringen. Die sind kreativ, finden stets neuen Stoff, um daraus ein Spiel zu machen, knabbern an der Isolation, knüpfen Fäden, legen Spuren, verbinden Grabsteine und Messermuster, sodass der Morgen, die frühen Vogelgesänge, ihm zur Erlösung werden, obwohl er die Augen aufzwingen muss. Der bewusste Schritt aus der Welt des Halbtraums in die Wachheit. Es kommt vor, dass Dämonen Fäden spinnen, denen entlang der Polizist sich zu einer Verbindung hangeln kann, die neue Sichtweisen auf die Sachlage in der realen Welt der Luzerner Kriminalpolizei nahelegen. Zu oft aber bleiben am Morgen nichts als ein schaler Geschmack im Mund, ein Durcheinander im Kopf und ein ausgeprägter Harndrang, auch wenn das Weihwasserbecken auf dem Surseer Friedhof Dägerstein bei Meyers Familiengrab in seinen Träumen keine Rolle gespielt hat, oder doch? Nicht jeder Traum wird als Film erinnert; zu oft sind es diffuse Gefühle und Einzelbilder, die erratisch gesetzt die Welt und Wälder der Erinnerung zu einem Labyrinth werden lassen.

Am Dienstagmorgen fährt Anselm Anderhub mit seinem Privatauto nach Luzern zur Arbeit. Nicht, weil Soltermanns Geschäfts-Laptop zu schwer wäre für den Dreiundsechzigjährigen, auch wenn er ihn vom Bahnhof bis zum Hauptquartier tragen müsste; der Grund liegt in Anderhubs antizipatorischen Fähigkeiten: Er will flexibel sein, sollte er ins Feld gerufen werden. Die Chancen stehen gut, dass das Surental ihn sehen will, auch wenn er keine weitere Untat im Zusammenhang mit der Ermordung von Hubert Soltermann-Meyer erwartet oder gar erhofft. Aller guten Dinge sind drei, denkt Anderhub im Reussporttunnel kurz vor Luzern, und was als gut bezeichnet wird, ist sehr relativ. Also können auch aller schlechten Dinge drei sein. Die Verlockung, bei Gelb noch rasch aufs Gas zu drücken, ist gross, doch der Polizist weiss um die Kamera an der

Ampel, die keine Rücksicht nimmt auf den Fahrzeugführer. Er stellt sogar den Motor ab. Manchmal tut der Mensch Dinge, die er zu anderen Zeiten nicht täte. Anselm denkt an heute Morgen, als er nach der Blasenentleerung und dem Spülen eine Spinne verzweifelt hat zappeln sehen im Wasser, ein Bild, das in ihm einen Instinkt getriggert haben muss, Beschützerinstinkt, ja, als Mörder wäre er sich vorgekommen, hätte er sie ermatten und sterben lassen, unterlassene Hilfeleistung, das kann sich kein Polizist leisten. Auf jeden Fall ging er in die Küche, holte eine Kelle aus der Schublade und schöpfte Wasser samt Tier aus der WC-Schüssel, tränkte damit die Geranien vor dem Badezimmerfenster und kam sich vor wie ein Pfadfinder, stolz irgendwie.

Den Laptop gibt Anderhub Andrea Zurfluh ab.

»Etwas zu beissen für die Informatiker. Vor allem der Mailverkehr interessiert mich. Du weisst am besten, wer da drauskommt«, sagt er, »das Passwort sei immer das gleiche, Isabella 71. Ohne Leerschlag oder so. Ob das stimmt, weiss ich nicht. Und es ist ziemlich dringend.«

»Alles ist immer dringend, ich weiss«, sagt Hunzikers Sekretärin mit einer Mischung aus Spott und gutmütigem Verständnis im Ton.

»Genau. Hat Susanne die Kiste vom Home-Office schon gebracht?«, will Anderhub wissen.

»War auch ganz dringend.«

»Logisch.«

An der Neunuhrsitzung die übliche Auslegeordnung, der institutionalisierte Versuch, einen Überblick zu gewinnen über den aktuellen Fall, der nach seinem blutigen Auftakt am Sonntag im Wald eine überraschende Fortsetzung auf einem Friedhof gefunden hat. Aus einem Bagatellfall, isoliert betrachtet, Vandalenakt, konstruieren die Luzerner Kriminalpolizisten einen Zusammenhang von Blut und Stein, da die betroffenen Personen, Herr Hubert Soltermann und Herr Heinrich Meyer, zwar nicht blutsverwandt waren, aber immerhin verwandt durch Heirat, der Soltermann ein Angeheirateter, Schwiegersohn.

Max Hunziker wollte zuerst keinen Zusammenhang sehen. Sachbeschädigung, auch wenn es sich um Störung der Totenruhe und Grabschändung handeln sollte, ist ein anderes Paar Schuhe als ein Mord, eventuell gar ein Ritualmord, sicher eine Art von Hinrichtung. An seinen Verweis darauf, dass das ein Zufall sein könnte, diese innerfamiliäre Beziehung der beiden betroffenen Männer, glaubte Max Hunziker selber nicht, und was die Gruppe Leib und Leben nun präsentiert bekommt, gibt Anderhubs und Brechbühls Anfangsvermutung vollends recht.

Es ist eine Fotografie, die den Wechsel der Ansicht befördert. Und zwar in Lichtgeschwindigkeit. Nicht die Schmiererei auf der Vorderseite, wo über dem Namen Heinrich Meyer rote Kreuze gemalt waren, expressiv, in einer Rage, so erscheint es nicht nur Anderhub. Temporeich hingesprayt, Totenkreuze, nicht Hakenkreuze, die auf eine politisch motivierte Tat hindeuten könnten und zuweilen Personen aus jüdischen Familien aufs Grab geschmiert werden, neun hundskommune Kreuze mit einem etwas längeren südlichen Schenkel. Auf der Rückseite des Steins, weder Anderhub noch Kaufmann noch Brechbühl war das am Vortag aufgefallen, klein, aber deutlich, auf einem Rechteck von etwa acht auf vier Zentimetern zwei Zahlen, getrennt durch einen Schrägstrich. Mit derselben roten Farbe geschrieben wie die Kreuze; aus dem klaren Strich des Sprayers spricht hohe Konzentration, ein Streben nach, ein deutliches Bemühen um Lesbarkeit.

»Da ist nicht der zweite April gemeint«, sagt Anselm Anderhub, und Silvio Wagner schaut auf das Datum rechts unten beim Computer, dessen Bildschirm an die Wand projiziert ist: 17. April.

Susanne Brechbühl erschrickt, und mählich dämmert es allen Anwesenden im Sitzungszimmer, der Groschen fällt ohne Aufsehen, lautlos kugelt und klingelt er ins Bewusstsein der Menschen; man sieht einander stumm an, und die Gedanken werden austauschbar: 2/4! Wir müssen 3/4 und 4/4 zu verhindern versuchen, unter allen Umständen, es geht möglicherweise um Leben und Tod. Und das bedeutet nicht nur eine Erweiterung der Kampfzone, was die involvierten Personen angeht. Die Dimension Zeit wird zum wichtigen Faktor. Und das erzeugt einen Druck, den niemand mag. Er macht fehleranfällig, das weiss Hunziker, und er sagt es.

»Und er bindet Mittel und Menschen«, fährt Max Hunziker fort, blickt in die Runde und runzelt die Stirn.

M&M, denkt Anderhub und stellt sich eine farbige Süssigkeit vor, derweil strategische Überlegungen anstehen. Ein Fischen im Trüben, wo Kraut und wo Rüben? Was packen, was lassen, wie zocken, was fassen?

»Dennoch dürfen wir jetzt nichts überstürzen und auf Panik machen«, sagt der Chef, als müsste er sich selber Mut zusprechen, seine Mitarbeiterinnen und Mitarbeiter kennen das. Ein Räderwerk im Kopf bewegt sich vage; Zahn beisst auf Zahnlücke.

Anselm Anderhub befürchtet die Neuauflage eines

Brainstormings als krampfhaften Versuch, im Zustand der Paralyse etwas Sinnvolles zu tun, von der Paralyse zur Analyse fortzuschreiten, doch Hunziker zieht seinen Block zu sich, krallt sich einen Kugelschreiber und beginnt zu zeichnen. Er macht ein grosses A und umkreist es, was Anselm bei allem Ernst der Lage zu einem Schmunzeln bewegt: Ist der Alte ein verkappter Anarchist? Dann zeichnet Hunziker ein F, umkreist es ebenfalls, und Anderhub denkt bei diesem Buchstaben keinen Augenblick an den Boss als Faschisten.

»Wir müssen grob gesagt in zwei Richtungen ermitteln«, erklärt nun Max der Grosse, »natürlich im Umfeld der beiden involvierten Personen, die eine längst beerdigt, die andere noch in Zürich. Ich meine erstens den Bereich Arbeit oder Beruf, Job, und zweitens die Familie.«

Die Menschen am Tisch nicken.

»Solange wir keine konkreten Hinweise haben, die auf die eine oder andere Seite hindeuten, müssen wir ergebnisoffen zweispurig vorgehen, alles andere ist nicht zielführend«, fährt er weiter und zeigt mit seinem letzten Wort, dass er à jour ist, was den Slang der Manager angeht.

»Es kann durchaus sein«, erlaubt sich Anselm Anderhub, der Senior im Team, einen eigenen Beitrag, indem er das Bild des Bosses aufnimmt und damit seine Zuhörkompetenz unterstreicht, »dass sich die beiden Bereiche A und F touchieren oder gar überschneiden. Immerhin handelt es sich bei Meyer und Partner im weitesten Sinne um einen Familienbetrieb.«

»Richtig«, sagt Hunziker, »und ich vermute sogar, dass dem so sein wird. Die Ermittlungen, so hoffe ich, werden das zeigen.«

»Wenn wir nicht zu spät kommen«, wirft Susanne

Brechbühl, eingedenk der gefunden Zifferkombinationen, ein.

»Dieses Risiko besteht selbstverständlich, und vielleicht ist 3/4 eine verhältnismässig harmlose Geschichte von der 2/4-Währung, was uns einen weiteren Hinweis geben könnte, ohne zu grossen Schaden anzurichten«, meint Hunziker, »wobei wir natürlich nicht darauf warten und im Nichtstun verharren können. Im Gegenteil; Schadensbegrenzung ist, wenn immer möglich, anzustreben.«

Der Morgen bringt noch weitere Details aus Zürich. Hubert Soltermanns Todeszeit setzen die Spezialisten auf Mittwochabend der letzten Woche an. Klar ist auch, dass die Ritzungen nach dem Tod, der durch den Schuss in die Brust eingetreten ist, appliziert worden sind. Von einer eingehenderen Obduktion, Mageninhalt beispielsweise, sehen sie ab. Anweisung der kostenbewussten Staatsanwältin Eva Sonderegger. Allerdings wird die Leiche noch nicht zur Kremation freigegeben, obwohl die Kinder des Toten darauf drängen. Man will sich nichts vergeben, sollten in den nächsten Tagen neue Erkenntnisse gewonnen werden.

Auch von der Fäkalienfront ist auf olfaktorisch neutralem Weg Neues zu erfahren. Während die Bestimmung der DNA im Urin kein Problem war, trotz möglicher Verdünnung durch Niederschläge, Verdunstung durch die Sonne, welche aber vermutlich nur die Konzentration erhöht hätte, stellte sich die Untersuchung des Stuhlgangs oder was davon der Verwitterung und damit dem Zerfall getrotzt hat, als schwieriger heraus. Dennoch, so der Bericht, könne mit hoher Wahrscheinlichkeit davon ausgegangen werden, dass beide untersuchten Spuren von derselben Person stammten.

Deren Identität freilich ist nicht bekannt. Ein Abgleich mit den verfügbaren Datenbanken habe keine Treffer ergeben.

Anselm Anderhub wartet auf die Computer-Auswertungen. Er wartet nicht im Büro, braucht eine andere Umgebung, eine anregendere, würde er sagen, wenn er Krach und böse Blicke provozieren wollte. Denn sein Warten bezeichnet er als kreative Tätigkeit, nicht als Nichtstun. Da fällt auf, was im Trubel der Geschäftigkeit unterzugehen droht. Zum Beispiel die Tatsache, dass ein Wort den Unterschied macht zwischen »andere« und »anregendere«. Regen. Zumindest den Harndrang können Wassergeräusche anregen.

Also fährt er noch am Vormittag selbstbestimmt zum Sonnenberg hoch und unternimmt dort einen Spaziergang. Wieder einmal die Wolfsschlucht, sagt er sich, lange nicht gesehen. Eine urtümliche Waldschaft tut sich vor ihm auf. Uralt, vorgeschichtlich kommt ihm alles vor. Farne wie das feine Venushaar, Natternzungen, Weissmoos, das Brunnenlebermoos, gefallene Bäume, lockere Felsen. Steine, grün überwachsen. Sein Kopf arbeitet am Fall Soltermann-Meyer, ohne dass er es merkt. Anderhub kennt das und vertraut.

Pilze wachsen am Weg, der in der Talsohle verläuft, dort, wo das V-Tal seinen tiefsten Punkt aufweist. Der Boden ist nass in der Wolfsschlucht. Daran hat er nicht gedacht, als er am Morgen das Schuhwerk wählte. Schluchten bleiben lange feucht; die Bäume tragen Blätter; die Sonne bleibt zu weit aussen vor, als dass sie den Boden trocknen könnte. Das Laub wirft Schatten, und die Löcher, die zwischen den einzelnen Blättern die Sonne hereinlassen, tendieren auf dem Boden zu einer runden Form. Der Grund dafür erschliesst sich Anderhub nicht. Verwischt der Luftzug die Konturen?

Rund als Idealform. Die runde Geschichte, die Kugel, das Rad. Form gewordene Vollkommenheit. Seine Geschichte, ihre Geschichte, die Meyer-Geschichte: amorph. Es gilt, sie rund zu machen, ihre Rundheit herauszuarbeiten.

Aber nicht alle Geschichten sind rund oder auf Rundheit angelegt. Was rund ist, hat keine Kanten. In der Rundheit geht alles auf. Logik. Kausalität. Der Teufelskreis ist rund. Da gibt es keine mieschigen Wurzeln, über die man stolpern, auf denen man ausgleiten und sich ein Bein brechen kann. Die Wolfsschlucht hat etwas Unheimliches an sich. Das hängt nicht nur am Namen, der mit der Ansiedlung wilder Tiere wieder aktuell geworden ist, obwohl in Kriens weder Wolf noch Bär gesichtet worden sind. Bloss Füchse vielleicht mit kürzeren Schnauzen und kleineren Gehirnen als Tiere, die abseits von grossen menschlichen Siedlungen leben. Eine Frage der Zeit. Er hat das heute Morgen beim Frühstück in der Zeitung gelesen, und er staunt über die relative Geschwindigkeit des evolutionären Geschehens, wenn die Evolution Lust dazu hat. Ein Komposthaufen ist kein Mauseloch; wem aufgetischt wird, der braucht nicht gross zu studieren. Ob er diesen Sachverhalt auf die Menschen übertragen darf, den zweiten Teil der Aussage?

Anderhub lächelt und sieht ein Eichhörnchen auf einen Baum springen. Keck steigt es auf der dem Zuschauer abgewandten Seite der Eiche hoch und linst ab und zu seitlich hervor. Wenn er stehenbliebe, würde er in den Augen des Tieres zum Baum, zum Strauch? Zum Wandergestrüpp?

Soltermanns Laptop, die Geschäftskiste, liefert den Hintergrund zu Severin Schnarwilers Intervention vom Vortag. In Form eines Mailwechsels werden die Positionen expliziert. Es geht um die Provision, die Meyer und Partner einsacken für ihre Dienstleistung: den Verkauf von drei Eigentumswohnungen in der neuen Überbauung auf dem Areal der ehemaligen Metzgerei Bossert.

• Wir haben 1,5 Prozent abgemacht, das weisst du ganz genau, und jetzt stellst du mir 2,5 Prozent in Rechnung. Das geht nicht, das akzeptiere ich nicht.
• da hast du mich falsch verstanden. Es war immer von 2,5 die rede. Ich bin dir sogar noch entgegengekommen. üblich sind bei uns 3 prozent.
• Willst du mich verarschen?
• die drei wohnungen sind verkauft. ich habe meinen auftrag erfüllt. du weisst, was du mir schuldest.
• Auch mündliche Abmachungen gelten, aber bei dir offensichtlich nicht; das ist ein eklatanter Verstoss gegen Treu und Glauben, Hubi.
• hast du etwas schriftliches?
• Damit kommst du nicht durch.
• und ob ich damit durchkomme.
• Pass auf, was du tust. Ich werde deinen Ruf so weit beschädigen, dass du Kunden verlieren wirst. Ich habe auch meine Beziehungen!
• 2,5 prozent ist eine gute offerte, weit weg von wucher, und wenn du mir drohen willst, musst du aufpassen. damit ist nicht zu spassen. rufschädigung, üble nachrede, das sind justiziable delikte, müsstest du eigentlich wissen.

Der Mann, der genug weiss, heisst Anselm Anderhub: Da stehen Aussage gegen Aussage mit der pitoyablen Rahmenbedingung, dass der eine Herr in Zürich liegt und keine Aussage mehr machen kann. Opfer einer justiziablen Tat. Sehr sogar. Aber ein Grund, jemanden umzubringen? 1/4 meint kaum ¼ Prozent. Und 2/4 könnte man kürzen. Was lernt Anderhub daraus? Solche Abmachungen immer schriftlich machen und unterschreiben lassen. Dabei hat er nicht vor, sein Haus zu verkaufen. Vorderhand. Nach der Pensionierung in eine Wohnung umziehen? Kein Ausweichzimmer mehr bei nächtlichen Beunruhigtheiten? Kein Garten, keine eigenen Stangenbohnen mehr. Keine Amsel mehr, die ihn daran erinnert, dass man einen Sonntagnachmittag auch auf der faulen Haut verbringen könnte? Die Vorstellung gefällt Anselm nicht, abgesehen von den Kosten, die der Surseer Immobilienmarkt Mietern abverlangt. ¼ sind 0,25. Anspielung auf die in Schnarwilers Augen überrissene Maklermarge ins Gesicht des Treuhänders geschnitzt?

Interessant ist der Mailverkehr, den Anderhub im Ordner mit dem Namen db liest. Die Abkürzung steht weder für Deutsche Bahn, noch Deutsche Bank, noch Datenbank, noch Dezibel. Zu lesen ist da der Mailverkehr zwischen Hubert Soltermann und Doris Buholzer, denn wer soll sonst hinter der Mailadresse db@meyerundpartner.ch stecken, die mit hs@meyerundpartner.ch kommuniziert?

Pikant, die Inhalte. Die letzten Eingänge müssen Soltermann unter Druck gesetzt haben, denn Buholzer stellte Forderungen. Chefliebchen ist keine sichere Position. Frühere Botschaften bestechen durch frivole Umschreibungen, die man auch als simple Verschlüsselungen lesen kann. Aufgebote zum DICKtat, liest Anselm da, jeweils abends, manchmal im Büro, und Soltermann beweist damit, dass er durchaus imstande ist, im Mailverkehr Grossbuchstaben zu schreiben. Und »im Buholz ist der Spargel reif«. Dass da etwas lief, ist offensichtlich. Ob Isabella Soltermann von diesem Verhältnis samt abendlichen Dik- und anderen Taten gewusst hat?

Die Tatsache, dass der Fall Soltermann sich verästelt und von einer oder zwei Personen nicht seriös zu behandeln ist, leuchtet auch Max Hunziker und der Staatsanwältin ein. Auf Antrag Anderhubs schickt der Chef Silvio Wagner und Richard Müller zu Isabella Soltermann nach Schenkon. Sie sollen die Frau mit den Erkenntnissen aus dem Mailvermehr konfrontieren. Eifersucht war schon in der griechischen Antike ein starkes Motiv für Untaten, und wenn sie von Huberts Techtelmechtel mit db gewusst hat, wer weiss, wozu eine Frau wie Isabella imstande ist. Vielleicht mit Hilfe ihrer Brut, die sich mit der Hintergangenen solidarisiert?

Irgendwo rinnt jedes Gefäss. Vielleicht konnte Emmenegger seinen Mund nicht halten. Superspreader? Das wird nicht das Friedhofsfaktotum sein. Im Stadthaus arbeiten viele Leute, denen man den Mund nicht verbieten kann, trotz Schweigepflichten, was amtliche Sachen angeht. Das Rinnsal internen, aber interessanten Wissens ist nicht an natürliche Wasserläufe gebunden; es hängt auch nicht an der Schwerkraft, die Wasser selten aufwärts laufen lässt. Dies Rinnsal tröpfelt durch unsichtbare Wellen, knorrige Holztreppen in Dachgeschosse hoch, erreicht Unterwelten von Tiefgaragen, und eine Nachverfolgung ist kaum möglich angesichts informeller Informationspfade. Kein Wunder also, dass der rasende Reporter des ›Surseer Boten‹, Daniel Kleiber aka Daniel Düsentrieb, Wind bekommt vom Vandalenakt auf dem Friedhof Dägerstein. Ihm ist sofort klar: Das ist kein Lausbubenstreich, nicht vergleichbar mit der Verschmierung eines Fahrverbotsschildes im Surseer Wald oder der nächtlichen Umgestaltung eines Kreiselschmucks. Da wird nicht auf den Staat, da wird auf den Mann gespielt.

Als am Montagabend, der Kickoff-Sitzung für die Gewerbeausstellung im Herbst, Hubert Soltermann-Meyer, seit drei Jahren Mitglied des Organisationskomitees, fehlte, kam der Grund für die Absenz, Krankheit, die klassische Frühlingsgrippe, niemandem hinterfragungswürdig vor. Auch Düsentrieb, dem Pressevertreter nicht. Nun aber zählt er eins und eins zusammen. Ein kluger Mensch, auch wenn noch keine Todesanzeige erschienen ist. Er wittert eine Geschichte, zu deren Verfestigung und Verdichtung ihm allerdings noch alles fehlt, was Hand und Fuss hat. Er behält sein Wissen vorderhand für sich, sonst erwartet die Chefin, Cornelia Zuber, wieder weissnichtwas. Und dies sofort.

»Wir haben auf dem Computer Ihres Mannes Hinweise gefunden, die auf ein Verhältnis Ihres Mannes mit einer Sachbearbeiterin bei Meyer und Partner hinweisen«, sagt Silvio Wagner im Hause Soltermann zu Schenkon.

Der Polizist aus Horw ist nicht der Mann der grossen Umwege und des Drumherumredens.

Isabella Soltermanns Gesichtszüge erstarren.

Richard Müller greift mit seiner Frage ein, die die Gesichtsmuskulatur entspannen sollte, indem eventuelles Sprechen dies übernähme: »Haben Sie davon gewusst, Frau Soltermann?«

Die Polizisten und Frau Soltermann sitzen einander gegenüber am grossen Esstisch, Tochter Hanna sekundiert ihre Mutter, übernimmt den Service: Kaffee und etwas zum Knabbern, Amaretti von der edleren Sorte, jedes einzeln in Papier gewickelt und inwendig leicht feucht, genau, wie Müller sie mag. Aller Augen sind auf Isabella gerichtet, deren Mimik langsam wieder ins Leben zurückkehrt.

»Man hat so seine Ahnungen«, sagt sie.

»Sie haben es also geahnt«, sagt Wagner.

»Das hat sie ja eben gesagt!«, ereifert sich Hanna Soltermann und schüttelt den Kopf ob so viel Begriffsstutzigkeit.

»Regen Sie sich nicht auf«, versucht Müller zu beruhigen, »wir möchten hören, was Ihre Mutter dazu zu sagen hat.«

»Ich finde das ziemlich dreist, was Sie hier abziehen. Meine Mutter hat Ihren Mann verloren, das Grab ihres Vaters wurde geschändet, und jetzt hacken Sie auch noch auf ihr herum«, sagt die Tochter, und ihre Empörung ist offensichtlich.

»Lass nur, Hanna«, sagt nun Isabella Soltermann, »die Polizisten tun bloss ihre Pflicht.«

»So ist es«, sieht sich Müller veranlasst zu sagen, worauf Hanna Soltermann erneut den Kopf schüttelt, offenbar eine typische Verhaltensweise der jungen Frau: »Wie unsensibel kann man sein?«

»Können Sie vielleicht etwas genauer werden. Was wussten Sie? Was ahnten Sie? Was haben Sie unternommen?«, kommt Wagner auf die Einstiegsfrage zurück.

»Ich wusste nichts und ahnte alles«, sagt Isabella.

Schweigen. Ein Satz, der sitzt. Im Schweigen produziert der Kopf Bilder. Isabella ist die Erste, die die Stille nicht mehr aushält. Ihr leerer Blick wandert auf der Tischplatte hin und her, hin und her; sie vermeidet den Augenkontakt mit den Polizisten.

»Es ist wie ein Déjà-vu«, sagt sie.

»Wie meinen Sie das?«, hakt Wagner nach, der den Begriff natürlich kennt, nicht aber das, was Frau Soltermann schon gesehen hat.

»Wie ich es sage«, erwidert Isabella.

»Können wir das etwas konkreter haben?«, sagt Müller.

»Was geht Sie das überhaupt an? Das sind private Angelegenheiten! Sie haben den Mord an meinem Vater aufzuklären und nicht in unserer Familiengeschichte herumzuschnüffeln!«, mischt sich Hanna Soltermann erneut ein, zum Leidwesen ihrer Mutter, die ihre Tochter mit einem mitleidigen Blick bedacht.

»Sie haben recht. Aber manchmal gehört zur Aufklärung eines Verbrechens, dass man das Umfeld miteinbezieht und versteht, und da es sich um zwei, zwar in ihrer Intensität unterschiedliche Verbrechen handelt, die Ihre Familie betreffen, sind wir hier«, sagt Müller, der sich von der aufbrausenden Art der Tochter des Mordopfers nicht beirren lässt, in ruhigem Ton.

»Wollen Sie meiner Mutter am Ende den Mord an meinem Vater anhängen?«, fragt Hanna Soltermann.

»Wir hängen niemandem etwas an«, sagt nun Silvio Wagner, dem Richard Müllers Gelassenheit so imponiert hat, dass er es ihm gleichtun will, und seis als Übung, learning by doing, »wir suchen die Wahrheit, den Täter, die Täterin.«

»Also doch!«

»Was also doch?«

»Täterin!«

Der Hinweis Müllers auf den korrekten, ja vorbildlichen Sprachgebrauch seines Kollegen, indem er, auf Neutralität bedacht, beide Geschlechter als Möglichkeiten erwähnt hat, fällt bei Hanna Soltermann offenbar auf mässig fruchtbaren Boden. Isabella Soltermann, die Mutter, die Witwe, hat inzwischen Vertrauen gefasst zu den beiden Polizisten, und sie bittet ihre Tochter eindringlich um Zurückhaltung, was jene in einen Schmollwinkel vertreibt, der sich in ihrem ehemaligen Kinderzimmer die Wendeltreppe hoch im Obergeschoss des Soltermann-Meyer'schen Anwesens befindet.

Was Isabella nun zu Protokoll gibt, erschreckt die beiden biederen Polizisten. Ein generationenübergreifendes Familiendrama breitet die Frau vor den Augen der Kriminaler aus, die sich mehr als einmal verwundert anschauen. Die verborgene Seite des Biedermeyer, denkt Müller, und Wagner findet Trost darin: Es ist nicht alles Gold, was glamourt.

Was ihr passiert sei, habe ihre Mutter leidvoll erfahren müssen, erzählt Frau Soltermann, und sie bricht dabei nicht in Tränen aus, beweist Contenance, will Stärke demonstrieren. Der Vater, der Gründervater der Meyer und Partner Immobilien und Treuhand AG, Heinrich der Grosse, hat Isabellas Mutter für seine junge Sekretärin verlassen und die Mutter ins nette Feriendomizil, ein Chalet im Walliser Dörfchen Mund, bekannt für seine Safrankulturen, geschickt. Eine Art von Abschiebung in ein goldgelbes Exil. Die Kinder, nicht nur sie, Isabella, auch ihre Brüder Bernhard und Jonas, hätten das nie verdaut und nie akzeptiert, was auch erkläre, dass sie ab dem Zeitpunkt, da die Affäre bekannt geworden sei, mit der Firma nichts mehr zu tun haben wollten. Und sie habe sich verbiegen müssen, gewissermassen. Eingebunden in Betrieb und Region Sursee, ohne die Fluchtmöglichkeiten ihrer Brüder.

Immerhin habe sie ihre Mutter regelmässig besucht, aber den totalen Bruch konnte sie sich nicht leisten.

»Mein Mann hat sich auch finanziell am Unternehmen beteiligt«, und wir waren ja alle, auch meine beiden Brüder, Teilhaber, was die Aktien und damit die Dividenden betrifft«, sagt Isabella Soltermann.

Dies trotz aller Drohungen, trotz der Enttäuschung. Sie glaube, ihr Vater sei eben auch in gewissem Sinne sentimental gewesen, wollte dem Zerwürfnis zum Trotz eine Verbindung zu seinem Blut aufrechterhalten – und wenn diese Verbindung zu seinen Söhnen nur in einer Bankverbindung bestand, auf der in eine Richtung alljährlich Gelder flossen.

»Ich glaube, er hoffte sogar auf eine Versöhnung, auf eine Rückkehr in den Schoss der Familie, die verlorenen Söhne sind doch die liebsten, irgendwann, Blut sei dicker als Wasser, sagt man, Zeit heilt doch Wunden, das hat Vater vielleicht tief drin geglaubt«, sagt Isabella Soltermann, denn seine Betroffenheit, seine Wut angesichts des Bruchs zeige doch ein ausgeprägtes dynastisches Bewusstsein.

Natürlich sei sie da nicht sicher, vielleicht rede sie sich da etwas schön, denn auch die Sturheit gehöre zum Erbgut der Meyermänner, und nicht nur der Männer, wie das Intermezzo eben mit ihrer Tochter, für das sie sich entschuldige, illustriere. Dass ihre Situation sie zeitweise beinahe zerrissen habe, könnten die Polizisten sich wohl leicht vorstellen, erzählt Isabella Soltermann. Loyalitätskonflikte gleich dreifach, vierfach, ja fünffach. Die Mutter im Wallis, wo Safran zwar den Kuchen gelb mache und den Reis, was ein intaktes Familienleben aber nicht ersetze.

»Immerhin«, sagt die Frau, »hat der Vater sich eine Prise Anstand bewahrt, dank gutem Geschäftsgang, da mache ich mir keine Illusionen. Unserer Mutter hat er grosszügige Unterhaltsbeiträge ins Bergdorf überwiesen.«

Und das Haus in Mund habe er ihr gratis überlassen, während er den Kindern die Ausbildung ermöglichte.

»Bei mir jedenfalls hat sich die Investition gelohnt«, sagt Isabella Soltermann mit sarkastischem Unterton, »für mich eine schwierige Situation; das können Sie sich wohl denken: Die Brüder, abgehauen nach Thailand der eine, in spirituelle Sphären im Hinterland abgehoben der andere. Und dann Hubert, mit mir zwischendrin. Mittendrin. Zerreissen oder erdrücken, am Ende kein Unterschied. Hubert, der Usurpator, der Profiteur, könnte man meinen, so von aussen betrachtet, vor allem der Abhängige, auf Gedeih und Verderb, sicher keine komfortable Position, solange Vater noch lebte und den Laden schmiss. Hassobjekt vielleicht, Zielscheibe der Verachtung gewiss: Das gespannte Verhältnis zu meinen Brüdern beruhte auf Gegenseitigkeit.«

Silvio Wagner und Richard Müller müssen kaum mehr nachfragen; Isabellas Herz fliesst über, kommt es ihnen vor, das Herz überschwemmt den Kopf, manchmal umgekehrt, so genau ist das nicht zu trennen, und ein Beichtvater könnte sich geschmeichelt fühlen ob so viel Einblick in ein Seelenleben und eine Familienstruktur im Luzerner Mittelland. Eine belastende Situation, daran zweifeln die beiden Polizisten nicht. Motive für beide Taten, den Mord an ihrem Mann wie auch die Störung der Grabesruhe auf dem Surseer Friedhof, hat die Frau üppig. Hätte. Belastende Äusserungen? Wagner will nicht daran glauben. Abgesehen von der rein physischen Kraft, die sowohl 1/4 als auch 2/4 vom Menschen, der die Tat begangen hat, verlangt. Der Mann, der Stein. Die Hassversäuberung.

»Was denkst du?«, fragt Wagner Müller während der Fahrt zurück in die Stadt.

»Wenn sie etwas mit den beiden Taten zu tun hat, ist sie eine grossartige Schauspielerin«, meint Müller.

»Vielleicht macht ein Leben in solchen Umständen jeden Menschen zum Schauspieler«, erwidert Wagner.

»Kann sein«, sagt Müller, »aber würde sie sich derart belasten? Ich habe den Eindruck, sie wollte abladen.«

»Psychohygiene, meinst du.«

»Psychohygiene.«

Beim Wort Hygiene sehen beide jene Bilder vor sich, die sie am Vormittag in Luzern gesehen haben, die Fotos, garniert mit den Kommentaren der Spurensicherer, die die Hinterlassenschaften des Friedhofgrüsels zeigen, die flüssige und die feste. Warum auch immer: Silvio weist Chauffeur Richard an, bei der Raststätte einen Zwischenhalt einzuschalten, er müsse mal, obwohl, soo viel Wasser habe er doch gar nicht getrunken. Während Richard Müller im Auto bleibt und dem Blasentraining frönt, ruft die Zentrale.

»Was gibts, Andrea?«

»Wollte mal kurz nachfragen, ob euer Ausflug Resultate gezeitigt hat«, sagt Andrea Zurfluh.

»Wirre Familienverhältnisse«, sagt Müller.

»Irre?«

»Ja, das auch. Wir sind auf dem Rückweg. Je nach Stau im Tunnel an der Stadtgrenze sollten wir etwa in einer halben Stunde im Hauptquartier eintrudeln«, sagt Müller.

»Sehr gut. Dann dürften auch Anderhub und Brechbühl da sein«, sagt Andrea Zurfluh, »das trifft sich gut, dann können wir noch rasch die Ergebnisse austauschen und die nächsten Schritte planen, meint Max.«

»Okay.«

»Dann bis später.«

»Bis bald, tschüss!«

Scheissleben, denkt Anselm Anderhub auf dem Beifahrersitz im Dienstwagen, nachdem sie Sandra Meyers Anwesen verlassen haben. Susanne Brechbühl fährt. Da hat die Frau ein Haus an bevorzugter Lage, doch das kann ihr nicht helfen.

»Was studierst du?«, sagt Susanne.

»Nichts«, sagt Anselm und ist erschüttert: Susanne ist nicht Trudi, und sein Verhalten kennt keinen Unterschied.

Das kann er nicht machen, das will er nicht tun. Drum räuspert er sich und erlaubt seiner Nachbarin einen Einblick in seine Gedankenwelt, die von der Gefühlswelt des Polizisten nicht zu trennen ist. »Keeping up Appearances«. Das fällt ihm ein, eine britische Sitcom, die er vor zwanzig, dreissig Jahren jeweils angeschaut hat, wenn er nicht schlafen konnte. Mit deutschen Untertiteln. So tun, als ob man Haltung bewahren könnte.

»Muss grausam Kraft kosten, ein solches Leben«, sagt er in Erinnerung an den Nachmittag bei der Witwe des alten Meyer, und da befällt eine Operettenmelodie sein Gehirn, »Immer nur lächeln«, und die Schnulze wird er nicht mehr los.

»Ja, höchst gespenstisch kam mir das vor, tot und nicht tot, untot lebendig, ich weiss nicht, wie ich sagen soll, Zombie?«, sagt Susanne.

Anselm, froh um die Ablenkung, die eine Erinnerung an eine moralische Pflicht erwirkt – Fritz Wunderlichs Stimme tritt für eine Minute in den Hintergrund – , schreibt seiner Frau auf dem Handy eine Mitteilung: musst nicht auf mich warten, komme später, wichtige sitzung, könnte länger dauern. lg a.

Der Vorabendstau, ein Wurm, der bis in den Reussporttunnel hineinwächst, überrascht niemanden. Was nicht überrascht, darf nicht ärgern. Gegen 18 Uhr parkiert Susanne Brechbühl den Wagen in der Tiefgarage, Anselm versorgt seinen Notizblock, den er auf der Fahrt vom Tannberg ob Schenkon nach Luzern mit einem Leuchtstift bearbeitet hat, in die Mappe. Beide nehmen den Aufzug. »Immer nur lächeln«. Anselm ist nicht erstaunt über die Unmöglichkeit, auf Knopfdruck Hirnruhe zu generieren, er ist einigermassen enragiert ob der Ausprägung einer Art Tinnitus, der er schutzlos ausgeliefert ist. Er hofft auf die ultimative Überlagerung, Unterdrückung jener Operettenmelodie, die ihn bei der Vorstellung von Sandra Meyer, der Witwe des Grossen Heinrich, überwältigt, und er weiss zugleich: Es wird auch um diese Frau gehen, jetzt gleich, wenn die Aufzugstüre sich öffnet und sie ins Sitzungszimmer treten, wo Max Hunziker erwartungsvolle Blicke in die Runde werfen wird.

Daniel Düsentrieb steckt in einem Dilemma. Die Chefin hat Wind bekommen von der Friedhofgeschichte. Ein Bild zu machen, blieb ihm verwehrt: Er war schlicht zu spät. Die Gärtner zu früh. Als später der Stadtschreiber auf der Redaktion anruft und darum bittet, kein Aufheben zu machen, die Angst vor Nachahmungstätern, Spekulationen, die ins Kraut schiessen könnten, erlahmt Düsentriebs journalistischer Drang. Die Polizei sei informiert, und man werde die Bevölkerung über die Lokalzeitung zu gegebener Zeit ins Bild setzen. Soll er sich über die Bitte aus der Stadtverwaltung hinwegsetzen auf die Gefahr hin, dafür gerüffelt zu werden? Aber was hat er zu sagen? Was weiss er? Müsste er seine Kombinationsgabe nicht der Polizei zur Verfügung stellen? Nein, das geht ihm gegen den Strich. Und die ›Luzerner Zeitung‹ hat er kaum zu fürchten. Das Dilemma mutiert zum Aufatmen, als die Chefin sich vom Stadtpräsidenten persönlich überzeugen lässt: Nicht der Rede wert, der Zwischenfall. Vorderhand. Und er werde sie zuerst und exklusiv informieren, falls es etwas zu informieren gebe, das verspreche er.

Auf dem Hauptquartier zeichnen Susanne Brechbühl und Anselm Anderhub derweil ein Bild der im Vergleich zu ihrem mit sechzig Jahren im Herbst 2000 verstorbenen Ehemann jungen Witwe, Sandra Meyer. Grundlagen sind die Notizen Anderhubs und die Erinnerungen Brechbühls. Immerhin sei der alte Meyer eines natürlichen Todes gestorben, also nichts mit »Minus 1/4« gebrandmarkt oder so, und zwar an einem Herzinfarkt, zu Hause, eines Abends, daran habe sich die Frau genau erinnert, vor dem Fernseher, während eines Fussballspiels, sie habe die Küche gemacht, da habe er über Schmerzen im Brustbereich geklagt und Atemnot. Als die Ambulanz eingetroffen sei, hätten die Sanitäter ihn zu reanimieren versucht, leider ohne Erfolg.

Nach und nach verdichtet sich das Familientableau samt den inhärenten potenziellen Konfliktstellen, wenn die Ehefrau des Vaters drei Jahre jünger ist als die Tochter, Isabella nämlich, die klar auf der Seite der leiblichen Mutter steht. Da können Wagner und Müller ihren Beitrag leisten. Und die Soko AB illustriert das Elend der Bourgeoisie am Exempel der jungen Frau Meyer, die von allen geschnitten wird, ja gehasst, die als Sündenbock hinhalten muss, dabei ist doch der Heinrich der Bock.

Von Versöhnung könne keine Rede sein; die Kinder, Isabella und Jonas, von Sandra Johnny genannt, hätten sogar die Beerdigung ihres Vaters boykottiert, was in

Sursee zu einigem Getuschel geführt habe. Von wegen »keeping up appearances«: Wers nicht tut, braucht sich um Lästereien nicht zu sorgen. Letzteres trägt Anselm bei, denn Trudi war schon damals im Rückenturnen für Frauen, eine Gesellschaft, die alles weiss und im Urteil schnell und sicher ist. So genau sagt er es an der Sitzung nicht, das hat er seinerzeit Trudi gesagt und damit beinahe eine Ehekrise ausgelöst, deren Ausbruch Selmi mit dem Zugeständnis verhinderte, auch der Männerstammtisch in der »Metzgerhalle« oder im »Vollen Mond« verfüge über eine schnelle und sichere Urteilskraft. Und erst noch eine laute.

Susanne Brechbühl rundet das Meyer-Senior'sche Familienbild ab mit der Mitteilung, dass Heinrich der Alte mit Sandra der Jungen noch ein Kind gehabt habe, einen Sohn, Fabian, 1996 geboren, begraben auf dem Friedhof in Schenkon, der sich aus ungeklärten Gründen vor zehn Jahren, im Herbst des letzten Kanti-Jahres – im Sommer darauf hätte er die Matura gemacht – vor den Zug geworfen habe.

Die Aussage macht die Menschen sprachlos. Wagner greift zum Wasserglas. Ausgerechnet, er mit seiner schwachen Blase, denkt Müller. Zurfluh, die junge Mutter, muss Tränen verdrücken. Hunziker macht ein ernstes Gesicht und denkt an seine Kinder, zum Glück haben sie diese Zeit hinter sich, sagt er sich. Anderhub möchte etwas sagen. Er hält sich zurück. Wenn der Wurm mal drin ist, schwer ihn wieder loszuwerden. Wenns anhängt, hängts an. Manche triffts knüppeldick. Ja, er denkt, auch wenn er sich dagegen wehrt, an ein Wort, das er dank Trudi kennt: karmisch.

Und er weiss nicht, was er davon halten soll. Dass es Bauernhöfe gibt, wo es brennt, Kinder verunglücken, der Hagel zuschlägt, während der Nachbar verschont bleibt. Also sagt er nichts. Denkt an Sandra Meyer, die, als sie das erzählt hat, betont sachlich geblieben ist, als sei so etwas selbstverständlich. Eigentlich will der Polizist nicht an Zwangsläufigkeiten glauben, möchte sich empören, ahnt, dass es Gründe gegeben haben muss, zuletzt einen Anlass, den, hätte er keine schweren Ursachen, Fabian, der Stiefbruder aus einer anderen Generation, mit einem Lächeln hätte abtun können. Nach Gründen zu fragen, verbietet sich. Es gibt sie nicht, die einfachen Kausalitäten. Man muss nicht gemobbt werden, um so etwas zu tun. Man muss die abgrundtiefe Verzweiflung, ein existenzielles Gefühl der Sinnlosigkeit, nicht auf den Lippen tragen. Der Tropfen, der das Fass. Der Strohhalm, der den Rücken des Kamels. Schmetterlingseffekt. Vielleicht eine Laune.

Eine ansteckende Laune: Eine Zeitlang verging kaum ein Monat ohne ›Personenunfall‹ auf der Zugstrecke zwischen Olten und Luzern. Epidemisch. Die Leiden des jungen Werthers. Anderhub schweigt; die Situation kommt ihm vor wie eine Schweigeminute für Fabian Meyer. Eine Schweigeminute für alle Toten. Fabian Meyer wird ihm nicht schnell aus dem Sinn gehen, das weiss der Polizist.

Max Hunziker räuspert sich geräuschvoll, ein Signal, und er meint mit sonorer Stimme: »Die Aufgabe der Polizei ist es, den aktuellen Todesfall, ich meine, den Mordfall Soltermann aufzuklären. Es sieht so aus, als ob da nicht alles ganz sauber ist im Staate Meyer.«

»Ich habe übrigens nachgeprüft beziehungsweise nachprüfen lassen, und zwar auf dem Geschäfts-Computer Hubert Soltermanns, wo die Buchhaltung des Chefs zu finden ist, wer in den Genuss von monatlichen Zuwendungen in Form von Daueraufträgen beziehungsweise der Gewinnausschüttungen gekommen ist. Das Unternehmen muss rentieren. Es sind neben den beiden Frauen Heinrich Meyers auch dessen Kinder und Soltermann selber natürlich als operativ tätiger Teilhaber, dazu Franz Schnyder als Kleinaktionär ohne verwandtschaftlichen Bezug zur Familie«, sagt Andrea Zurfluh, die sich immer mehr von der Sekretärin und guten Seele des Betriebs – was sich auch darin äussert, dass sie Zwischenverpflegungen organisiert – zum vollwertigen Mitglied des Ermittlungsteams entwickelt. Und das trotz ihres Teilpensums. Oder wegen?

»Mit den Kindern meinst du Isabella und Jonas«, fragt Anderhub nach.

»Genau. Und bis zu seinem Tod auch Fabian.«

»Ich würde mich gerne mit dem Aussteiger vom Napf unterhalten, dem Jonas«, sagt Anselm.

»Soll ich ihn herbestellen?«, gibt sich Andrea Zurfluh dienstfertig.

»Nein, ich möchte ihn besuchen, und zwar unangemeldet. Er wird wohl kaum auf einer Weltreise sein«, sagt Anderhub.

»Du kennst die einschlägigen Trips nicht, hast ja keine Ahnung, wohin die einen entführen«, witzelt Wagner, und Hunziker kann nicht anders, als seinem Senior zuzunicken.

»Nimmst du Susanne mit?«, fragt er.

»Gerne«, meint Anderhub, und die beiden Mitglieder der Soko AB schauen einander zufrieden an, »das ergibt eine schöne Erweiterung deiner Geografiekenntnisse, eine probate Extension deines innerluzernischen Horizonts.«

»Der Napf, der Gipfel, die Beiz, der Triangulationspunkt, das liegt im Fall alles auf Berner Boden«, repliziert Brechbühl trocken.

Ich könnte an dieser Stelle an die Globalvernunft eines Weltgeistes appellieren, doch da die Menschheit sich mit Kriegsverbrechertribunalen beschäftigt und mit Menschenrechtsgerichtshöfen für Gerechtigkeit zu sorgen versucht, wäre mein Appell verlorene Geistesmüh, denn die Beschränktheit, ja, sagen wir es, wie es ist, die Borniertheit menschlichen Denkens erlaubt keine Hoffnung auf eine umfassende und neutrale Sicht auf das Weltgeschehen, zu dem auch die kleinen Dramen gehören, denn ohne die kleinen Kriege gäbe es die grossen nicht. Vatermörder. Vorne offener hoher Stehkragen, dessen lose Enden über das Kinn hoch reichen. Parricide, Parasite. Jeder Vater stirbt einmal, und keine Tochter überlebt. Letztlich. Es gibt nur ein Streben nach Gerechtigkeit. Streber machen sich nicht beliebt, aber damit muss ich leben. Und wer etwas unbedingt will, sieht Hindernisse als Herausforderungen ohne abschreckende Wirkung. Neue Papiere – eine Frage von Geld und Beziehungen. Beziehungen dank Geld. Alle wollen leben.

6

Der Aufstieg zum Heimet Chracheloch ist alles andere als ein Sonntagsspaziergang. Natürlich hätten Anderhub und Brechbühl sich anmelden können: Das Heimet verfügt über Telefon, Website, E-Mail. Dann hätte Jonas Meyer ihnen einen Wegbeschrieb übermittelt, und sie hätten als Anstösser oder Kunden, das heisst zahlende Workshopteilnehmer oder Interessenten für einen solchen, ausgestattet mit einer schriftlichen Zufahrtsbewilligung, hochfahren können zu Meyers Gnadenhof für Tiere und spirituellem Zentrum, wo man mittels Meditation und praktischer Arbeit seine innere Mitte finden können soll. Meyers innere Mitte: Y. Anderhubs innere Mitte: ein minimaler Zwischenraum zwischen zwei Buchstaben, zwischen e und r. Dabei: Als vereidigte Polizisten auf Ermittlungstour hätten sie sich eh nicht um Fahrbewilligungen zu scheren. Der Zweck heiligt in solchen Fällen das Verkehrsmittel.

Anderhub hat mehrere Gründe gehabt, die Sache anders anzugehen. Einerseits will er dem Meyer-Erben keine Gelegenheit bieten, sich auf polizeilichen Besuch vorzubereiten. Isabella Soltermann als Beispiel einer Person, die solchen Besuch erwartet und sich entsprechend vorbereitet hat, hinterlässt deshalb einen zwiespältigen Eindruck: Wie soll man vorbereitete, zurechtgelegte Aussagen bewerten? Andererseits will Anselm die Gelegenheit zur körperlichen Ertüchtigung wahrnehmen, zumal sie ihn keine Freizeit kostet, sondern im Rahmen seines Arbeitsauftrags Platz hat. Das eventuell Unangenehme mit dem Nützlichen verbinden; das sind Synergien, Max Hunziker! Und drittens kennt er die positiven Begleiterscheinungen körperlicher Bewegung auf die Gehirntätigkeit aus eigener Erfahrung, ob er sich durch den Gütschwald schleppt oder durch die Wolfsschlucht, die Luzerner Altstadt durchquert oder am Ufer des Sempachersees die Beine vertritt. Da stört ihn auch die Begleiterin, Susanne Brechbühl, keineswegs, das genaue Gegenteil ist der Fall: viertens nämlich. Eventuell erstens.

Die Polizisten parkieren den neutralen Dienstwagen auf dem Parkplatz des Kurhauses Menzberg, und anstandshalber leisten sie sich einen Restaurantbesuch, denn sie möchten ihr Auto für die »Aktion Johnny« da stehenlassen. Die Wirtin dankt für die höfliche Anfrage, das ist sie sich nicht gewohnt, hat nichts dagegen, denn Hochbetrieb herrscht nicht; der leicht bedeckte Mittwochmorgen ist nicht das sonnige Wochenende, wenn die Flachländer nach Höherem streben. Anselm genehmigt sich zum Kaffee – kurz hat er gezögert, eine Cola in Erwägung gezogen, dann aber ist er dem Konformitätsdruck erlegen – eine qualitativ und quantitativ vorzüglich gefüllte Nussstange aus der Menznauer Bäckerei. Susanne begnügt sich mit einem Tee und sagt nicht nein, als Anselm ihr sein Willisauer Ringli, das standardmässig zum Kaffee mitserviert wird und in seiner Härte nach Einweichen in der Kaffeetasse schreit, offeriert.

Von Stärkung kann keine Rede sein. Der moralisch motivierte Pflichtkonsum mache ihn eher träge, sagt Anselm, als die beiden Polizisten von der Gruppe Leib und Leben der Luzerner Kriminalpolizei berucksackt den Weg in Richtung »Arche Chracheloch«, also in Richtung Napf, unter die Füsse nehmen. Geradeaus sozusagen, mit vernachlässigbarer Steigung, gehts zuerst aus der Siedlung hinaus, bevor die Strasse links hochführt. Aus einem asphaltierten Fahrweg, einspurig, wird eine Schotterstrasse, was Susanne positiv vermerkt: Schont die Gelenke. Auch wenn der verdichtete Schotter kaum stärker nachgibt als Beton.

Anselm sagt nichts dazu. Wenns um Glaubenssätze geht, haben rationale Argumente einen schweren Stand. Überhaupt: Anselm mag nicht reden beim Gehen. Susanne solls recht sein. Anselm braucht seine Energie, um die gut achtzig Kilogramm Lebendgewicht den Berg hochzubringen. Seine Taktik ist genau das Gegenteil jener, derer er sich bediente, wenn seine Kinder sich im Rahmen einer Magen-Darm-Grippe übergeben mussten und er Hausdienst hatte sozusagen. Die Hauptverantwortung, wenn Trudi an der Arbeit im Alterszentrum war. Also nicht durch den Mund atmen, das heisst, so schnell beziehungsweise langsam gehen, dass die Nasenatmung zur Versorgung von Herz und Lunge und was sonst noch dazu gehört, das Hirn natürlich, in Abhängigkeit von Herz und Lunge, stellt er sich vor, ausreicht. Ein probates Rezept, das Anselm nicht ins Keuchen kommen lässt und damit auch die Schweissproduktion im erträglichen Rahmen hält: Der arme Tropf tropft nicht; sein Taschentuch feuchtet den Hosensack.

Eine meditative Ruhe überkommt Anselm. Sie schärft seine Sinne für die voralpine Frühlingsflora an den Rändern der Kulturwiesen, und je höher sie kommen, desto weniger dominieren vorsätzlich angesiedelte nährwertoptimierte Futterpflanzen, desto mehr Platz sich auszubreiten hat die Biodiversität. Auch die Tierwelt lebt auf, die Schmetterlinge, vom kleinen Bläuling an feuchten Stellen bis zum etwas arrogant segelnden Schwalbenschwanz (seht, seht, ich gebe mir die Ehre!), Insekten überhaupt, von erdgebundenen schwarzen und metallen schimmernden Käfern bis

Mücken und Fliegen, Heuschrecken. In der Hecke Amseln, Buchfinken, und viele andere Vögel, deren Stimmen er nicht zuordnen kann.

Als Anselm bei einem Zwischenhalt und einem Blick zurück auf Menzberg sein Amselerlebnis vom Sonntagabend erzählt, den offenhörlichen Melodienraub der ›Small Faces‹ erwähnt, wird er sich der Unterschiedlichkeit der Erfahrungswelten bewusst, je nach Alter und Sozialisationsmilieu. ›The Small Faces‹? Kein Begriff. Da nützt es auch nicht, dass Anselm sich im Pfeifen der Melodie übt. Susanne kennt zwar Rod Stewart, dass der aber in dieser Band mitgemacht hat, später, nach dem ›Lazy Sunday Afternoon‹, als die Gruppe sich, offenbar gross geworden, ›The Faces‹ nannte, davon hat sie keinen bleichen Dunst.

Im Morgenlicht glänzend Schleimspuren von Schnecken auf dem Schotterweg. Eine Mönchsgrasmücke – deren unbestimmten Singsang kennt er – plaudert ohne sich auf eine klare Melodie festlegen zu können, palavert, so kommt es ihm vor, wie jemand, dem es immer redet, ein Endlosband, Hauptsache Töne. Als ob sie sich selbst unterhalten müsste, die Stille nicht ertrüge, sich durch Schwatzen wachhielte, aber das sind menschliche Interpretationen, weiss der Polizist, wie so vieles, wie der Ausdruck Immobilienheini von einer Mehrzahl Menschen wohl als despektierlich abqualifiziert würde, nicht aber von Surseerinnen und Surseern. Ein Adelstitel daselbst, dank der Fasnachtszunft Heini von Uri. Da ist der Immobilienhai auf der Beleidigungs- und Diskriminierungsskala ein anderes Kaliber. Dito Hengst.

Als Susanne und Anselm, der Mann noch etwas verschwitzter als die sportliche und gut fünfzehn Jahre jüngere Frau, beide aber gut durchbluteten Hauptes, rotbackig wie Berner Rosen, eine traditionelle Apfelsorte, nach gut zwanzig Minuten auf eine kleine Ebene kommen, sehen sie den Hof. Chracheloch. Es gibt Orte, die eine bessere Aussicht bieten, aber ein Loch ist das nicht. Das Enziloch ist ein Loch, das seinen Namen zu Recht trägt: Felswände, Flühe, rundherum. Hier sieht man immerhin ein gutes Stück ins Mittelland hinaus. Bei Schönwetter und klarer Sicht, muss man sagen. Und das ist an diesem eher trüben Mittwochvormittag nicht gegeben. Zwei Katzen bilden das Empfangskomitee.

»Wie heisst du denn?«, fragt Susanne den Tiger, der ihr um die Beine streicht und eine streichelnde Hand erbettelt, süss freundlich, nicht im Verhörton der Polizistin, während das andere Tier, weiss mit schwarzen Flecken, sich schüchtern gibt, vorsichtig, abtastend, distanziert, hellwach.

Die Naive und der Skeptiker, denkt Anselm, ertappt sich dabei, wie er ohne präziseres Wissen vermenschlicht und sich Klischees bedient.

»Tiger, ist doch klar«, sagt Anselm und spricht den Namen englisch aus, wie den Vornamen des bekannten Golfspielers; er schliesst das aus Farbe und Zeichnung des Felles, braun, grau, schwarz, von vollendeter Symmetrie, wenn er den Kopf betrachtet, aber auch der Rücken, das ganze Fell, wenn es gegerbt auf dem Stubenboden läge, die Stelle des Rückgrates als schwarze Symmetrieachse, kopflos natürlich, auf dass kein servierender Butler darüber stolpere. Und er erinnert sich an eine ähnliche Katze, die Anderhubs hatten, als die Kinder noch zu Hause lebten.

»Meinst du?«, fragt Susanne.

Doch bevor Anselm antworten kann, sehen die beiden Polizisten vor der Tür des Bauernhauses einen

Mann mit rasiertem Haupt. Einen wohlproportionierten Mann, nicht mehr jung, aber ohne Wampenansatz. Eremitisch hager. Für Anselm ein Vorwurf. Der Mann winkt ihnen zu, deutet mit den Armen an, sie sollten nähertreten.

»Schöner Empfang«, sagt Anselm zu seiner Kollegin, und in seinem Kopf kämpft die freudig gefärbte Überraschung einen Kampf mit dem Misstrauen. Vorteil Misstrauen.

Susanne streichelt den Tiger, der eine Tigerin sein könnte, die Tigerin, der vielleicht ein Tiger ist. Das Tier beginnt zu schnurren, und zu viert bewegen sich zwölf Beine auf das Bauernhaus zu.

»Ich bin der Jonas«, sagt der hagere Mann mit Dreitagebart, buschigen Brauen und einem gespaltenen Kinn, wie der Kriminalpolizist auf den ersten Blick wahrnimmt.

»Anselm Anderhub, freut mich, und das ist meine Kollegin Susanne Brechbühl«, stellt Anderhub sich und seine Begleiterin vor, ohne sich als Abordnung einer kantonalen Institution aus Luzern zu outen, das hat Zeit, denkt er, glaubt der an uns als mögliche Workshopler?

Ein Händeschütteln samt leichter Verbeugung. Falsch: zwei. Und eine überraschende Äusserung, die Anderhubs ersten Eindruck bestätigt: Vorsicht ist selten ein Luxus.

»Ich habe euch erwartet«, sagt Jonas, »ihr seid die Polizisten aus der Stadt, stimmts?«

Anselm und Susanne sind baff.

Und Jonas erzählt in selbstverständlichem Ton, dass ihn seine Schwester informiert habe über den Tod ihres Gatten und dass die Polizei nicht ausschliesse, ja wahrscheinlich vermute, dass die Verwandtschaft etwas damit zu tun habe, zumal auch noch das Grab ihres Vaters geschändet worden sei, sie habe ihm ein Bild geschickt.

»Korrekt«, sagt Susanne.

»Es ist eine Binsenwahrheit, dass die meisten Gewalttaten zwischen Familienmitgliedern im weitesten Sinn, zwischen Verwandten also, Angeheiratete inklusive, ausgeübt werden«, sagt Anselm, registriert die fotografische Aktivität Isabella Soltermanns auf dem Friedhof vorgestern, die er nicht bemerkt hatte, und mustert kritischen Blicks den Mann im weissen Leinenhemd und halblanger Hose, der barfuss vor ihnen steht, »aber keine Angst: Wir haben keinen Haftbefehl dabei.«

»Da bin ich aber erleichtert, denn ich leite am Wochenende einen dreitägigen Meditationsworkshop, den könnte ich schwerlich absagen«, sagt Jonas Meyer lockerfroh.

Auf einer Koppel neben dem Haus stehen zwei Esel, ein grauer und ein eher bräunlicher, und glotzen zum menschlichen Trio hinüber, derweil das Schwein, schamlos hingefläzt im Gras liegend, sich nicht stören lässt. Meyer erklärt seinen Gästen, dass er hier, neben den Meditationen für Menschen, Tieren einen anständigen Lebensabend bieten wolle: Sie sollten einmal eines natürlichen Todes sterben dürfen, dann, wenn es Zeit ist, wenn der Kreis sich schliesst. Nicht wie Hubert Soltermann, das sagt nicht Meyer der Jüngere, das denkt Anselm.

»Wie wir Menschen mit Tieren umgehen, ist ja, ohne das Tier beleidigen zu wollen, mit Verlaub, unter jeder Sau«, sagt Jonas, und Anderhub ahnt schon, was kommt: Der macht mir mein Gnagi madig, »im Kanton Luzern leben mehr Schweine als Menschen, aber man sieht sie nicht. Überall sind sie, die Menschen, aber die Schweine sind unsichtbar. Sie sind alle eingesperrt und treten erst tot in den Läden und auf dem Teller der Karnivoren auf.«

Jetzt kommts, jetzt kommts, denkt Anderhub: Kotelett, Filet, Bratwurst, Gnagi, doch der Barfüssige hält sich zurück.

Es folgt ein Sermon über die hohe Sensibilität der Tiere und deren derart nahe Verwandtschaft mit dem Menschen, dass man ganze Herzen, häufiger noch Herzklappen, vom Tier in den Brustraum von Menschen transplantiert. Und seit diesem Frühling wirke erstmals eine Schweineniere in einem Männerkörper. Fakten, die weder Susanne noch Anselm fremd sind. Dabei ist Anderhub der Mann nicht unsympathisch. Unrecht hat er nicht, denkt er, im Vergleich zu radikalen Tierschützern, die mit Anschlägen auf Metzgereien auf Missstände aufmerksam machen, geradezu ein Softie. Und ein Realo. Vor allem, weil er wirklich etwas tut für die geschundene Kreatur. Da gesellt sich noch ein Berner Sennenhund zu ihnen; er leckt Susanne die Hand, was die Polizistin nicht stört; auch wenns ein Entlebucher wäre, zöge sie die Hand nicht zurück. Hätte sich der Hund Anselm in selbiger Absicht genähert, wäre er abgeblitzt. Dass er anders gewählt hat, lässt den Surseer Polizisten dem Tier einen vorzüglichen Instinkt zuschreiben.

»Wir können bei Weitem nicht alle Tiere aufnehmen, die Hilfe nötig hätten«, sagt nun Jonas, »aber wir tun, was in unseren Möglichkeiten liegt, auch finanziell; die Tiere müssen ja versorgt werden. Und manchmal gibts sogar Ärger mit dem Tierschutz, mit gewissen Vorschriften, denen nicht einmal die Menschen genügen können.«

»Wie meinen Sie das?«, markiert Susanne Interesse, noch immer im Siez-Modus.

Jonas weist auf das glücklich seinen Bauch präsentierende Schwein, das – gemäss Vorschrift, formuliert und erlassen an Bürotischen in der Stadt, von Theoretikern, die wohl noch keinen Tag auf einem Bauernhof zugebracht haben – mindestens einen Artgenossen haben müsste; da reichten die beiden Esel als Mitbewohner der Alters-WG nicht.

Jonas erzählt, dass es vor allem angehende Tierpflegerinnen seinen, die da auf dem Gnadenhof gegen Kost und Logis und ein kleines Taschengeld mitarbeiten, ein Praktikum als Schnupperlehre sozusagen. Etwas Idealismus brauche es schon, doch die Anhäufung von Besitztümern mache den Menschen nicht glücklich.

»Wir leben in erster Linie von Spenden«, sagt Jonas Meyer.

Und Dividenden, die die Surseer Makler ihm senden, macht Anderhub sich seinen Reim, rein feinstofflich.

Eben kommt eine junge Frau aus dem Stall, der ans Wohnhaus angebaut ist, mit einer Garette voller Pferdemist. Das riecht man, und es dampft aus der Schubkarre, als sie den Inhalt auf den Miststock leert.

»Ihr habt alle Arten von Tieren?«, will Susanne wissen.

»Alle nicht, aber viele«, relativiert Jonas, obwohl der Vergleich mit der Arche, auf die sie wohl anspiele, nicht ganz daneben sei, »wenns irgendwie geht, nehmen wir ein Tier auf. Die Alternative ist ja in der Regel der gewaltsame Tod, die Entsorgung wertlosen Lebens ohne plausiblen Grund, eine schwere Krankheit zum Beispiel, die auch Menschen nach Suizidbeihilfe schreien liesse, einfach, weil sich aus dem Tier kein Geld mehr machen lässt. Das kennen wir doch, ist noch kaum achtzig Jahre her. Die Kosten-Nutzen-Rechnung; auch der Mensch wird zum Kostenfaktor degradiert.«

Anderhubs Hoffnung wird erfüllt: Jonas sagt nichts von Wiedergeburt als Tier, je nach Leben, das man geführt hat, eine Philosophie, die auch für Anselm nicht jeglicher Logik widerspricht, die ihm aber in seiner Konsequenz nicht angenehm erscheint, stellt er sich konkret vor, im nächsten Leben als Kellerassel das Jammertal durchwandern oder als Schnecke eine mit scharfkantigem Schotter bedeckte Strasse, einen Gehweg zwischen Gräbern auf einem Friedhof, verschleimen zu müssen.

»Habt ihr Durst? Tee? Wasser?«, sagt Jonas und bittet die Polizisten in die Küche, wo eine zweite Praktikantin Gemüse rüstet für das Mittagessen; dann führt er die Gäste in die Stube.

Wandern bringt ins Schwitzen, also Wasserverlust.

»Zu einem Glas kaltem Wasser würde ich nicht nein sagen«, meint Susanne, und Anselm nickt.

»Wir haben eine eigene Quelle; die kauft uns kein Nahrungsmittelmulti ab«, sagt Jonas; solange es noch Jahreszeiten gebe mit Schnee und Regen, gehe ihm das Wasser nicht aus.

Während Jonas nun in die Küche geht und eine Karaffe frisches Wasser holt, schauen sich die Polizisten in der Stube um. Auf dem alten Stubenbuffet – eine Antiquität, Erbstück, einst Aussteuer, Mitgift, Wertgegenstand für ein ganzes Leben, mutmasst Anderhub – eine Buddha-Statue. Der grosse Tisch ein Hinweis darauf, dass man hier zu speisen pflegt, wenn grössere Gesellschaften auf dem Gnadenhof weilen, um zu meditieren. Im Büchergestell Bücher, die Anselm, der Rationalist, nie im Leben lesen würde, vergeudete Zeit und Energie, ihr blosser Anblick ruft beim Polizisten flaue Empfindungen im Bauch hervor, Bücher von Ayurveda bis Zen-Buddhismus, was das esoterische Herz beglückt, ein Regal bestückt mit Titeln wie »Jede Seele plant ihren Weg« oder »Verbinde dich mit deiner inneren Kraft« nebst einem Kochbuch für die vegane Küche. Und »The Psilocybin Mushroom Bible« steht gelassen neben Büchern über Yoga und Meditation.

Als ob er die Gedanken seines Besuchers lesen könnte, sagt Jonas, nachdem er Gläser und Karaffe auf den Tisch gestellt hat: »Wir sitzen da drüben im grossen Meditationsraum während der Kurse, je nach Anzahl Personen und je nach Wetter und Jahreszeit.«

»Aha«, sagt Susanne.

»Wenn wir mehr als sechs Personen sind, und am Wochenende ist das der Fall, brauchen wir die Jurte, auch in der Übergangszeit oder bei Regen«, erklärt Jonas.

»Wo ist sie denn, ich hab gar keine Jurte gesehen?«, fragt Susanne, und Anselm findet ihr Interesse schon etwas übertrieben, verdächtigt seine Kollegin des ehrlichen Interesses.

»Auf der Wiese weiter oben, auf unserem Bödeli. Im Sommer, wenn schönes Wetter herrscht, wird die Wiese zum offenen Meditationsraum. Das ist besonders schön und tief und stimmig, meditieren in der Natur. Besonders für die Gehmediation.«

»Gehmeditation?«, staunt Susanne, für die das Meditieren, Anselm staunt, kein Fremdwort ist.

Sie weiss im Gegensatz zu Anselm, der mit dem Verb sitzen eher die Körperstellung auf dem Klo oder den Aufenthalt in einem Gefängnis verbindet: Sitzen ist ein anderes Wort für meditieren.

»In der Regel sitzen wir dreissig Minuten, dann gehen wir zehn Minuten, und so weiter«, erklärt Jonas, der sich, wie er nun den beiden eröffnet, in den USA in einem buddhistischen Kloster zum Zenmeister hat ausbilden lassen. Neun Jahre Ausbildung. Das hingegen imponiert Anselm, und er stellt sich vor, wie Heinrich Meyer innerlich gebrodelt haben muss, vielleicht auch äusserlich. Esoterics statt Economics. Der Zenmeister füllt derweil die Gläser seiner Gäste mit klarem Wasser vom Napf.

Zenmeister, Neuntöter, Achtsamtkeitslehrer, Siebenschläfer, Sextant, Fünfliber, Vierkantschlüssel, Dreirad, Zweifel, Eintagsfliege. Was Anselm mit herrlicher Hinterhältigkeit, die der Sprache eignet, durch den Kopf wirbelt, würde, wenn es nicht bei den Gedanken bliebe, von Jonas vermutlich der energetisch überaus positiv aufgeladenen Lage des Anwesens Chracheloch – seelenöffnend, kreativitätsfördernd – zugeschrieben. 10 000 Bovis-Einheiten Schwingungsstärke mindestens.

»Sich verbinden mit Mutter Natur, deren Kinder wir sind, darum gehts doch«, hebt Jonas erneut an, für Anselm würde es jetzt reichen, doch der sanfte Zenkämpfer spürt intuitiv den fruchtbaren Boden, personifiziert in Susanne, »für Fortgeschrittene biete ich Visionssuchen an, wochenweise, zu denen Nächte ganz allein hier in den Wäldern der Napflandschaft gehören. Das ermöglicht wunderbare Begegnungen und tiefgehende Erfahrungen, auch mit Tieren.«

»Gibts hier Wölfe?«, fragt Susanne.

»Gut möglich, seit ein paar Jahren sogar wahrscheinlich«, sagt Jonas, »aber die Natur ist ja nicht unser Feind; wir sind Teil von ihr.«

Jaja, denkt Anselm, der Büffel unser Bruder, die Pfingstrose unsere Schwester, die Schwiegermutterzunge unsere Schwägerin, aber ein Wort aus dem Munde des Mannes baut ihm eine Brücke.

»Hatte Ihr Vater Feinde?«, stört Anselm Anderhub die Minne in Meyers Stube, denn er erinnert sich ihres Auftrags, der nicht darin besteht, sich von einem Sonderling, auch wenn er ihm nicht ungerade, der Kollegin Brechbühl sogar sympathisch vorkommt, einlullen zu lassen. Und schon gar nicht will sich Anderhub weiter auf unsicheres, verunsicherndes, ja spiritualistisch vermintes Terrain begeben, das der Meyer Junior – selber nicht mehr der Jüngste, wohl zwischen 55 und 60 Jahre alt, aber gut erhalten – geschickt vorbereitet.

Die Frage freilich trifft Jonas nicht unerwartet, und er beantwortet sie mit entwaffnender Offenheit.

»Feinde ist ein starker Ausdruck, Anselm«, sagt er, und der Kriminalpolizist ahnt trotz seiner Beschränktheit, dass das Wort in der All-Einheit von allem mit allem in der Weltanschauung des Jonas Meyer, wo am Ende alles auf wundersame Weise aufgeht, keinen Platz hat, »aber Gründe, ihn nicht zu mögen, hatten wohl neben mir auch meine Geschwister und vor allem meine Mutter.«

Sie hören die Geschichte, die sie bereits kennen. Der Vater ein Schwerenöter, die leidende Mutter, die Abschiebung ins Safrandorf, die Kinder, die sich mit ihr solidarisierten.

»Mein Bruder suchte die räumliche Distanz; mir reichte die spirituelle«, sagt Jonas Meyer, so reagiere jeder Mensch anders und doch vergleichbar.

Als Anderhub erzählt, was die Polizei auf dem Friedhof in Sursee vorgefunden hat, muss Jonas den Polizisten Recht geben: Auf eine solche Idee kann nur jemand kommen, der von Hass getrieben ist. Ein Schüler, der von einem Lehrer dermassen geplagt, misshandelt, blossgestellt, gedemütigt worden ist, dass erst eine dramatische physiologische Erleichterung auf dem Grab des toten Hassobjekts eine seelische Erleichterung zu verschaffen verspricht. Verarbeitung eines Kindheitstraumas. Racheakt einer Person, die sich über den Tisch gezogen fühlt, aber massiv. Oder dann eine simple Mutprobe Pubertierender, die mal sehen wollen, was sie bewirken können. Test der Eigenwirksamkeit in einer Welt, wo Fremdbestimmung in allen Lebensbereichen die Regel ist? Jonas psychologisiert mit ernster Miene, und er hat volles Verständnis dafür, dass aus objektiver Sicht auch er zum Kreis potenzieller Täter gehört, verpasst es aber nicht, darauf hinzuweisen, dass im Immobiliengeschäft mit harten Bandagen gekämpft werde, das habe er schnell kapiert.

»Vogel, friss oder stirb, das hat mein Vater mehr als einmal gesagt und sich konsequent fürs Fressen entschieden, wenn ichs nicht tue, machts ein anderer, das Totschlagargument«, erzählt der Mann, »mit ein Grund, warum ich ihm nicht folgen mochte.«

Die Frage nach einem Alibi für die letzten zwei Wochen stellen die Polizisten nicht. Ein Fehler? Sie nehmen ihm ab, dass die Arbeit grosse Sprünge nicht zulasse, seis finanziell oder Ortswechsel betreffend. Wenn schon, dann ziehe es ihn bergwärts, napfwärts, sagt Jonas, ein Kraftort, dieser Napf, was wohl niemand bestreite.

Als Anselm auf dem Stubenbuffet ein Einmachglas voller getrockneter Pilze sieht, produziert das Gehirn flugs eine neue Verbindung, und er erinnert sich an eine Begegnung mit Melchior Kaufmann an einem Herbstabend letztes Jahr, er auf dem Weg vom Bahnhof nach Hause, Melchior beim abendlichen rituellen Füssevertrampen zwischen dem historischen Städtchen und den südwestlich davon gelegenen Wohnquartieren.

Melchior: Heute hatte ich ein seltsames Erlebnis, Anselm.

Anselm: Inwiefern?

Melchior: Möglicherweise eines, das dein kriminologisches Interesse wecken könnte.

Anselm: Schiess los!

Melchior: Ich war auf dem Napf, hab beim Parkplatz hinter Holzwegen mein Auto abgestellt.

Anselm: Du hast aber nicht den Wolf gesehen.

Melchior: Nein, das nicht, ich war früh dran wie immer, und auf der Wiese, dieser sonnigen Kuppe nach dem Oberänzi, bevors hinunter zur Stächelegg geht, du weisst, wo ich meine, Mutterkuhhaltung, die Warntafel, da sah ich zwei junge Männer, nicht Wanderer, eher wie Bürolisten mit Stadtrucksack kamen sie mir vor, oder Primarlehrer, die haben mit Stecken jeden Kuhfladen gewendet und sich gebückt und ab und zu etwas abgezwackt.

Anselm: Haben die das Goldsuchen falsch verstanden?

Melchior: Jetzt musst du gut zuhören. Ich hab sie gefragt, was sie hier suchten, und weisst du, was die gesagt haben?

Anselm: Du wirst es mir gleich mitteilen.

Melchior: Pilze! Die suchen spezielle Pilze! Nicht Steinpilze oder Eierschwämme, sondern solche, die nur an bestimmten Stellen und Lagen und Höhen vorkämen, im Jura, aber auch hier am Napf, und sie hätten eine halluzinogene Wirkung, diese Pilze, wirkten wie Drogen, haben sie gesagt, und sie haben mir freimütig ihre Beute gezeigt.

Anderhub hatte recherchiert, noch am gleichen Abend. Psilos. Und die Pilzbibel auf Jungmeyers Stubenbüffet macht für ihn alles klar. Soll er Jonas darauf ansprechen? Strafbar ist das nicht, solange er keinen Handel betreibt, als Dealer auftritt, Jugendliche zum Konsum verführt, im Drogenrausch ein Blutbad anrichtet. Allerdings könne es neben mystischen Erfahrungen, vergleichbar mit Erfahrungen nach LSD-Konsum – Anselm erinnert sich deutlich, nicht an einen Trip, aber an seine Lektüre – auch zu Angst- und Verwirrungszuständen kommen. Ganz harmlos scheint ihm die Sache doch nicht zu sein. Der Polizist verzichtet darauf, Jonas Meyer zu konfrontieren. Sonst hält der am Ende noch einen Vortrag über den medizinischen und darüber hinaus für die Weltrettung relevanten Nutzen des Rauschmittelkonsums im Sinne einer Bewusstseinserweiterung, vergleichbar mittelalterlichen Bekehrungserlebnissen von Mystikern im Wundfieber, die sich daraufhin berufen fühlten, missionarisch unterwegs zu sein wie Ignatius von Loyola, der den Jesuitenorden gründete, Kampforden gegen die Reformatoren und in der jungen liberalen Schweiz des 19. Jahrhunderts verboten. Eine solche Unterweisung muss er nun wirklich nicht haben.

Im Feinstofflichen muss beginnen, was in der Realpolitik seinen Niederschlag finden soll, oder so. Alles ist Energie, positive Gedanken einsetzen gegen Atombomben, gegen den Klimawandel, gegen den Hunger auf der Welt, gegen virale Seuchen. Nein, Anderhub fragt nicht nach, auch wenn ihn des Zenmeisters Meinung, gerade was den Nutzen der Magic Mushrooms für das nachhaltige Überleben der Spezies Mensch angeht, halt doch interessieren würde.

Susanne Brechbühl möchte gerne noch die Jurte sehen, dieses grosse, weisse Mongolenzelt, und Anselm fällt nichts Überzeugendes ein, das dagegen sprechen könnte, und so steigen die drei also, in Begleitung von Bäri und den beiden Katzen, aufs Bödeli hoch, wo die Aussicht nun, da die Sonne der Wolken Herr geworden ist, einen Blick bis nach Menzberg erlaubt und in weiter Ferne dank des aufwärts strebenden Wasserdampfs die Lage der Atomkraftwerke Gösgen und Leibstadt erahnen lässt. In den Gräsern Spinnweben im Tau, dichte Netze. Fressen und gefressen werden. In der Ferne ruft ein Kuckuck. Auch so ein Halodri, denkt der Polizist, von wegen romantischer Naturverklärung: Gemeiner gehts kaum, wenn man bedenkt, auf wessen Kosten er seine Brut aufziehen lässt. Anselm versteckt seine Mühe, mit den beiden anderen Schritt zu halten, mit biologischem Interesse. Margeriten, Hahnenfuss, Buschwindröschen schattenhalb; Emma Schweinchen blinzelt müde, Esel Egon ist kein Kalb.

Die Weltrevolution wird nicht auf der Arche Chrachenloch angezettelt, denkt Anselm, als sie die Jurte betreten: Holzboden, Teppiche, zusammengerollt, Meditationskissen, vermutet er. Oder Yogamatten. Eine warme Atmosphäre, das muss er zugeben, gemütlich. Kraftort? Gute Energien? Holzskelett mit Baumwollplanen drüber gespannt. Es riecht nach Pflanzen, die für eine Räuchersession verwendet wurden, aktuell brennt nicht einmal ein Räucherstäbchen, und Anselm ist ein wenig enttäuscht.

»Lavendel?«, fragt Susanne.

»Weisser Salbei. Wir legen bei unserer Arbeit Wert auf eine energetisch harmonische Atmosphäre, ein Klima ohne Störungen, auch gedanklicher Art, mentale Mitweltverschmutzung sozusagen«, sagt Jonas mit einem Grinsen, das vielleicht als selbstironisch herüberkommen soll. »Wenn du Interesse hast, ich kann dir einen Flyer mitgeben.«

»Hat Ihre Mutter auch mitgemacht bei den Meditationen?«, wirft unvermittelt Anselm Anderhub in die halbreligiös anmutende Andachtsstimmung hinein, zu der er sich nicht zugehörig fühlt, mehr noch, er ist überzeugt, Jonas hat ihn gemeint, den Stimmungsvermieser, spirituellen Mitweltverschmutzer, den Fremdkörper mit seinen skeptischen Gedanken, seine Frage bezieht sich darauf, was er von Isabella gehört hat, dass Mutter Meyer nämlich einen grösseren Teil ihres Lebensabends hier verbracht habe.

»Es wurde gegen das Ende hin etwas schwierig, darum mussten wir sie nach Willisau ins Altersheim verlegen«, sagt Jonas, und das Wort »verlegen« will Anselm nicht so recht zum Gnadenhof passen, doch er kämpft gegen eine vorschnelle Wertung, »ihre Demenz war so weit fortgeschritten und hat sie so stark im Griff gehabt, dass es beim besten Willen einfach nicht mehr gegangen ist.«

Eine Antwort, die zu erwarten war; Anderhub denkt an seine Schwiegermutter: Schwerer als für die betroffene Person ist es für die Angehörigen, denen ein Elternteil entgleitet. Das sagen die Angehörigen und manche pflegenden Betreuerinnen. Anderhub war sich nie sicher: Sollte man das jetzt als Trost verstehen? Unbestritten ist das Faktum, dass jede Begegnung mit einer dementen Person in Anderhub eine Vorstellung von sich selber mit dieser Krankheit weckt und die Frage aufwirft: Was darf ich meiner Familie zumuten? Oder gebietet mir der Anstand, bei ersten Anzeichen den Notausgang, Exit, anzupeilen?

»Also dürfen wir uns von einem Besuch bei ihr nicht viel versprechen«, meint Susanne, deren Ausflug in die

Welt der meditativen Lebensbewältigung mit Anselms Frage ein abruptes Ende gefunden und die Polizistin unvermittelt auf ihren Kernauftrag, die Aufklärung eines Mordfalles, zurückgeworfen hat.

»Leider ist dem so«, sagt Jonas Meyer, »die Heimleitung spricht vom Endstadium; eine ziemlich trostlose Sache, wenn wir sie besuchen: Sie kennt uns nicht mehr oder nur mehr selten. Fremder Blick, und man möchte in ihren Kopf hineinsehen können. Was geht da vor? Immerhin ist sie nicht aggressiv, vielmehr in sich versunken. Blättert in alten Familienalben, lächelt dabei wie von einem anderen Stern.«

Der meditative Idealzustand, das absolute Einssein mit dem Sein an sich, nichts mehr planen, einfach sein im Hier und Jetzt, würde Anselm jetzt gerne einwerfen, doch so stark reitet ihn der Teufel nicht, dass er den Zenmeister Jonas Meyer mit einer bedacht unbedachten Äusserung derangieren möchte, wer weiss, vielleicht trägt er noch bei zur Lösung des Falls. Aber Susanne gegenüber nimmt er keine Rücksicht beim Abstieg zum Parkplatz beim Kurhaus Menzberg, diesem stattlichen Bau aus dem 19. Jahrhundert, als der Gesundheitstourismus aufkam, die Engländer und Heidi lassen grüssen, Sanatorien auf jedem zweiten Hoger.

»Du hast das Zeug zum Zyniker«, lacht sie ihm zu.

»Der Stabreim gefällt mir, aber ich sehe mich lieber als boshaften Spötter«, gibt Anselm zurück und setzt – weil er weiss, Susanne schätzt im Grunde seinen desillusionierenden Zug, dem er den Namen Galgenhumor gibt – noch einen drauf, indem er moniert, was für Tiere gemacht wird, die Arche Chrachenloch ist ein Beispiel unter vielen, stünde auch den Menschen zu, und zwar nicht nur Mehrbesserenwitwen: Gnadenhof.

Die Einladung von Jonas zu einer kleinen Mahlzeit,

selbstverständlich vegan, hat Anselm nach kurzer nonverbaler Augenkonferenz abgelehnt mit dem Hinweis, sie hätten noch zu tun. Er weiss: Susanne wäre nicht abgeneigt gewesen. Bestimmt vegan. Wenigstens vegetarisch. Hätte er ihr zuliebe zusagen sollen? Aber sie haben wirklich noch zu tun, sie haben immer zu tun, solange ein Fall nicht gelöst ist. Auch wenn sie, wie in diesem Fall, nicht genau wissen, was sie tun sollen. Die Bevölkerung bezahlt und erwartet Resultate. Selber nochmals bei der jungen Witwe vorbeischauen? Wie käme das bei Wagner und Müller an? Jetzt hat Anselm erst mal Hunger.

»Das klingt gut, das nehme ich«, sagt Susanne nach einem kurzen Blick in die Speisekarte des Kurhauses Menzberg.

»Das ist ja nur eine Vorspeise«, sagt Anselm: warmer Napfziegenkäse mit Zwiebelkonfit, garniert mit buntem Blattsalat.

Das reiche völlig, sagt Susanne, und Anselm, der schon mit einem Cordon Bleu oder dem rosa gebratenen Lammrückenfilet geliebäugelt hat, passt sich an. Die Kalbsleber hat ihn auch gereizt, doch mit Blick zurück auf den Zeiger der Waage am Morgen und die Geschichten von Jonas am Vormittag, deren Wahrheitsgehalt kein vernünftiger Mensch infrage stellen kann, bestellt er einen grossen Salatteller mit Feigensenfsauce.

»Ich muss noch einmal die Bilder anschauen von Soltermanns Bergung«, sagt Anselm in einer spontanen Anwandlung, auch die Planung des weiteren Vorgehens ist Arbeit am Fall.

»Und ich hoffe, die beiden Computer fördern noch etwas mehr zutage«, sagt Susanne, und beinahe hätte sie von ihrem Wunsch nach mehr Fleisch am Knochen geschwafelt.

Die ultimative Erhellung des Falles Soltermann-Meyer ist ausgeblieben; Ernüchterung macht sich breit, intellektuelle, nicht körperliche, denn die beiden Polizisten können die Gegend allen guten Vorsätzen zum Trotz nicht verlassen, ohne sich eine grosse Meringue mit Rahm einverleibt zu haben. Man gönnt sich ja sonst nichts, denkt Anselm, nicht einmal eine Butterrösti zu einst gut durchbluteten Innereien eines Tieres, das in seiner Jugend mutwillig aus dem Leben gerissen wurde.

Auf dem Surenweg hat an diesem frühen Nachmittag Isabella Soltermann, geborene Meyer, eben die Hauptstrasse zwischen Büron und Knutwil überquert und gestaunt über den regen Verkehr: Sie musste von ihrem Fahrrad absteigen und warten. Eine Rennstrecke, mit der sich viel Geld machen liesse, wenn der Kanton ein Blitzgerät aufstellte, denkt sie auf ihrer Velotour, die einen doppelten Sinn hat: Fitness erhalten (das macht sie seit Jahren) und den Kopf auslüften (diesem Zweck dient die Ausfahrt verstärkt seit dem tragischen Ereignis, wie in der Todesanzeige dereinst zu lesen sein wird). Der mittelprächtige Frühlingstag, ein Musterbeispiel eines Apriltags, ja der Inbegriff desselben, der nicht weiss, soll er auf die Regen- oder auf die Sonnenseite kippen, hindert Isabella nicht an körperlicher Ertüchtigung. Der Monat bietet als Option noch etwas Sturm und Temperaturschwankungen, und, falls die Unentschiedenheit beschlossene Sache ist, bleibt ungewiss, zu welchen Anteilen die Phänomene auftreten sollen. Der Elektromotor arbeitet im Ernstfall zuverlässig, und der kommt meist erst auf der Heimfahrt so richtig zum Einsatz, auf Position Sport oder Turbo, nicht bloss Eco, wenn Isabella, müde von mehr als dreissig Kilometern Pedalarbeit, in Sursee vom Städtchen in Richtung Abzweigung nach Schenkon etwas Steigung überwinden muss; dies gegen ihren ersten Radfahrzweck. Daran denkt sie auf der Fahrt das Surental hinunter in Richtung Nachbarkanton Aargau nicht. Die elektrische Unterstützung hat sie ausgeschaltet, denn der Fluss fliesst talwärts, wenn auch bloss mit geringem Gefälle. Und die Moräne bei Staffelbach, die einzige Steigung von Belang, wird sie mit dem nötigen Anfangsschuss zu meistern wissen.

Du hast immer wieder eine Wahl, eine Wahl zwischen Geleisen, kannst sogar die Weichen selber stellen. Ich habe sie gestellt, als ich ging. Am liebsten hätten sie mich weggesperrt. Sturkopf. Stierengrind. Dabei: Meine Flucht hat die Fassade gerettet. Die Wiederkunft verdanke ich meiner Kaltblütigkeit, wenn es darauf ankommt. Spät hab ich sie gewonnen. Wie ein Blitz, der Durchblick: Das ist meine Chance. Packen oder vorbeiziehen lassen. Ich muss. Jeder Mensch hat seine Wahl. Manche können nicht über ihren gierigen Schatten springen. Wenn die Gier im Schatten steckt, ist die Infektion perfekt. Ich bin kein Mörder; mir hätte ein Mal genügt, die Genugtuung, dass ich nicht der einzige Mensch bin, der gezeichnet auf der Welt herumirrt. Ich male gerne Male. Nachhaltig. Ritze. Schnitze. Ätze.

7

In den Adern von Heinz Soltermann fliesst der Realitätssinn seines Vaters. Der Sohn des unschön zu Tode gekommenen Surseer Immobilienmaklers und Treuhänders Hubert Soltermann-Meyer, des Hauptaktionärs und Geschäftsführers der Meyer und Partner AG, weiss, er kann diesen Tod nicht unter den Teppich kehren; kein Deckel lässt sich über den Mord stülpen, zumal die Polizei ermittelt, sicher auch im Geschäft, und so entscheidet er sich in Absprache mit seinen Geschwistern und Mutter Isabella, die alle froh und dankbar sind um sein Engagement, in der ›Luzerner Zeitung‹ und im ›Surseer Boten‹ eine Todesanzeige erscheinen zu lassen.

Am meisten Kopfzerbrechen bereitet die Begründung des Todes. Von einer Ermordung zu schreiben, geziemt sich nach Meinung des Familienrats nicht. Das würfe Fragen auf, die man nicht gerne hörte. Wer ermordet wird, hat Verbindungen zur Welt des Verbrechens, auch wenn es sich um eine einzige und einmalige und abschliessende handelt. Im besten Fall. Schliesslich einigt die Familie sich auf eine Anspielung, wie sie ähnlich verklausulierend üblich ist bei Krebs (»nach langer geduldig ertragener Krankheit«) oder Suizid (»Unendlich traurig und in tiefster Liebe beugen wir uns deinem Willen«), eine Umschreibung, die Interpretationsspielraum offenlässt, von Eingeweihten aber nicht missverstanden werden kann. »Opfer eines tragischen Unglücks« – Unfall oder Mord, wer will, kann auch Selbstmord drin lesen. Dass die Firma keine separate Todesanzeige erscheinen lässt, stösst einigen Eingeborenen der Stadt Sursee und etlichen Angehörigen der Importanzija, den Honorablen aus Politik, Wirtschaft und Kultur, auf, und manch einer sieht darin einen Hinweis, dass da etwas nicht ganz sauber ist. Geiz? Das würden manche als Kompliment auffassen, frei nach der Redensart, wonach man bei den Reichen sparen lerne. Niemand spricht die Herren Schnyder und Co. freilich darauf an, das bräche die Regeln der Pietät, doch das Munkeln und Raunen stellt man damit nicht ab, das Gegenteil ist der Fall.

Das masslose Mutmassen infiziert auch die Räume der Redaktion des ›Surseer Boten‹, der regionalen Wochenzeitung. Cornelia Zuber hat die Polizeimeldung vor sich auf dem Bildschirm, als der Anzeigenleiter Seppi Estermann das Büro der Chefin betritt und von der Todesanzeige berichtet.

»Ihr macht hoffentlich noch einen Nachruf im redaktionellen Teil?«, sagt Estermann.

»Puh!«, macht Zuber nur.

Estermann weiss es selber: Am Mittwochnachmittag müsste der Stadtpräsident persönlich Drillinge geboren haben, damit der Druck der Zeitung aufgehalten und abgebrochen würde, die Ausgabe auf Freitag verschoben. Am Mittwochmittag ist Redaktionsschluss; daran ist nicht zu rütteln. Und darauf haben die hinterbliebenen Soltermänner und -frauen keine Rücksicht genommen.

»Ihr wisst selber, die Firma Meyer und Partner ist ein guter Kunde, macht noch Inserate, wenn auch nicht mehr so viele wie einst«, sagt Estermann, »reicht auch nächste Woche noch. Und vergesst nicht, der Mann war erst noch Heinivater und seit Jahren im OK der Gewerbeausstellung.«

»Die sollen selber etwas machen, die Familie, und

wir druckens ab«, schlägt Daniel Kleiber vor, dem die spärlichen Inserate eh nach Alibi stinken, damit die Kirche im Dorf bleibt und der Gratisanzeiger in Sachen Werbung nicht vollends das Werbemonopol im Printbereich hat.

»Mich würde ehrlich gesagt mehr interessieren, wer den Soltermann um die Ecke gebracht hat und warum«, sagt Zuber, der das Journalistische näher liegt als das Werbetechnische, wohlwissend, dass Ersteres von Letzterem abhängig ist, das hat die Verlagsleitung ihr bereits vor ihrer Wahl zur Chefin klar gemacht und immer wieder nachgedoppelt, wenn sie Inserenten unsensibel behandelte, »das ist doch die Geschichte, die die Leute bewegt, und nicht ein lobhudelnder Lebenslauf, wo jeder weiss, dass der von Einseitigkeit und Heuchelei trieft. Am Ende hat er sich selber das Leben genommen, weil er himself eine Leiche im Keller liegen hat, die kurz vor der Auferstehung steht, man kennt das ja, eine Unterschlagung, wogegen ein uneheliches Kind als Bagatelle durchginge.«

Oha, denkt Estermann, und hoppla, da ist eine Frau gehörig in Fahrt gekommen, wird aus seinem Sinnen und Staunen aber erlöst vom Reporter Daniel Düsentrieb.

»Du hast recht, aber das ist nicht unsere Baustelle, das ist Sache der Polizei, und unser Job ist es nicht, Spekulationen anzuheizen, die auch ohne unser Zutun ins Kraut schiessen«, meint Kleiber und verweist auf das Feierabendbier am Vorabend im »Vollen Mond«, wo am Stammtisch schon alles klar gewesen sei: Der Strizzi vom Napf brauche doch Geld. Ist doch klar wie Surenwasser. Dem Soltermann habe es doch ausgehängt, den Nichtsnutz zu finanzieren. Wobei ihm persönlich das zu kurz greife, sagt Kleiber, vor allem im Zusammenhang mit der dubiosen Friedhofsgeschichte. Und die Klarheit des Surenwassers nähre die Glaubwürdigkeit des Votanten keineswegs. Ein anderer am Tisch, es ist der Elektriker Burri, habe eher eine Abrechnung im Immobilienmilieu vermutet, denn da herrschten mafiöse Zustände, und wer nicht pariere, sei bald weg vom Fenster. Aber er wolle nichts gesagt haben, schliesslich müsse jeder von etwas leben, auch er sei auf Aufträge aus der Bauwirtschaft angewiesen.

Auf der Heimfahrt vom Menzberg wird Anselm Anderhub seinem, sicher bei Wagner virulenten, Ruf als Mann sprunghafter Entscheide gerecht. Beim Rückmarsch in die Zivilisation, begleitet vom Zirpen der Grillen in den Wiesen, hatte er noch daran gedacht, ein, zwei Schritte zurückzutreten, was die ganze Geschichte angeht, Distanz zu gewinnen, die Bilder vom Surseer Wald, als Soltermann gefunden und geborgen wurde, nochmals genauer anzusehen. Nun drängt es ihn nach Sursee. Er telefoniert dem Büro Meyer und Partner und bittet um einen kurzen spontanen Termin. Ja, sie seien da, gibt Doris Buholzer dem Polizisten Bescheid, allerdings nur bis 17 Uhr. Und Herr Stutz sei den ganzen Tag abwesend. Wen er sprechen will, lässt er offen, obwohl er seine Zielperson kennt. Susanne fährt den Dienstwagen also nicht über die Schnellstrasse nach Luzern; in Wolhusen gehts links hoch, und über Buttisholz und Oberkirch erreichen die Polizisten Sursee.

»Wir sehen uns morgen«, sagt Susanne Brechbühl zum Abschied.

»Tschüss, und einen guten Abend«, sagt Anselm Anderhub und schlägt die Türe zu mit einem Schwung, den der Dienstwagen nicht nötig hat, im Gegensatz zu

Anderhubs altem Opel. Im Knall unter geht Susannes Gruss an Trudi.

Am Hauptsitz von Meyer und Partner hat man ihn erwartet. Trudi hätte die Nase gerümpft, hätte Anselm ihr die Achselhöhle zum Schnuppern hingehalten. Die Zeit, die Zeit! Senior Schnyder markiert Interesse, fragt nach erhellenden Fundstücken auf dem Computer seines toten Chefs, dem Laptop, den Anderhub am Vortag abtransportiert hat. Anselm gibt sich zugeknöpft, lässt sich nicht in die Karten blicken. Er hat keine; er weiss nicht einmal, was Trumpf ist, A oder F, Arbeit oder Familie, arbeitende Familie.

»Können wir uns hier an einem diskreten Ort unterhalten oder muss ich Sie nach Luzern bestellen?«, wechselt Anderhub nach freundlichem Smalltalk-Vorgeplänkel, ohne Rücksicht auf die Mithörenden Schnyder und Marti, den Ton.

Er spricht die Sekretärin an, die Intima des toten Bosses, vermutlich auch, was die betrieblichen Geschäfte betrifft. Von den trieblichen hat er gehört. Doris Buholzer ist von schneller Auffassungsgabe und weist auf das Besprechungszimmer hin, das gerade frei sei und gemäss Tagesplan frei bleibe, geht voraus, den Polizisten im Schlepptau. Spiegel des Rehs, kommt ihm in den Sinn, als er den engen Jeans ins Nebenzimmer folgt, und er kann sich vorstellen, dass Soltermann nicht der einzige Jäger war, der solchen Reizen erliegt, erlag, erlegen ist. Das Reh bittet zu Tisch, bietet Wasser aus dem Wasserspender im Raum an, ein Angebot, das der Jäger gerne annimmt; die Meringue-Süsse in den Zähnen, auf der Zunge und oben am Gaumenfleisch macht durstig, verlangt nach Spülung.

»Ich denke, es ist Zeit, dass Sie uns reinen Wein einschenken, Frau Buholzer«, sagt Anselm ernst, blickt fest in die blauen Augen der Dame und nimmt einen Schluck Wasser.

Die junge Frau zeigt sich im Vergleich zur ersten Begegnung frisch, dezent geschminkt und proper aufgemacht. Sie trägt zu den Jeans eine Bluse mit gelbem Untergrund und floraler Musterung, die dem Frühling zu seinem Recht verhelfen soll, Ohrgeplänkel flankiert das hübsche Gesicht, und ein silbernes Metallstück glänzt im linken Nasenflügel.

Nach drei Bedenksekunden, während denen sie den Blick vom Polizisten abgewendet hat, sagt sie: »Was wollen Sie denn genau wissen, Herr Anderhub?«

»Beginnen wir beim geschäftlichen Teil«, hebt Anderhub an, »Gab es in den letzten Wochen oder sagen wir Monaten Konflikte?«

»Was meinen Sie mit Konflikten?«

Anderhub muss sich zusammenreissen, um nicht ausfällig zu werden, versteht ja heute jeder Kindergärtler dank Schulsozialarbeit und Mobbing-Prävention, und er spürt keinen Kollaborationswillen in ihrem in den Worten freundlichen, darunter und dahinter aber eher Renitenz verratenden Ton.

Statt »Nun machen Sie mal kein Theater, Sie wissen genau, was ich meine« säuselt er in ebenso schmierigem Ton, er hätte gerne Auskunft über Streitereien, von deren einer, jener mit Herrn Schnarwiler nämlich, er diese Woche schon Zeuge geworden sei. Offenbar fühlt sich Frau Buholzer ertappt.

»Ein Dauerbrenner seit dem Tod von Bernhard Meyer – Sie wissen, umgekommen beim Tsunami vor ein paar Jahren, da war ich noch nicht da – ist die Teilhabe der Meyer-Familie an der Firma, obwohl auf operativer Ebene von der Gründerfamilie niemand mehr dabei ist, oder, sagen wir es vorsichtig, noch nicht, wenn man die nächste Generation, freilich nicht mehr unter dem Namen Meyer, miteinbezieht«, sagt sie.

»Etwas konkreter, bitte.«

»Hubi, ich meine Herr Soltermann, kam ja im Wesentlichen über seine Frau in den Besitz seiner Firmenanteile. Franz Schnyder, unser ältester Mitarbeiter, hält auch noch ein paar Prozente. Einen grossen Anteil hält nach dem Ausscheiden des Thailänders, dessen Aktien zwischen seinen beiden Geschwistern aufgeteilt wurden, Jonas Meyer, der sich aber gar nicht ums Geschäft kümmert, sondern einfach Dividenden garniert.

»Und die Witwe des Firmengründers?«

»Sie meinen …«

»Die junge Witwe.«

»Die hätten sie ausbezahlt, gleich mit der Erbteilung, als der Seniorchef starb«, sagt Doris Buholzer.

»Aber …«

»Genau, an sie fielen später die Anteile, die dem gemeinsamen Sohn …«

»Sie meinen Fabian Meyer?«

»Genau, den hab ich vergessen, Fabian, der ja, wie Sie sicher wissen, sich das Leben genommen …«

»Wo liegt das Problem?«

»Hubi strebt die Mehrheit an.«

»Strebte.«

»Er sah nicht ein, wieso dieser Jonas für sein Nichtstun den gleichen Profit aus dem Unternehmen schlägt wie er. Und die Sandra rührt auch keinen Finger fürs Geschäft.«

»Es geht ja nur um die Dividenden; Lohn wird er kaum beziehen. Genau so wenig wie die zweite Frau des Seniors.«

»Das ist richtig, aber bei strategischen Entscheiden muss es manchmal schnell gehen, und man sagt ja nicht umsonst, drei Menschen, drei Meinungen. Wobei Sandra sich gar nicht einmischte.«

»Also wollte Hubi Jonas entmachten.«

»Er hat ihm gedroht, als Jonas wieder einmal anrief und seine Anteile in obszöner Weise vergolden wollte; das habe ich mitbekommen. Eine perfide Art von Erpressung, wenn Sie mich fragen.«

»Eines Abends, als Sie und Hubi sich hier verlustieren wollten.«

Dumm ist die nicht. Ja, es stimme, sie hätten eine Affäre gehabt, Hubi und sie, schon länger. Das komme vor, wo komme man sich näher als am Arbeitsplatz, nichts Besonderes, da entwickle sich, gerade in einem so sensiblen Bereich wie Immobilien und Treuhand, ein Vertrauensverhältnis, notgedrungen bekomme man als Sekretärin einiges mit, auch sehr Vertrauliches, um nicht zu sagen Pikantes.

»Und seine Frau?«

»Wenn sie nichts geahnt hat, ist ihr nicht zu helfen.«

»Sie können sich also vorstellen, dass hinter der Ermordung von Hubert Soltermann seine Frau stecken könnte, eventuell sekundiert von ihrem Bruder?«, sagt Anderhub.

»Vorstellbar ist alles«, sagt Doris Buholzer und stellt sich mit dieser Aussage in die Nähe Anselm Anderhubs.

In der Politik würde man wohl von einem Putschversuch reden, denkt Anderhub.

»Auch Sie hätten ein Motiv, Frau Buholzer, das klassische, wie es in jedem Groschenroman Wiederauferstehung feiert«, sagt Anselm.

Die Frau runzelt die Stirn.

»Wie aus Liebe Hass wird«, sagt der Polizist, »wenn der Mann keine Nägel mit Köpfen machen, sich nicht entscheiden, sondern bequem zweispurig weiterwursteln will. Was meinen Sie dazu?«, insistiert Anderhub, nun ganz Jäger.

»Wenn sies nicht gewusst hat, so hat sies doch geahnt«, sagt Doris Buholzer, »und sie hatte Erfahrung, musste als Kind schon den Blick dafür erworben, Zeichen erkannt haben, denn ihr Vater, der hat Nägel mit Köpfen, wie Sie sagen, gemacht, und seine Frau verlassen. Das ist kein Geheimnis hier in Sursee.«

»Ich weiss.«

Aber eines weiss Anselm Anderhub nicht: Was soll er von dieser Frau halten? Was verschweigt sie ihm? Verschweigen ihm nicht alle Meyer und Soltermänner das Entscheidende? Steht da ein Elefant im Raum, und keiner will ihn sehen; alle umgehen ihn, mehr oder minder elegant?

Aprilwetter. Am Nachmittag schien noch die Sonne. Radfahrerwetter. Dunkle Wolken ziehen nun aber vom Westen, vom Jura her über das Mittelland. Regenwolken. Isabella Soltermann ist gegen acht Uhr abends auf dem Rückweg aus Unterentfelden im Aargau, wo sie sich den Händen ihres Liebhabers anvertraut hat. Ja, ja, die Frau weiss sich zu helfen. Der dritte und Hauptgrund ihrer regelmässigen Fahrten über die Kantonsgrenze, nach körperlicher Ertüchtigung durch Radsport und therapeutischen Massnahmen zur Erhaltung der Gesundheit. Lymphdrainage, Atlastherapie, Akupunktur gegen die akuten Kopfschmerzen. Auf dem Schotterweg der Sure entlang könnte sie jetzt eine Raupe überfahren, der sie am Mittag ausgewichen wäre. Schlechte Sicht macht ungerecht. Sie trägt einen Helm, man kann nie wissen. Auch Isabella konnte nicht wissen. Dass sie anfällig sein könnte auf testosterongesteuerte Avancen. Es müssen die Hände gewesen sein, der angenehme Druck männlicher Hände, dem sie gerne Widerstand leistete. Oder dem Widerstand nachgab.

Auf der Höhe der Gemeinde Muhen kommt ihr auf dem Surenweg eine Familie mit zwei Kindern entgegen. Erinnerungen. Auch sie und Hubert hatten einst mit ihren Kindern kleine Velotouren unternommen. Ihr Hausarzt praktiziert in Luzern, der Zahnarzt in Horw, und in Entfelden knetet Simon. Sie hat den Surseern nie getraut. Kurz bedauert Isabella, nicht das Auto genommen zu haben. Sie nimmt es nur im Winter und wenn Regen zu erwarten ist. Der Stolz auf eine körperliche Leistung, wenn sie zu Hause vom Fahrrad steigt, ist guter Lohn, und sie vergisst das höchstens, wenn sie bei einem Zwischenspürtchen mit offenem Atemmündchen Mücken schluckt. Stille Rache nennt Isabella, was seit drei Jahren läuft. Und manchmal, still vergnügt schmunzelnd: der kleine Grenzverkehr zwischen dem Surental (Kanton Luzern) und dem Suhrental (Kanton Aargau).

Hirschthal, Schöftland: Isabella spürt die minime Steigung und schaltet auf die unterste Stufe der elektrischen Unterstützung. Der Fluss fliesst talwärts; ein Reflux des Rheins würde zu Überschwemmungen in Gebieten führen, die Hochwasser kaum kennen. Und wenn das Meer ob seiner Magenverstimmung – Plastik, Gifte übelster Sorte – kotzte: Springflut am Gotthard.

Anselm Anderhub freut sich auf einen frühen, einen regulären Feierabend, nicht regulär für ihn als Kriminalpolizisten, wohl aber für die meisten Angestellten, ob sie in einem Büro oder in einer Werkstatt, auf dem Bau oder in einem Laden arbeiten. Blickt er gegen Süden, Luzern, Pilatus, die Alpen, sieht er dunkelgrau. Gegen Abend am Alpenrand und in den Voralpen Regen, der Wetterbericht, dem Anselm beim Frühstück gelauscht hatte, bekommt recht. Und das im April. Anselm hasst es: viele Spuren, aber keine, die sich verdichten würde.

Dreissig Meter vor seinem Haus an der Christoph-Meyer-Strasse gibt sein Handy Töne von sich. Seine Amsel ist noch nicht aktiv. Lazy Wednesday Evening. Am Telefon ist Susanne.

»Du, der Soltermann hat auf naiv gemacht, passwörtlich, meine ich, dabei hatte ers offensichtlich faustdick hinter den Ohren«, sagt die Polizistin, der man Flatterhaftigkeit in keiner Beziehung vorwerfen kann: Was sie sich vornimmt, setzt sie um.

»Das heisst?«, fragt Anderhub und wirft dabei einen Blick auf das Gartenhäuschen in seinem Garten – ein Bijou, er denkt es immer wieder, und nicht ganz billig –, das Anselm und Trudi sich vor drei Jahren geleistet haben, ein frisches, laubfroschgrün gestrichenes Holzhäuschen.

»In seiner Cloud haben die Techniker Dateien gefunden, die aber passwortgeschützt sind«, sagt Susanne, »Isabella71 funktioniert nicht.«

»Dann probiers mal mit Doris97«, sagt Anselm aus einer Laune heraus, das Gartenhäuschen verschwindet aus seinem Gesichtsfeld, und Trudi begrüsst ihn mit Kuss und einem mit frischen Früchten aufgepeppten Müesli, »aber mach nicht mehr zu lange; morgen ist auch noch ein Tag.«

»Du kennst den Jahrgang von Frau Buholzer?«

»Wer die Augen offen hat, kann sich eine peinliche Befragung ersparen.«

»Weltskerl, du!«

»Trudi machts genau gleich.«

»Was mache ich?«, fragt jene.

Nun gerät Anselm zwischen die Fronten des Telefongesprächs einerseits und einer Aug-in-Auge-Disputation andererseits. Wie soll er sich der Ansprüche beider Seiten erwehren?

»Wartet, ich stelle auf laut, dann könnt ihr alle mithören«, gibt Anselm den Salomon, und er ergänzt in aufklärerischer Manier, einer vorbildlich klaren Diktion: »Trudi hat hier in unserer Küche einen ewigen Kalender hängen, einen ohne Wochentage, mit einem 29. Februar, und da stehen die Geburtstage unserer Kinder und Kindeskinder, Verwandten und Bekannten. Hinter dem Namen jeweils der Jahrgang, falls bekannt.«

»Und jetzt?«, unterbricht Susanne in einer Stutzigkeit, die er nicht erwartet hätte und ihn, allerdings massvoll, enttäuscht.

»Doris Buholzer ist eben wirklich die gute Seele von Meyer und Partner, und hinter ihrem Bürotisch hängt ein ähnlicher Kalender, da sind wohl auch die wichtigsten Kunden drauf, sofern man deren Geburtsdatum kennt, nehme ich schwer an, sicher aber die ganze Bürobesatzung inklusive gute Seele und inklusive Jahrgang; man möchte ja einen runden Geburtstag – Schnyder wird nächstes Jahr übrigens sechzig – nicht verpassen. Kapiert?«, beendet Anselm seine Predigt.

Und er rät Susanne, es wie gesagt mit ›Doris97‹ zu versuchen, nach dem Beispiel von Isabella71, ohne Bindestrich oder Underline, wenns nicht funktioniere, halt mit solchen Zeichen probieren. Wenigstens den Spezialisten den Tipp geben, bevor sie sich hintersinnen.

Von Isabella Soltermanns Schicksal können weder Anselm noch Susanne etwas ahnen. Frohen Mutes ist die junge Witwe – das Alter ist immer eine relative Grösse, auch eine Neunzigjährige, deren Mann kürzlich verstorben ist, geht als junge Witwe durch – unterwegs in Richtung Schenkon. Mit etwas Glück wird sie vor dem Regen zu Hause ankommen, obwohl die grauen Wolken sich verdichtet haben. In Staffelbach muss sie, auf einer Nebenstrasse von Schöftland herkommend, die Hauptstrasse überqueren, und dann gehts luzernwärts, nicht direkt der Suhre entlang, sondern auf der Schotterstrasse, die etwas erhöht der Endmoräne entlangführt. Der Reussgletscher hat diese einst da angehäuft, die Sure sich bei Staffelbach durchgefressen. Die Kopfschmerzen sind wie weggeblasen.Die Behandlung durch Simon tut ihr gut. Dass im Wort Behandlung die Hand steckt, die einfühlsame Hand, die warme Hand, die zärtliche Hand, kann für Isabella kein Zufall sein.

Und nun liegt sie auf der Notfallaufnahme im Spital Aarau.

»Wo bin ich da?«, hat sie zuerst gefragt, nachdem sie aus ihrer Bewusstlosigkeit erwacht ist.

Moritz Morgenthaler, der Bauer, der die am Boden liegende Verletzte geborgen hat, nachdem er beim Eintreiben der Kühe auf der anderen Seite der Suhre plötzlich die Frau auf dem Fahrrad nicht mehr auftauchen sah, wo sie hätte auftauchen müssen, dafür einen Schrei und eine Staubwolke wahrnahm, hat sofort die Ambulanz avisiert.

»Sie sind im Spital«, sagt die Pflegefachfrau.

»Was ist denn passiert? Ich hab so Schmerzen«, sagt Isabella.

»Sie sind mit dem Fahrrad gestürzt; glücklicherweise haben sie einen Helm getragen, sonst hätts noch schlimmer ausgehen können«, sagt die Frau auf der Notfallstation und steckt eine Infusion.

Langsam kehrt die Erinnerung zurück. Sie hat noch die lustigen rostigen Blechtiere auf der Wiese rechterhand, die vermutlich ein Künstler hingestellt hat, angeschaut und daran gedacht, was sie am Abend kochen wolle – nur einen Salat oder die Resten des Mittags aufwärmen, die Polenta mit Geschnetzeltem und Gemüse –, hat das Tempo etwas beschleunigt, denn der Wind, der den Regen bringen, aber auch vertreiben kann, hatte zugenommen, als der Film riss.

»Aber das sieht hier nicht nach Spital Sursee aus«, stellt sie fest.

»Nein, wir sind in Aarau. Die Ambulanz des Kantonsspitals hat Sie hierher gebracht.«

Sie versucht sich aufzurichten.

»Das tut weh.«

»Wir gehen gleich ins Röntgen; es sieht schwer danach aus, dass Sie die Schulter gebrochen haben.«

»Warum bin ich nicht in Sursee?«

Aus der Tatsache, dass Heinz mit seiner Freundin auftaucht, schliesst Isabella Soltermann, dass das Pflegepersonal in ihrer Handtasche gewühlt hat, doch der Schmerz in der Schulter verhindert den grossen Protest. Sätze wie »Was machst du für Geschichten, Mutter?« oder »Wie ist das passiert?« prallen an Isabella ab, denn sie weiss es schlicht nicht.

Bauer Moritz Morgenthaler ruft das Spital nochmals an und geizt nicht mit Mutmassungen. Der Schotter sei an dieser Stelle eben oberflächlich locker, was schnell zu Stürzen führen könne, zumal die Strasse da eine leichte Rechtskurve mache. Und das Velo habe er im Fall auf der Wiese deponiert; es sei nicht zu übersehen. Das habe er eigentlich melden wollen, nicht dass sie das Velo suchen müssten.

Das erfährt Heinz an der Rezeption, Telefonnummer

des Bauern inklusive. Er ruft ihn zurück, und Morgenthaler muss seine Geschichte nochmals erzählen. Der Sohn dankt und versucht seiner Frage, warum man seine Mutter nicht nach Sursee gebracht habe, den vorwürfigen Unterton vorzuenthalten. Was nicht gelingt, sondern den Bauern leicht hässig macht, was wiederum dem jungen Soltermann nicht recht ist und ihn schliesslich danken lässt für erste Hilfe und Alarmierung des Spitals, denn er muss zugeben, fände er auf Trienger Boden einen verunfallten Aargauer, würde er die Ambulanz aus Sursee anfordern und nicht jene aus Aarau, auch wenn die verunfallte Person, was er ja nicht wissen kann, gleich neben dem Aargauer Kantonsspital wohnen würde.

Anselm hat Trudis Müesli geschmeckt. Susanne Brechbühls Nachricht will ihm nicht aus dem Kopf. Überraschend kam sie nicht. Ein Doppelleben will organisiert sein, nicht nur das analoge, auch das digitale. Und sich als Naivling auszugeben, macht erstens sympathisch und zum anderen traut man einer derart vertrauensseligen Person nichts Böses zu.

»Was studierst du?«, fragt Trudi.

»Es ist ein verdammt blödes Warten, das sag ich dir.«

»Warten worauf?«

»Auf den dritten Anschlag!«

Anselm ist fast ein wenig beleidigt. Er hat seiner Frau doch erzählt von dieser eigenartigen Geschichte, die ihm vorkomme wie ein Spiel, allerdings ein blutiges Spiel, wie der erste Akt gezeigt hat. Ein Drama in vier Akten, von denen zwei aufgeführt sind. Und anzunehmen ist, dass das Drehbuch zu Ende geschrieben, aber noch nicht aufgeführt ist.

»Ich habe das Gefühl, da führt jemand Regie und

spielt gleichzeitig die Hauptrolle, was die Möglichkeit zur Improvisation einschliesst«, sagt Selmi, »und darum muss ich die Bilder vom Tatort, von der Bergung der Leiche, morgen anschauen, denn der Psychopath, der Regisseur und Schauspieler in Personalunion ist, möchte vielleicht auch Zuschauer sein, wenngleich aus dem Hintergrund, was meinst du zu dieser Arbeitshypothese?«

Trudi enthält sich einer Meinung. Bei ihrer Arbeit im Alterszentrum erlebt sie allerhand, und die Logik der Mehrheit ist keine absolute, die Individualität der Menschen lässt kaum Regeln zu bezüglich zu erwartenden Verhaltens, ein etwas zu extrem formulierter Satz, relativiert Trudi, aber das Gewöhnliche sind die Überraschungen, das Unerwartete ist die Norm.

Anselm staunt über die tiefen philosophischen Gedanken seiner Frau, und als er das Fenster des Wohnzimmers schliesst und seine Amsel erneut einen faulen Sonntagnachmittag besingt, zu Anselms Trost heute – es gibt noch Sicherheiten, Verlässlichkeit ist kein hohler Begriff, animalische, seis drum –, überkommt den Polizisten eine Ruhe und Zuversicht, die ihn dazu bewegt, die Nacht im Ehebett wenigstens zu starten. Der Marsch heute hat ihn müde gemacht; Anselm nimmt ein Vollbad, die Badewanne als Vorbett sozusagen, und föhnt sich ausnahmsweise die Haare: Trudi hasst ein feuchtes Kissen. Gegen halb zehn Uhr fällt er in die Federn. Er kennt sein intensiv arbeitendes Unterbewusstsein, wirre Träume. Anselm taucht ab; das Einschlafen hat ihm nie Mühe bereitet, nie und nirgends. Trudi hingegen ist anders programmiert. Was Anselm in seinen Träumen heimsucht, das Beschäftigende des Tages, des Lebens überhaupt – das kann ganz grundsätzlich werden –, verunmöglicht Trudi bei den abendlichen

Einschlafversuchen das Abtauchen, da kann sie müde sein wie sie will. Hat er Respekt vor seinen Träumen, so fürchtet sie das Einschlafen. Anselm entschlummert; Trudi räumt den Geschirrspüler aus. Da klingelt das Handy des Polizisten, das er zum Aufladen auf das Küchengestell gelegt hat. Trudi ruft nach Anselm, doch der reagiert nicht, also wischt sie über den Knopf und ist nicht erstaunt, denn Marco und Sarah, ihre Kinder, pflegen nach neun Uhr nicht mehr anzurufen.

»Tut mir leid, Trudi, dass ich so spät noch stören muss«, sagt die Frau am Telefon, deren »leyd« und »schpäät« sie als Bernerin ausweist.

»Kein Problem für mich, Susanne«, antwortet Trudi, »das Problem ist Selmi: Er schläft.«

»Was? So früh?«

»Der Napfmarsch wird ihn mitgenommen haben.«

»Gejammert hat er auf jeden Fall nicht. Nun zur Sache. Wir haben eben ein Telefon bekommen vom Sohn der Frau Soltermann, deren Mann, wie du ja wissen wirst, umgebracht worden ist.«

»Und?«

»Kannst du mir Anselm ans Telefon holen? Ich fürchte, er wird noch ausrücken müssen.«

Brutal nennt Anselm das. Psychoterror. Da hast du dich erfolgreich aus der Welt der Wachen ausgeschlichen, bist aber noch nicht in der Tiefe eines gesunden Schlafes angekommen, und dann wirst du zurückgeholt. Wie Eurydike, nur andersrum, denkt Anselm, als er nackt, wie immer, wenn er schläft, die Treppe zum Wohnzimmer hinuntersteigt, langsam, die Knochen knacken und er hält sich mit der rechten Hand am Handlauf der Treppe, um das Gleichgewicht nicht zu verlieren. Man könnte jetzt denken, Trudi hätte ihm das Handy auch ins Bett bringen können, doch die

Frau tritt für den scharfen Schnitt ein, zumal Susanne Brechbühl in Aussicht gestellt hat, dass da noch Nachtarbeit auf Selmi wartet.

»Ja, was ist?«, fragt Anselm, mürrisch, wer wollts ihm verargen.

»3/4«, sagt Susanne.

»Du, ich hab keine Lust auf Spässe und finde das überhaupt nicht lustig«, sagt Anselm, während es in seinem Oberstübchen spult, rückspult, vorspult, bis er ganz in seiner kriminologischen Gegenwart angekommen ist und zwei Wörter ausspuckt: »Wer? Tot?«

»Isabella von Schenkonien, Schulterbruch und schwere Gehirnerschütterung«, sagt Susanne.

Die Kollegin klärt Anselm auf über den Anruf des jungen Soltermann, Heinz, vor etwa zehn Minuten, seine Mutter sei verunfallt, mit dem Fahrrad, vielleicht interessiere das ja die Polizei, auf jeden Fall habe er sich verpflichtet gefühlt, den Vorfall zu melden.

»Unfall oder Attentat?«, ruft Anselm dazwischen.

Darum gehe es ja gerade, dies abzuklären, zu verifizieren, was da geschehen ist. Die Frau liege im Spital. Dummerweise habe sich der Vorfall, sie bezeichne das Geschehene neutral mal so, ausgangs Staffelbach im Nachbarkanton Aargau zugetragen. Also liege sie in Aarau, nicht in Sursee.

»Aber wenn der Unfall im Aargau passiert ist…«, wirft Anselm ein.

»Dann wäre kantonsautonomisch automatisch die Aargauer Polizei zuständig für die Spurensicherung und das ganze Drum und Dran«, sagt Susanne, doch man habe sich auf höherer Ebene, Polizeikommandanten, Staatsanwaltschaften, nach Austausch des grösseren Zusammenhangs und der bereits einigermassen weit gediehenen Ermittlungen darauf geeinigt, dass die Luzerner Polizei ein paar Schritte auf das Territorium des Nachbarkantons machen dürfe.

»Der Pragmatismus des Kostenbewusstseins«, meint Susanne und ergänzt: »Ich hole dich ab, stehe in zwanzig Minuten vor deiner Haustüre.«

Stimmt, ich hab ja gar kein Auto, denkt Anselm, wollte in Luzern ja noch die Bilder aus dem Surseer Wald ansehen, bevor ich mich umentschieden habe. Scheisse.

Anselm wittert im unbürokratischen Vorgehen eher Bequemlichkeit als ein Beispiel vorbildlicher interkantonaler Zusammenarbeit, aber nun, da er wach ist, weicht der Ärger über die Störung des nächtlichen Friedens dem Berufsethos des verantwortungsbewussten Polizeioffiziers, der sich seinen Fall nicht wegschnappen lassen will. Aber von »weit gediehenen Ermittlungen« würde Oberleutnant Anderhub nicht sprechen, auch nicht am Telefon. Breite Ermittlungen, aufwendige, schweisstreibende, wenn er an seine heutige Exkursion ins Napfbergland denkt.

Weit gediehen? Das weckt Erwartungen. Das erzeugt Druck und befördert Enttäuschungen. Wer weiss: Vielleicht gelingt just in dieser Nacht der Durchbruch. Immerhin engt sich der Kreis der Tatverdächtigen mit dem Anschlag auf Frau Soltermann ein: Sie wird sich wohl nicht absichtlich verletzt haben, um den Verdacht auf andere zu lenken? Ach herrje, Anselm Anderhub, der gerne um die Ecken denkt – die einschlägigen Kreuzworträtsel sind ihm ein Vergnügen –, vermag nicht einmal diesen weit hergeholten Gedanken zu verscheuchen, dabei träumt er seit zehn Minuten nicht mehr.

Die Spurensicherer aus Luzern fahren ohne Blaulicht und Sirene durch die Surentaler Aprilnacht, wecken Stockenten am Bach, der dem Tal den Namen gibt, scheuchen einen Fuchs aus dem Maisfeld. Aufsehen darüber hinaus erregen sie kaum. Sie fahren auf dem Surenweg zur Unfallstelle, eine viel befahrene Schotterstrasse für Radfahrer und die Land- und Forstwirtschaft, vielbegangen von Hündelern. Für Moritz Morgenthaler, der als Zeuge auch vor Ort ist, fühlt sich die Situation an wie ein Feuerwehreinsatz. Beleuchtung inklusive.

»Da hat die Frau gelegen, halb bewusstlos«, erklärt er, »das Fahrrad lag etwas weiter unten; ich habs aus dem Weg genommen.«

Morgenthaler gibt zu Protokoll, was er weiss, und wird bald entlassen, bleibt aber in der Nähe.

»Ich darf doch?«, fragt er.

»Wenn Sie uns nicht im Weg stehen«, sagt Susanne Brechbühl, bemüht um einen lockeren Ton.

Zu tun ist nicht mehr viel. Das Fahrrad ist reparabel; am meisten in Mitleidenschaft gezogen wurde das Vorderrad, wo einige Speichen arg verbogen sind. Das führt zu ersten Spekulationen. Ist der Frau ein Tier ins Rad gesprungen? Blutspuren gibt es einige; die Frau wies Verletzungen an der rechten Schulter, im Gesicht und böse Schürfungen an Armen und Beinen auf. Einige Proben werden mitgenommen. Auch den hölzernen Knebel, einen Ast, vermutlich aus dem Wäldchen am Rand der Moräne, den die Spurensicherer am Rand der Strasse gefunden haben, behändigen die Spezialisten.

»Wir haben relativ viele Füchse hier, und auch Feldhasen gibt es mehr als auch schon«, sagt Moritz Morgenthaler, bevor er sich mit dem Hinweis, es sei schon bald wieder Morgen, verabschiedet.

Anselm Anderhubs Interesse gilt dem Fahrrad mit den verbogenen Speichen im Vorderrad. Er lechzt nach Zeichen, nach Ziffern. Nummerngeil. Das Licht ist schlecht; die Scheinwerfer werfen Schlagschatten: Entweder ist etwas im Licht oder ganz im Dunkeln. Er könnte sein Handy zücken und den ganzen Rahmen absuchen, die Felgen, könnte den Pneu auspacken und fände vielleicht am Schlauch Nummern, die aber nur etwas mit der Radgrösse zu tun hätten, lächerlich würde er sich machen; er zwingt sich zur Beherrschung: morgen bei Tageslicht. Seine Enttäuschung ist gross: Sollte es ein blöder Unfall gewesen sein, wie Bauer Morgenthaler in Unkenntnis der über- oder hintergeordneten Geschichte vermutet? Er hat noch dessen Worte im Ohr: Wenn du im lockeren Schotter ins Rutschen gerätst, ists passiert. Schottenrock und lockerer Schotter, Rottenschock und schotterer Locker.

Susanne Brechbühl teilt Heinz Soltermann mit, man nehme das Fahrrad mit nach Luzern zwecks Untersuchung der Unfallursache. Der hat nichts dagegen, sagt, seine Mutter werde am nächsten Tag operiert, am Vormittag sei die Operation an der Schulter vorgesehen.

»Wann denken Sie, dass Ihre Mutter für eine Befragung fit sein könnte«, will die Polizistin wissen.

»Das müssen Sie mit den Ärzten besprechen, ich nehme an, vor morgen Nachmittag sicher nicht, wohl eher übermorgen«, sagt Heinz Soltermann und will wissen, ob die Spurensicherung am Unfallort Hinweise auf einen Anschlag ergeben habe.

»Wir können noch gar nichts sagen«, gibt Susanne Bescheid und bedankt sich nochmals für die gute Zusammenarbeit; wenn er nämlich nicht telefoniert hätte, wäre es wohl eine Zeitlang gegangen, bis sie nur schon vom Vorfall Kenntnis bekommen hätten. Wenn überhaupt, denn ein Sturz mit dem Velo ist in der Regel weder ein Fall für Interpol noch geeignet als Regelbeispiel für die interkantonale Kooperation der Polizeidirektoren, eher ein Bagatellfall für die lokale Sanität und möglicherweise unangenehm für die involvierten Versicherungen, wenn ein frei laufender Hund am Ursprung des Vorfalls gestanden ist.

Anderhub hat nicht gefunden, wonach er gesucht hat. Als er nach Mitternacht nach Hause kommt, schläft Trudi. Anselm verzieht sich ins Gästezimmer. Er weiss, heute wird er nicht leicht einschlafen. Einmal einschlafen, marschmüde, das geht, aber ein zweites Mal innerhalb von drei Stunden, das bedeutet nichts weniger als Schabernack treiben mit dem Biorhythmus. Mehr als seinen nackten Leib wälzt der Mann Gedanken. Alles hängt an Ziffern. Wehe, es sind keine zu finden. Hoffentlich haben sie der bemitleidenswerten Frau Soltermann im Spital die Zahlen drei und vier nicht weggeputzt! Rasende Vorstellungen. Nein, damit müsste der Täter rechnen, mit den Hygienevorschriften im Spital, das Fahrrad muss sie tragen, die Zahlen, wird sie tragen müssen, trägt sie. Autofortifikation.

Aber wo? Die grosse Zerlegung eines E-Bikes. Der Perversling spielt ein Spiel mit der Polizei; der soll ihm zwischen die Finger geraten! Der Sauhund macht voll auf Beschäftigungstherapie! Auf dem Sattel hat der Ermittler nichts gefunden. Geheimtinte? Anselms Gehirn eine Waschmaschine beim Schleudern. Wie würden die Regierungsräte der anderen Kantone an der Polizeidirektorenkonferenz sich einen Schranz in den Ranzen lachen über seinen obersten politischen Chef, wenn die kleine Grenzüberschreitung sich als Rohrkrepierer herausstellte? Hat Anselm Direktorenkonferenz gedacht? Pfui! Direktionskonferenz. Sorry, Frau Bundesrätin, Asche auf mein Haupt, Frau Gleichstellungsbeauftragte, tut mir leid, Frau Brechbühl, Trudi, versohl mir mein Fudi, ich versinke gleich in den Erdboden vor Scham, aber dummerweise nicht in einen traumlosen Schlaf.

Es rasen die wirrsten Gedanken im Teufelskreis herum, dideldum, sie können überall tanken und bleiben nachts nicht stumm, dideldum. Der Mann möcht vergessen, zählt Schäfchen und Wölf, steht auf, geht was essen, drei Stunden nach zwölf. Und am Morgen? Anselm Anderhub erwacht aus spätem Tiefschlaf mit der Anmutung, gar nicht geschlafen zu haben.

Als Trudi ihn beim Morgenessen fragt, ob sich der späte Ausflug in den Aargau wenigstens gelohnt habe, wird Anselm leicht sauer und schmiert sich entgegen seinem Vorsatz, bewusster zu essen, Fett und Zucker nach Möglichkeit zu meiden, den süssen Quittengelee doppelt üppig aufs Butterbrot.

Es gibt die Entlastung, die einer Erlösung nach langem Leiden gleichkommt. Sie ist nicht nur eine körperliche. Wer je unter Verstopfung gelitten hat, weiss, was ich meine. Es sind ganze Gebirge, die dich erleichtern, vergleichbar den Popelmassen in Nasenlöchern bei akutem Schnupfen, wenn nachts sich Universen von einem Loch ins andere verschieben, sobald du deine Schlafposition änderst. Ich schlafe nicht. Ich bin hellwach. Ich habe einen Plan. Gedankenspiele allein bringen keine Erleichterung. Man muss das Spiel in Echtzeit zu Ende spielen, im Notfall mit Verlängerung.

8

Heinz Soltermann ist ein Mann der Tat. Das denkt Anselm Anderhub, als er am Donnerstagmorgen die ›Luzerner Zeitung‹ durchblättert und die Todesanzeige sieht. Opfer eines tragischen Unglücks, mitten aus dem Leben gerissen. Sechzig Jahre, Hälfte des Lebens? Gut gerechnet. Optimistisch gefühlt. »Im Winde klirren die Fahnen« – die Schlusszeile von Friedrich Hölderlins Gedicht. Hälfte des Lebens. Es gibt Versatzstücke von Gedichten, die Anselm einst lernen musste, Einzelzeilen, Zeilenpaare: Er wird die Fragmente nicht los. »Ein Wiesel sass auf einem Kiesel, inmitten Bachgeriesel.« Kein Hinweis auf eine Abdankungsfeier. Ist die Leiche noch nicht freigegeben?

Auf einen Spruch über der Todesanzeige hat die Trauerfamilie verzichtet. Anderhub kann das verstehen. Welcher Sinnspruch passt zum Mord? »Herr, es ist Zeit; der Sommer war sehr gross« – Anselm schwenkt vom Winter zum Sommer, dabei ist Frühling, und er will jetzt, er muss jetzt, er sollte bald, der Zug wartet nicht auf den Polizisten, der am Vortag sein Auto in Luzern hat stehenlassen, weil ihm auf der Rückfahrt vom Napf der Sinn plötzlich nach einem Besuch in Sursee stand. Trudi ist ihrem Selmi darob nicht wirklich böse. Sie ist gut zu Fuss und hat keine auswärtigen, ausserkantonalen Termine, wie sie Isabella Soltermann am Vortag gehabt haben könnte, fährt nicht fremd, so denkt Anderhub auf dem Weg zum Bahnhof.

Im Gehen versucht er Ordnung zu schaffen in seinen Gedanken, Geh-Danken, die um den Fall Meyer/Soltermann endlose Runden drehen. Was wollte er gestern? Aha, Bilder ansehen. Das Publikum der Bergung von Mordopfer Hubert Soltermann. Hubertus, Schutzpatron der Jagd, Hubert S., Jagdopfer, deponiert im Surseer Wald. Anselm vermutet den Jäger unter den Zuschauern. Nein, er vermutet nichts, er kann es sich vorstellen. Ein Strohhalm. Aber dann kam der Fall 3/4 dazwischen, und die Prioritäten verschoben sich. Ach ja, zunächst herausfinden, ob 3/4 wirklich in die Viererreihe gehört, das Fahrrad kontrollieren. Mehrfrontenkrieg, denkt Anderhub, als er am Bahnhof Melchior Kaufmann antrifft.

»Hast du dich geachtet, wer alles aufgeführt ist in der Todesanzeige und wer nicht?«, fragt Melchior den Polizisten.

Nein, hat er nicht, hat er schon, hat er doch, aber das Fahrrad hatte sich festgesetzt, die Namen prallten ab oder passierten sein Gehirn, ohne sich festgekrallt zu haben, das geht ihm jetzt, da sein Kamerad zur Sache kommt, durch den Kopf.

»Was meinst du?«, versucht er sich schadlos zu halten.

»Der Oberguru vom Napf ist dabei, aber die junge Frau des alten Meyer, die einsame Witwe, fehlt«, sagt Kaufmann, ohne einen leicht triumphierenden Unterton vollends unterdrücken zu können.

»Die scheint eh geschnitten zu werden«, sagt Anselm, und schlagartig versteht er das von ihm verwendete Verb wörtlich, gehört sie doch zum Kreis jener Personen, die sie heute würden warnen müssen.

Eventuell Polizeischutz anbieten oder so. Personen, die andererseits und objektiv betrachtet nach drei Untaten aber auch zum potenziellen Täterkreis gezählt werden müssen. Auslegeordnung tut not. Melchior Kaufmann verabschiedet sich, Perron drei, die Unterführung: Er fährt heute nach Solothurn oder Biel:

»Das ist das Schöne am Generalabonnement: Du kannst dich immer wieder neu entscheiden, wenigstens am Morgen, während die Auswahl am Abend je später desto enger wird.« Sagts und ist in die Unterwelt abgetaucht, derweil Anderhub auf Gleis eins die Ankunft des Schnellzugs nach Luzern abwartet und bei Melchiors Worten von der Enge das Bild einer sich zuziehenden Schnur um einen Hals imaginiert, später jenes von einer Zuspitzung im Fall Soltermann und Co., die demnächst zu einer Lösung in Form einer einzigen Person führen würde, deren psychopathisches Verhalten einen Toten und mindestens eine Verletzte zur Folge hatte.

Die Person vor der Vollendung von 4/4 zu erwischen, das ist der Ehrgeiz des Angehörigen des Luzerner Polizeikorps. Gelänge das nicht, würde er sich Vorwürfe machen, obwohl die Chance der Polizei gering ist, denn der Täter oder die Täterin läuft frei herum und kann zuschlagen, wann und wo er oder sie will. Wie sowieso. Wenn er, der Ermittler Anderhub, das vierte Ziel wäre, vielleicht nicht von Anfang an von langer Pfote geplant, aber jetzt? Das Werk des Verbrechers eine Art Work in Progress, in seiner Art ein sich entwickelndes Kunstwerk? Der Reiher am Sempachersee lässt sich auch von den aktuellen Gegebenheiten lenken, und wenn er sich vorgenommen hat, eine Maus zu fangen, schnappt er sich, einer Laune folgend oder doch eher dem Angebot, einen Fisch. Ist die Rationalität eine vorgegaukelte? Kaltblütigkeit in Planung und Ausführung bloss gespielt mit dem Zweck, Ermittler und vor allem potenzielle Opfer in Angst und Schrecken zu versetzen durch die Vorspiegelung einer Zwangsläufigkeit, die es gar nicht gibt?

Solche Gedanken gehen Anselm Anderhub durch

den Kopf, und wenn die Ansagerin im Zug bei der Einfahrt in den Sackbahnhof nicht gesagt hätte, Luzern sei der Endbahnhof, und man bitte alle Reisenden auszusteigen, und wünscht eine gute Weiterreise, Anderhub wäre sitzengeblieben.

Im Hauptquartier war die Stimmung schon besser. Die Tatsache, dass auf dem Akku von Isabella Soltermanns Fahrrad mit nicht wasserlöslichem Filzstift deutlich die Zeichen 3/4 gefunden worden sind, deutet nicht nur Max Hunziker als Zeichen polizeilichen Versagens. Auch die Staatsanwältin Eva Sonderegger ist alles andere als amused, obgleich beide natürlich wissen, dass die Tat nicht zu verhindern gewesen ist.

»Wenn das Spiel der Täterschaft ruchbar wird, brauchen wir für den Spott nicht zu sorgen, da riskieren wir sogar, am nächsten Fasnachtsumzug dranzukommen«, zitiert Hunziker die Staatsanwältin, und keiner weiss besser, wie recht sie hat.

»Immerhin ist ein Ende abzusehen«, versucht sich Silvio Wagner in Galgenhumor, kommt mit seiner Anspielung auf einen vierten und letzten Vorfall aber nicht gut an.

»Unser Ziel muss sein, dem Spiel *vorher* ein Ende zu setzen«, wird Hunziker deutlich, ein Ziel, das alle Anwesenden mit dem Chef teilen; sie teilen aber auch dessen Hilflosigkeit, und dieses geteilte Leid angesichts einer gröberen Aussichtslosigkeit (wo anfangen?) ist keineswegs halbes Leid, nein, es ist ein multiples Leid, ein potenziertes Leiden am Ungenügen ihrer Bemühungen, die von den Medien als professionelles Versagen auf der ganzen Linie ausgeweidet werden will.

Hunzikers Zeichnung von anfangs Woche gilt noch immer: Arbeit und/oder Familie. Hanebüchen, was denn sonst, denkt Anderhub. Etwas tun, damit es getan ist, die Leere füllen, die Unfähigkeit mit Tätigkeit bar jeder Sinnhaftigkeit kaschieren, menschlich, menschlich. Susanne Brechbühls Versuch, die Lähmung der Luzerner Kriminaler zu durchbrechen, indem sie eine Frage in den Raum stellt, die allen in den Köpfen herumschwirrt, unterstreicht die Hilflosigkeit des Luzerner Polizeikorps, ja mehr, eine fast schon Depression zu nennende Stimmung, eine stille Verzweiflung bemächtigt sich der Polizisten, als sie die Frage stellt: »Wäre es nicht unsere Pflicht, die potenziell gefährdeten Menschen zu schützen?«

»Und wenn die potenziell gefährdeten Menschen die potenziellen Gefährder sind?«, schlägt Hunziker zurück, leicht gereizt und zeigt mit seiner Schlagfertigkeit, dass er zu Recht der Chef ist, wenigstens in seiner Selbsteinschätzung, was ihn aus der Paralyse holt.

Wagner listet die Namen der involvierten Menschen auf: Sandra Meyer, die Witwe des Firmengründers, Doris Buholzer, die Sekretärin mit Zusatzkompetenzen und Sonderaufgaben im Dienste des Mordopfers, Jonas Meyer, der Aussteiger, Heinz Soltermann, der Sohn des Mordopfers. Er listet sie auf und blickt in die Runde, als ob er eine Wettrunde eröffnen wollte: Wer setzt wie viel auf wen? Listen als Krücken, als Treppengeländer, um nicht vollends in den schwarzen Keller der Verzweiflung zu fallen.

Anselm Anderhub weiss, was in solchen Fällen zu tun ist: ausbrechen aus dem Kreisen der Gedanken; etwas Konkretes tun und hoffen, es ergebe sich daraus eine Spur, die weiterzuverfolgen sich anbietet.

»Ich schau mir mal die Bilder von Hubert Soltermanns Bergung an«, sagt er und wartet keine Antwort ab, bevor er sich an seinen Arbeitsplatz zurückzieht.

Da klingelt Hunzikers Telefon, das Liridona Demaj, die sich mit Andrea Zumbühl die Stelle teilt, beantwortet: Es ist die Informatikabteilung.

»Kannst du mir Susanne geben?«, fragt Dragan Jovic.

Jene schnappt Liridonas Blick auf und eilt an ihr Pult, wo sie fünf Sekunden später mit dem Chefinformatiker verbunden ist.

»Doris97 hat funktioniert«, sagt Dragan, und Susanne verliert ein Lächeln über das Funktionieren der Männer, wenn es um die Gestaltung eines Passworts geht.

»Und?«

»Halt dich fest: Wir haben Dickpics gefunden, wobei ich nicht annehme, dass der Soltermann schwul war«, sagt Dragan Jovic.

»Ich verstehe nicht«, sagt Susanne, die sich nicht festhalten muss, da sie sicher sitzt.

»Fotos von seinem besten Stück vermutlich, erigiert, und es ist anzunehmen, dass er sie dieser Frau Buholzer geschickt hat, du erinnerst dich an jenen Nationalrat aus einem Nachbarkanton, der nicht mehr gewählt wurde, als eine Zeitung von solchen Bildern erfuhr«, fährt Jovic weiter, und bei Susanne fällt der Groschen. »Grüselkudi«, hatte die Boulevardzeitung getitelt, und der Mann war für den Rest seines Lebens bedient: gezeichnet, gebrandmarkt ohne äusserliches Mal.

Ja, das Funktionieren der Männer würde für sie ein Geheimnis bleiben, denkt Susanne, als Dragan erzählt, in jener Cloud, zu der Doris97 der Schlüssel ist, befänden sich auch noch ein paar ziemlich amateurhaft gedrehte Pornos mit fixierter Kamera, offenbar, aber er kenne die beiden natürlich nicht, mit der Sekretärin und ihrem Chef als Protagonisten.

»Interessant«, sagt Susanne, und in ihrem Kopf verselbstständigen sich Szenarien.

Hat Soltermann seine Sekretärin und Geliebte erpresst, nachdem diese die Liaison angesichts fehlender Zukunftsperspektiven beenden wollte? Und Buholzer: Hat sie sich blutig gerächt, indem sie Hubi um die Ecke brachte (oder bringen liess), bevor jener Schaden anrichten konnte?

»Kannst du mir die Dateien schicken oder zugänglich machen?«, fragt Susanne den Informatiker.

»Klar, ich schicke dir umgehend den Link«, sagt Dragan Jovic, »vielleicht findest du noch mehr; es hat auch noch diverse Textdateien auf Soltermanns Konto in dieser Cloud, die mir nichts sagen, euch aber womöglich weiterhelfen könnten.«

Anselm Anderhub inspiziert derweil andere Bilder. Die Fotos der Spurensicherungsexperten, die jene am letzten Sonntag im Surseer Wald geschossen hatten. Das wissen die Gaffer nicht, es sei denn, sie sind nicht bloss Gaffer, sondern genaue Beobachter: Wenn Anselm dabei ist, werden sie auch fotografiert. Ganz beiläufig. Das mag vielleicht nicht ganz sauber sein, wärs mit Sicherheit nicht, würden die Bilder veröffentlicht, als Beweise wahrscheinlich nicht verwertbar, aber die Fotografen haben das Talent, Menschen zu fotografieren, ohne dass jene es bemerken, ohne Blitzgeräte zu verwenden. Hüftschüsse, nennt Anselm diese Bilder, und zuweilen sind sie nicht ganz scharf, Bewegungsunschärfe, meistens aber verhalten sich gerade die Gaffer ganz ruhig, gierig, gebannt von dem, was sie sehen, was sie sehen möchten, eine Leiche, Blut, am liebsten eine Tatwaffe, auch wenn sie aus der Distanz nicht viel zu Gesicht bekommen.

Eine Joggerin, von der nur zwei Bilder existieren, eines, auf dem sie mit Gafferblick, also starr und mit grossen Augen, auf das Geschehen blickt, eines, fünf Sekunden später gemacht, die moderne Technik in ihrem Datensammelwahn hat doch etwas für sich, als sie sich abdreht und weiter sportelt, diese Joggerin kommt ihm bekannt vor, das Gesicht hat er schon gesehen, das Gesicht, ebenmässig, stupsnasig, kennt er doch. Indem er im Geiste die zu einem Zopf zusammengebundenen Haare nach vorne fallen lässt, sieht er deutlich vor sich an ihrem Pult sitzend Doris Buholzer, Hubert Soltermanns sekretäsierende Geliebte, irgendwie überrascht, erschrocken, aber doch nicht ganz, so deutet er den Ausdruck hier wie dort, ein zurückgenommener Schrecken, einen beherrschten, einen dem Ringen um Fassung geschuldeten Ausdruck im Gesicht. Oder bildet er sich etwas ein, weil seine Erwartung nach Erfüllung lechzt?

Anderhub macht sich eine Notiz und setzt seinen Rundgang im Universum der fotografischen Randbemerkungen fort. Melchior Kaufmann und dessen Begleiterin Margrit Röösli kennt er. Der Hund, nicht an der Leine! Viele Menschen sinds nicht; der Wald ist keine Autobahn ist keine Siedlung ist keine vielbefahrene Kreuzung, kein Kreisel, ist Wald mit Schotterwegen, und die einzigen Fahrzeuge am Sonntag sind nebst Kinderwagen Fahrräder, viele mit Anhänger, darin Kinder, deren Seelen ein braver Vater, eine gute Mutter mit Leichenbildern nicht belasten will.

Max Hunziker weiss nicht, wo wehren. So viel wäre gleichzeitig zu tun. Er ruft im Spital Aarau an, wo er keinen Bescheid erhält über Isabella Soltermanns Zustand. Da könnte ja jeder kommen und sich als Polizist ausgeben. Ob die Angestellten eine Falle wittern? Interne Qualitätskontrolle? Heinz Soltermann ist da kooperativer.

»Sie ist heute Vormittag operiert worden. Der Bruch war nicht so kompliziert, wie zuerst befürchtet wurde. Am späteren Nachmittag könnte sie bereit sein, Aussagen über den Vorfall zu machen. Ob sie sich genau an den Vorfall oder Unfall erinnern wird, ist eine andere Frage. Ich muss das mit den Ärzten absprechen. Kann ich Sie zurückrufen?«, sagt ein pflichtbeflissener Junior.

Der kommt mir bekannt vor, denkt Anselm Anderhub, als er die Bilder alle nochmals Revue passieren lässt. Wenn er nur keine Mütze trüge! Die Schiebermütze wirft Schatten auf die Augen; die ausgeprägte Nase und den Mund verdeckt sie nicht, und jetzt weiss Anderhub, an wen ihn dieser Kopf erinnert: Jonas Meyer. Isabella Soltermann. Das gespaltene Kinn als Merkmal der Meyerbrut. Kinngrübchen. Der Polizist googelt. Kennzeichen sensibler Menschen, die viel positives Feedback brauchen, liest er da und wähnt sich bei der Lektüre eines Horoskops. Naturtalent zur Selbstdarstellung. Sehnsucht nach Rampenlicht. Und welchen Charakter hat jemand, der eine Schiebermütze im Stil der dreissiger Jahre des letzten Jahrhunderts trägt? Jonas Meyer will ihm nicht aus dem Sinn, als Susanne Brechbühl an seinen Arbeitsplatz tritt und Anselm ihre Erkenntnisse präsentiert, die sie vor allem aus Soltermann Seniors fotografischen und cineastischen Werken zieht.

»Oha!«, kommentiert Anselm die neue Konstellation.

»Wir sollten die Dame möglichst rasch ins Gebet nehmen und konfrontieren«, sagt Susanne, und Anselm streicht mit seiner rechten Hand über die untere Hälfte seines Gesichts, wo sich trotz sensibelfingriger Inspektion kein Kinngrübchen ertasten lässt.

»Einverstanden. Ich muss noch schnell etwas Kleines erledigen, dann bin ich so weit«, sagt Anselm, »überleg dir inzwischen die Fragen, die du der Dame stellen willst. Und hol dir das Einverständnis von Max.«

Einer unerklärlichen Eingebung folgend, kopiert Anderhub das Bild jenes Mannes, der ihn an Jonas Spiritus Napfus erinnert hat und schickt es per E-Mail an seinen informellen Mitarbeiter Melchior Kaufmann (melk@gmx.ch), verbunden mit der Frage, ob er diesen Mann kenne. Und gleichzeitig, kostet ja nichts, liefert er die Joggerin als zweite Beilage mit.

Hunziker ist mässig begeistert von Anselms und Susannes Ansinnen. Isabella Soltermann liegt ihm näher, immerhin ist die Wahrscheinlichkeit, dass sie einem Anschlag zum Opfer gefallen ist, gross; die Nummerierung stimmt. Andererseits läuft ihm die Frau mit der operierten Schulter nicht davon, denkt er, obwohl die Beine, vor allem das rechte, aber auch das linke, von Schürfungen, Schrammen und Prellungen abgesehen, den Vorfall unbeschadet überstanden haben. Ein paar Tage müsse sie wohl noch im Spital bleiben, hatte ihr Sohn dem Chef beschieden. Und zwar in Aarau. Oder soll er Wagner und Müller auf Frau Soltermann ansetzen?

Die Frage nach Polizeischutz oder Schutzhaft für potenziell gefährdete Mitglieder des Meyer-Soltermann-Clans stellt sich nicht: Die personellen Ressourcen fehlen, nebst einer hieb- und stichfesten Begründung gegenüber seinen Vorgesetzten. Hunziker weiss indes: Sollte 4/4 stattfinden, und alles deutet darauf hin, werden sich gewisse Leute darin verbeissen und, nicht zu Unrecht, das muss selbst er zugeben, die Frage aufwerfen, warum man nicht bereits nach dem ersten Fall Massnahmen getroffen habe, um die Personen zwei bis vier zu schützen. Die erste Nummer als Ankündigung, nicht misszuverstehen, aber erst jetzt, im Rückblick. Das wird die Polizei nicht retten. Verantwortlich machen wird man sie und lustig machen wird man sich über die unfähigen Freunde und Helfer. Die ewigen Besserwisser im Nachhinein. Die Wasserpisser, Schlechtmacher, Mieslinge vom Dienst.

Man müsste dem Muster des Täters auf die Spur kommen, denkt Anselm Anderhub kurz vor Mittag. Soltermann – Meyer senior – Soltermann, geborene Meyer, also wäre jetzt wieder Meyer dran. Mann, Mann, Frau, also wäre jetzt eine Frau dran. Wald, Friedhof, Landstrasse. Und jetzt? Autobahn oder Bahngeleise? Der Algorhythmus des Verbrechens. Ein Täter, der seine Taten choreografiert, was eine Täterin nicht ausschliesst, im Gegenteil. Mord und Schrecken als Kunst inszeniert. Oper ohne Musik, abgesehen von Schmerzensschreien. Dafür mit echtem Blut. Langsam dämmert Anselm hinüber in einen nüchternen Mittagsschlaf, einen Powernap, dem bis dato die Power fehlt, doch was nicht isst, kann noch träumen. Ein Erholsamkeitsfaktor von minus fünf eignet Anselms Schlaf gemäss Eigenbewertung, als ihn Susanne Brechbühl kurz vor ein Uhr mit viel Einfühlungsvermögen weckt. Kein nasser Lappen, der in der Küche leicht zu finden wäre (Andrea Zurfluh wäre als Komplizin easy zu gewinnen, doch die arbeitet heute nicht, pardon, sie geht ihren Mutterpflichten nach), kein Tagwachruf, wie ihn Feldweibel der Schweizer Armee mit sadistischer

Ader zur Perfektion entwickelt haben: Susanne spielt dem Kollegen auf ihrem Handy Anselms Amselsong ab. Lazy Sunday Afternoon. Anselm erreicht die Melodie, sie dringt in seinen Körper ein. Langsam beginnt er sich im Rhythmus des Songs zu bewegen, bis er sich, den Schlaf hinter sich lassend, wohlig streckt, als wäre er zu Hause in seinem Bett, dann schlägt er die Augen auf und weiss sofort, in welchem Schlummerzimmer er sich befindet.

»Mach dich frisch, wir müssen«, sagt Susanne Brechbühl in angemessener Brutalität, »man weiss ja nie, ob Max es sich nochmals überlegt und uns nach Aarau schickt.«

Lazy Thursday Afternoon, summt derweil Anselm und torkelt auf die Toilette, muss auf dem Weg dorthin noch Andreas spöttische Bemerkung vom Dienstag, sein Fasten betreffend, verdauen. Nein, zur Gewohnheit soll sich dieser Mittagsschlaf nicht auswachsen, zu blöd ist ihm im Kopf, zu flau im Magen, zu unsicher auf den Haxen fühlt er sich. Reiss dich zusammen, Anselm, fleht der Polizist sich selber an, als er dem Necessaire zuerst Zahnbürste und Zahnpasta entnimmt und das Gebiss reinigt, dann sich mit kaltem Wasser und blossen Händen das Gesicht netzt, bevor er den Kamm über seinen Schädel zieht.

Der Disput zwischen Susanne Brechbühl und Anselm Anderhub, ausgetragen auf dem Weg die Treppen hinunter ins Parkhaus, hat Züge eines absurden Theaterstücks.

Anderhub: Ich nehme mein Auto. Du kannst mitfahren.

Brechbühl: Aber ich muss nachher wieder nach Luzern zurück; nehmen wir doch das Dienstfahrzeug.

Anderhub: Dann muss ich mit dir zurück nach Luzern fahren.

Brechbühl: Und wie soll ich sonst nach Luzern kommen?

Anderhub: Es gibt Züge.

Brechbühl: Wenn wir das Dienstfahrzeug nehmen, sparen wir Autokilometer.

Anderhub: Eben nicht, weil ich mein Auto eh nach Sursee zurückbringen muss.

Brechbühl: Aber wenn wir mit zwei Autos fahren, dann….

Anderhub: Dann hab ich mein Auto zu Hause. Und bin bereits zu Hause, denn niemand weiss, wie lange die Unterredung mit Frau Buholzer aka Doris97 dauert.

Brechbühl: Stimmt.

Anderhub: Aber mach mich nicht verantwortlich für den Stau auf den Strassen rund um Luzern zur Vorabendstunde. Da haben die Geleise einen Vorteil.

Brechbühl schweigt.

Einen Nachteil aber habe die Überführung seines Privatfahrzeugs, konzediert Anderhub: Sie könnten schwerlich nebeneinander sitzen und sich eine Strategie überlegen, sich über die Herangehensweise, die Taktik sozusagen einigen. Siehst du, möchte Susanne ihm entgegenschleudern, lässt es bleiben, denn Anselm, der gewiefte Dialektiker, entlässt bereits das Gegenargument aus seinem Mund.

»Ich nehme an, du hast dir Gedanken über ein Vorgehen gemacht. Du holst mich bei mir zu Hause ab, und auf dem Weg zum Büro der Meyer und Partner Immobilien und Treuhand AG gleichen wir, falls nötig, unsere Ideen ab, einverstanden?«, sagt er, bevor er in seinen alten Opel Zafira steigt.

»Okay«, meint Susanne und ist froh, in Anselm einen Pragmatiker an ihrer Seite zu wissen, einen, der nicht nach Büchlein agiert, auch einen Spontaniker, keineswegs einen Spontannicker, der nicht selber denkt, einen Spontanisten mit Vertrauen in ein Bauchgefühl, vor allem, wenn der Bauch nicht überfüllt ist, und das ist er kaum, hat Anselm doch, nicht zu seinem Nachteil, die Mittagszeit glatt verschlafen.

Im Besprechungszimmer von Hubert Soltermann-Meyers Firma kommen die Polizisten gleich zur Sache. Der Anderhub'schen Überrumpelungstaktik hatte Susanne Brechbühl nichts entgegenzusetzen. Brechbühl präsentiert der vom forschen Auftreten der Polizisten etwas eingeschüchtert wirkenden Doris Buholzer ein Foto, das sie erröten lässt, was ihren Abstreitreflex auf die Frage, ob sie dieses Bild kenne, im Nu entwerten würde. Sie unterdrückt den Reflex, denn sie ist nicht blöde. Und nickt.

»Hat Hubert Soltermann, ihr Chef, ehemaliger, muss man nun sagen, Sie erpresst?«, will Brechbühl wissen.

»Glauben Sie, ich hätte ihn umgebracht?«, sagt Doris97 und versucht sich zu fassen.

»Hat er Sie«, nun zeigt Susanne der jungen Frau auf ihrem Handy einen Film, der sie mit ihrem Liebhaber zeigt, nacktaktiv wie die Natur sie schuf, schönheitschirurgische Eingriffe sind weder bei ihr noch bei ihm festzustellen, »damit erpresst, gedroht, diesen Film ins Netz zu stellen und damit der Öffentlichkeit zugänglich zu machen, wenn Sie ihm nicht mehr gefügig wären?«

Im Kantonsspital Aarau, wohin Silvio Wagner und Richard Müller gefahren sind, nehmen jene an diesem Nachmittag mit ärztlichem Einverständnis Isabella

Soltermann-Meyer ins Gebet. Die Frau, offenbar hart im Nehmen, hat sich schnell erholt und schildert ihnen den Unfallhergang, doch an Ergiebigkeit wäre die Erzählung leicht zu übertreffen gewesen, denn viel mehr als Hinweise auf die Geschwindigkeit, mit welcher der Unfall passiert sei, enthält sie nicht. Plötzlich sei sie gefallen, ausgerutscht vielleicht, und ja, dass jemand sie zu Fall gebracht haben könnte, sei nicht auszuschliessen, aber gesehen habe sie niemanden, sicher sei sie einen Augenblick lang wohl weg gewesen, trotz Schutzhelm, das Erste, an das sie sich erinnere, sei, neben den Schmerzen, der Bauer gewesen, der Sommerhalder oder wie er heisse, ja, Morgenthaler, das könne hinkommen, der sie angesprochen und dann die Ambulanz benachrichtigt habe. Bevor sie wieder abgetaucht sei.

Nein, an ein Tier könne sie sich nicht erinnern, es sei auch schon ziemlich dunkel gewesen, Regen in der Luft, sie habe pressiert, nein, keine Katze, kein Fuchs, auf jeden Fall habe sie nichts Derartiges gesehen; das Vorderrad sei einfach weggerutscht, fertig. Schlag auf den Kopf? Ja, da sei etwas gewesen, wohl das Fahrrad, das über sie gefallen sei, das habe sich ja nicht in Luft auflösen können und irgendwo landen müssen, sagt sie galgenhumorig. Und natürlich habe sie den Weg gekannt, schliesslich fahre sie regelmässig zu ihrem Masseur und Physiotherapeuten nach Entfelden, und meistens mit dem Fahrrad, alle vierzehn Tage, wenn sies so genau wissen wollten.

Isabella Soltermann ist so wach, dass sie wahrnimmt, wie Wagner und Müller einander anblicken und Wagner etwas von Personal Coach schwafelt, mit einem Ausdruck im Gesicht, als ob er Liebhaber sagen würde. Das lässt sie schmunzeln, und erst, als die Polizisten ihr sagen, es handle sich mit grösster Wahrscheinlichkeit nicht um einen Unfall, sondern um einen Anschlag, verdüstert sich vordergründig ungläubig die Miene der Frau.

Knapp dreissig Kilometer südlich, im Luzerner Landstädtchen Sursee, bedrängen Anselm Anderhub und Susanne Brechbühl die Assistentin des toten Chefs und dessen Geliebte zu Lebzeiten. Das Klischee lebt, denkt Anselm, und in seinem Kopf erhält die ›Inschrift‹ in Soltermanns Wangen, 1/4, einen neuen Sinn: Ich will dich ganz, nicht nur zu einem Viertel. Oder gar nicht. Eine Idee, die der Ermittler gleich wieder verwirft, denn den Folgezahlen wäre so kaum Sinn zuzuschreiben. Und 4/4 steht noch aus! Muss unter allen Umständen verhindert werden!

Da vibriert sein Handy im Hosensack, dort, wo Trudi es nicht haben möchte, wo Selmi es trotzdem immer hat, griffbereiter als jede Schusswaffe, dort, wo er dessen Fehlen spüren würde. Eine Meldung von Melchior Kaufmann. Anselm entschuldigt sich, entfernt sich aus dem Zimmer, liest die Mitteilung und glaubt eine Viertelsekunde lang an eine höhere Macht, die er aber umgehend mit dem Hinweis auf den Zufall wieder wegputscht.

Anselm, sichtlich erregt, baut sich auf, als er an den Tisch tritt, wo Brechbühl und Buholzer sitzen, letztere noch immer hochrot, die Scham, die Scham, erstere mit Empathie verströmendem Gesichtsausdruck.

»Frau Buholzer, waren Sie bei der Bergung Ihres, wie soll ich sagen, Geliebten, oder trifft es Peiniger besser, waren Sie bei der sonntäglichen Bergung von Hubert Soltermann-Meyer joggend im Surseer Wald unterwegs?«, fragt Anderhub.

»Ich gehe regelmässig da joggen, aber da bin ich bei

weitem nicht die einzige«, sagt Doris Buholzer verhalten trotzig.

»Sie beantworten meine Frage nicht.«

»Ja, ich war im Wald und habe die Leute gesehen, aber dass die da Hubi gefunden haben …«

Die Frau ist eine gute Schauspielerin, oder aber: Sie leidet echt, denn nun beginnt sie, den Kopf auf den gefalteten Armen, die auf der Tischplatte liegen, zu schluchzen, ohne freilich die Augen zeigen zu müssen, die für die Echtheit des Wassers bürgen müssten.

Anselm, der Frauentränen in der Regel nur schwer erträgt, springt über seinen Schatten, markiert Härte, Unerbittlichkeit, was ihm böse Blicke von seiner Kollegin einträgt.

»Ihr Freund war nicht dabei?«

Keine Antwort.

»Ihr Freund war wohl am Trainieren.«

Keine Antwort, bloss kurzes Aufblicken, einäugig.

Susanne Brechbühl wirft ihrem Kollegen einen Blick zu: Was stellt der für Fragen? Von wem spricht Anselm?

Anderhub, unbeirrt in seinem Eifer, merkt nicht, dass Susanne etwas fragen möchte; er ist in Fahrt, spürt, das ist eine Spur, jetzt nur nicht loslassen den Zipfel. Janoschen, doch Anselm bellt nicht, wird bloss lauter.

»Oder hat die Wettkampfsaison bereits begonnen?«

»Der Innerschweizer Verband hatte am Wochenende einen Zusammenzug des Elitekaders, und Samuel ist da natürlich hingegangen, das lässt sich keiner entgehen, ist doch logisch; immerhin findet im Sommer das Eidgenössische statt«, sagt Doris Buholzer.

Samuel? Eidgenössisches? Susanne Brechbühl mutiert zum Fragezeichen.

»Hat Ihr Freund ein Alibi für den Samstag?«, will

der Polizist wissen, während Susanne nun ein Gesicht macht, als sprächen die beiden anderen Anwesenden in Suaheli über die Schneedichte am Kilimandscharo, und Anderhub wird sich seines Denkfehlers bewusst: Nach dem Mittwoch hätte er fragen müssen.

»Der Samstag gehört meines Wissens zum Wochenende«, gibt sich Doris Buholzer widerspenstig und fügt schnippisch hinzu, die Sportler seien übrigens bereits am Freitagabend eingerückt. Teamspirit. Man trete zwar als Einzelsportler an, doch gerade am Eidgenössischen wolle man auch für den Regionalverband Ehre einlegen, sagt die Frau.

Dass seine Kollegin den Inhalt von Anselms Handy-Nachricht von eben nicht mitbekommen hat, dessen wird endlich auch Anderhub gewahr, und er sieht sich veranlasst, seine Kollegin aufzuklären über die Mitteilung Melchior Kaufmanns, dem er Fotos einiger Gaffer vom Sonntag geschickt hatte. Melchior habe die Joggerin mit absoluter Sicherheit als Freundin des bekannten Surseer Kranzschwingers Samuel Burri identifiziert, dies aufgrund einer Reportage in der letzten Ausgabe des ›Surseer Boten‹, in der beide abgebildet gewesen seien. Der Name der jungen Frau, Kaufmann habe extra die Zeitung aus dem Stapel gesucht, um sich zu vergewissern, sei Doris Buholzer.

»Aha«, sagt Susanne Brechbühl, und sie atmet auf; ihre Zweifel an Anselms Geisteszustand verblassen.

Dass die Tötung von Hubert Soltermann-Meyer nicht lange geheim gehalten werden konnte, ist auch Max Hunziker von Anfang an klar gewesen. Da hätte es nicht einmal einer Todesanzeige bedurft. Der Aufruf der Polizei, am Vortag an die Medien versandt, bittet um Mithilfe bei der Aufklärung des Verbrechens.

Sachdienliche Hinweise. Der ›Surseer Bote‹ konnte ihn kurz vor Redaktionsschluss als Einspalter noch auf der Frontseite unterbringen, indem ein Anriss auf das Theater in Mauensee dran glauben musste. Die ›Luzerner Zeitung‹ nutzte die Zeit, die Persönlichkeit des Ermordeten und dessen Firma knapp nachzuzeichnen, enthielt sich aber irgendwelcher Spekulationen, derweil die Boulevardzeitung in Ermangelung eines Bildes des Toten als Leiche ein Bild von dessen Anwesen in Schenkon brachte, klein, nichtssagend, aber den geneigten Leser, und ein solcher ist Max Hunziker, darauf hinweisend, dass man versucht hat, zu recherchieren, und zwar bei der Frau, die ihren Mann an eine Bluttat verloren hat. Im Journi-Jargon heisst das Witwenschütteln, das weiss auch Anderhub. Und die Polizisten sind sich bewusst: Sobald bekannt wird, dass es sich nicht um eine Einzeltat handelt, sondern um eine Serie, sogar mit Seriennummern versehen wie bei einer Druckgrafik (der erste Abzug ist in der Regel der stärkste), ists mit der Ruhe vorbei. Und rinnt das Polizeikorps vor der Auflösung des Falles, ist der Schaden angerichtet.

Im Besprechungszimmer der Meyer und Partner Immobilien und Treuhand AG, wo sonst Vorverträge und Verträge ausgehandelt und unterschrieben werden, in denen es um die Verschiebung grösserer Besitztümer geht, hat sich Doris Buholzer so weit erholt, dass sie ihrem Befrager Paroli bieten kann. Ob sie das in ihrem Job gelernt hat? Weinerlichkeit bringt nichts ausser einem Eindruck einer lebensuntauglichen Lächerlichkeit: Die Welt der Wirtschaft ist keine geschützte Werkstatt. Das muss nicht als Leitspruch an der Bürotüre hängen; so etwas hat man verinnerlicht. Das denkt Anselm Anderhub, bevor er seinen Gedanken als Vorurteil entlarvt, mindestens in seiner generalisierenden und damit ungerechten Form.

Die Offenheit in Grenzsituationen. Die Ehrlichkeit der letzten Tage. Wenn nichts mehr zu verlieren ist. Dabei sind es aller Wahrscheinlichkeit nach keineswegs Isabella Soltermanns letzte Tage überhaupt, die paar Tage in Aarau. Vielleicht ihre letzten Tage im Aarauer Kantonsspital, das mit einer Krähenplage in den Bäumen der Parkanlage kämpft: Morgen Freitag nämlich kann sie voraussichtlich gemäss der aktuellen Devise im Gesundheitswesen, die da lautet, »ambulant vor stationär«, nach Hause zurückkehren und sich für die Nachversorgung der Schulteroperation und der anderen kleinen Verletzungen ihrem Hausarzt anvertrauen.

Natürlich habe sie schon lange gemerkt, dass da etwas laufe mit dieser Buholzerin, sagt sie. Sie kenne das von ihrem Vater, der auch jedem Rock nachgestiegen sei. Männer halt. Grund für einen Mord? Sie sei doch nicht blöde, sagt die Frau. Ihre Mutter habe sich mit einem Ferienhaus in Mund abspeisen lassen und einer lebenslänglichen Pension; sie aber halte sich seit Jahren anderweitig schadlos.

»Ja, ja, schaut einander nur an! Der Masseur und Physiotherapeut! Lady Di hatte ihren Reitlehrer oder Bodyguard, ich meinen Muskelkneter«, sagt die Frau und lacht den beiden Männern mit einer gesunden Frechheit, die einer jungen trauernden Witwe freilich schlecht ansteht, ins Gesicht. Trauernd? Nein, die Frau trauert nicht um ihren Gemahl.

Wagner und Müller kommen wortlos überein, dass da nichts mehr zu holen ist, was sie weiterbringen könnte. Sturz, Unfall, die Krankenkasse wird bezahlen, kann ja jedem passieren, dass man die lockere Schotterunterlage unterschätzt, und Knebel, Holzstöcke liegen nicht selten in der Umgebung von Bäumen, wäre es ein verkrümmter Nordic-Walking-Stock gewesen, den man in der Nähe der Unfallstelle gefunden hat, sähe die Sache allerdings anders aus. Wobei die beiden Polizisten natürlich wissen, dass 3/4 kein Naturereignis gewesen sein kann.

Und die Warterei auf 4/4? Schöne Aussichten sehen anders aus. Gut, den Klassiker hätten die Polizisten noch bringen können: Haben Sie Feinde? Oder die Frau nach dem Grad ihres Sicherheitsgefühls fragen, aber so, wie die spricht, kennt die keine Angst. Zumal der Attentäter, wenn es denn einen einzigen gibt, bisher keinen Steigerungslauf des Hasses hingelegt hat, der sich im Ausmass der Brutalität niedergeschlagen hätte. Eher das Gegenteil. Beide wissen indes: Mit der Unberechenbarkeit des Täters ist zu rechnen.

Auch die Frau Soltermann ist in den Augen von Wagner nicht aus dem Schneider: Unfälle lassen sich arrangieren, wenn auch zuweilen mit mehr als Blechschaden, und wer weiss, wann die beiden Zahlen auf dem Akku des E-Bikes geschrieben worden sind? Ein Klassiker, denkt auch Müller: Der Täter macht sich selbst zum Opfer und nimmt sich so aus der ermittlungstechnischen Schusslinie.

»Habt ihr meinen Herrn Bruder, den Eso-Johnny vom Napf, schon unter die Lupe genommen«, sagt Isabella von Soltermanien unvermittelt, als die beiden Ermittler schon von ihren Stühlen aufgestanden sind im Krankenzimmer erster Klasse – Privatabteilung also, Speisekarte für Sonderwünsche, und die Parkgebühr geht aufs Haus.

»Sollten wir?«, sagen Wagner und Müller im Chor.

»So tun, als ob er von Licht und Luft leben könnte, dabei zehrt er von seinem Erbe und hat gar noch die Frechheit, höhere Dividenden zu fordern, aber da muss ich Hubi recht geben: Wer keinen Finger krümmt für das Unternehmen, hat kein Recht darauf, die hohle Hand zu machen.«

»Keine Angst, Frau Soltermann«, beschwichtigt Richard Müller, »wir bleiben dran.«

Wer einen Finger krümmt im richtigen Augenblick an der richtigen Maschine, kann mit zielführender Einstellung einen Menschen fällen, im Fall, denkt derweil Silvio Wagner.

»Der Schwinger hätte die Kraft, die Doris97 Motiv und Hasspotenzial«, sagt Anselm zu Susanne, als die Polizistin ihren Kollegen zu dessen Heim an der Christoph-Meyer-Strasse fährt.

Anselms Fauxpas? Kein Thema mehr. Er hat sich auf dem Weg zum Auto nochmals entschuldigt, er hätte sie über Melchiors Mitteilung gleich informieren sollen, doch sei er er derart ins Feuer geraten, Blut habe er geleckt sozusagen, was freilich seine Unachtsamkeit nicht ungeschehen mache. Und vielleicht habe er auch seine telepathischen Fähigkeiten da etwas überschätzt. Susanne wiegelt ab, verweist auf eigene Fehlleistungen, menschlich, und es sei auch ihr schon passiert, dass sie hätte schwören können, etwas gesagt zu haben, dabei habe sies bloss gedacht. Was Anselm zum Gedanken führt, dass gedachte und geäusserte Worte sich zuweilen nur in ihrer Lautstärke unterschieden.

»Hat dieser Meyer mit unseren Immobilien-Meyers etwas zu tun?«, will Susanne Brechbühl wissen.

»Ich bin nicht sicher; der Christoph jedenfalls war in der zweiten Hälfte des 19. Jahrhunderts ein prominenter konservativer Politiker, so viel ich weiss«, sagt Anselm, irgendwo sei es angeschrieben, und wahrscheinlich gehe er jeden Tag an dieser Stelle vorbei.

Noch unterhalten sich die beiden im Auto miteinander, nehmen eine erste Bewertung ihres Besuchs vor, und sie sind sich einig: Die Anweisung an die Adresse des Burri-Buholzer-Gespanns, sich für weitere Auskünfte zur Verfügung zu halten, ist zu rechtfertigen. Aber das ist auch schon alles. Mit Ausnahme der Tatsache, dass Doris Buholzer durchaus Grund gehabt hat, Hubert Soltermann Böses anzutun, denn die Anwendung von Druck, ja die Erpressung mit kompromittierendem Bildmaterial seitens des Firmenchefs hatte die junge Frau zugegeben: Der Mann wollte sie nicht verlieren. Sie sich nicht länger ausnützen lassen.

»Ich will mit der alten Frau Meyer reden«, sagt unvermittelt Anselm Anderhub.

»Die Mutter des Napf-Gurus?«

»Ja.«

»Aber die soll ja gemäss ihren Kindern unter fortschreitender Demenz leiden.«

»Ich will sie sehen, ich will ihr Zimmer sehen, will sie kennenlernen; vielleicht erwische ich sie in einem guten Moment.

»Glaubst du, Max gibt sein Einverständnis?«

»Es wird ihm kaum etwas anderes übrigbleiben«, gibt sich Anselm überzeugt, als Trudi aus der Haustüre tritt und den beiden anbietet, ihre Konferenz in der Stube fortzusetzen.

Susanne Brechbühl lehnt dankend ab; es ist bereits gegen fünf Uhr, und sie kennt inzwischen die unter chronischer Verstopfung leidende Verkehrssituation bei der Einfahrt in die Stadt.

»Ich hab dir ja vorgeschlagen, den Zug zu nehmen«,

quittiert Anselm Susannes Bedenken, »und wir hätten erst noch einen Beitrag zur Reduktion des CO_2-Ausstosses geleistet. Wie es sich für Staatsangestellte mit Vorbildfunktion gehört.«

Susanne mag nicht diskutieren, verpasst beinahe Anselms Ironie im Unterton. Sie ist müde, vor allem, weil sie nicht, wie erhofft, wesentlich weitergekommen sind. Ja, mehr noch: Der Schwingerprinz könnte zwar den Soltermann-Transport im Auftrag der Buholzerin erklären, doch was ist mit den Folgetaten auf dem Surseer Friedhof und am Surenweg in der Aargauer Nachbarschaft? Wie hängen diese Taten zusammen, wenn sie denn zusammenhängen? Das Rätsel bleibt ungelöst. Diese Ungewissheit, verbunden mit einem tiefen Gefühl des Versagthabens, fördert weder das Einschlafen, noch erleichtert es das Sein im Wachzustand, denn der Chef, unter massivem Druck von oben, das liest jeder aus seiner Erscheinung, möchte endlich eine Erfolgsmeldung verkünden können. Und da kommt Anselm und will mit einer dementen alten Frau reden, die im Pflegeheim in Willisau, so stellt sie sich das vor, ihrem Auslöschen entgegendämmert. Susanne versteht das nicht. Es scheint ihr, als franse der Fall nach allen Seiten aus, wo doch die einzelnen Fäden endlich zusammenfinden sollten. Wunschträume!

Einen Wunschtraum hegt auch Anselm Anderhub: endlich Ruhe! Wenigstens in Ruhe zu Abend essen. Doch als er sein Handy checkt – für die Vernehmung hatte er es auf stumm geschaltet –, sieht er, dass der Chef mehrfach erfolglos versucht hat, ihn telefonisch zu erreichen. Das wird wieder ein Theater absetzen, denkt er, morgen an der Sitzung. Und er sieht die Chancen, dass Hunziker ihn nach Willisau fahren lässt, schwinden. Und da, noch ein Mail mit hoher Dringlichkeit! Entweder der Durchbruch oder die totale Verzweiflung einer fundamentalen Ratlosigkeit. Nichts von beidem: Den unter Doris97 abgespeicherten Textdateien haben die Kollegen in Luzern entnommen, was Susanne und er auch herausgefunden haben. Eine Bestätigung von Doris Buholzers Beziehungen in einem vermutlich als Mail-Anhang angehängten Brief (oder wars bloss ein Versuch, nie abgeschickt, ein Akt der Psychohygiene?), in welchem Herr Soltermann den hoffnungsvollen Surseer Schwinger, seinen Rivalen, niedermacht, der blossen Muskelpotenz des Sportlers gegenüber seine Bankkontopotenz in die Waagschale wirft, an den gesunden Menschenverstand, ja die Vernunft der »über alles geliebten Doris« appelliert.

»Viel Lärm um nichts«, sagt Anselm, als er zusammen mit Trudi vor einem farbenfrohen gemischten Salat sitzt, neben Grünzeug – Gras nennt Selmi den Kopfsalat – hats Cherrytomaten drauf, Fetakäse und warme gedünstete Champignons, dazu auf Trudis Seite ohne Blattberührungen mit Anselms Kuhfutter noch ein paar grüne Oliven.

»Shakespeare«, sagt Trudi, »Much ado about nothing.«

»Die listigen Weiber von Sursee«, setzt Selmi den lustigen Weibern von Windsor entgegen und erzählt seiner Frau vom Versuch Soltermanns des Älteren, ›Der Widerspenstigen Zähmung‹ aufzuführen.

»Und bist du nicht willig«, schwenkt Trudi von Shakespeare weg.

»So braucht jemand Gewalt«, ergänzt Selmi, »aber wer?«

»Iss jetzt, morgen ist auch noch ein Tag«, beendet Trudi das bildungsbürgerliche Intermezzo am Tisch des Ehepaars Anderhub und sticht mit der Gabel in den Salat wie in eine Heumahd, indem sie ein Tomätchen, eine Olive, ein Stück Käse, eine Scheibe vom Pilz und ein Blatt Salat zu erwischen versucht, was ihr tatsächlich gelingt, auch wenn auf dem Weg der Gablete in den Mund ein Tropfen des edlen Aceto Balsamico di Modena auf das Tischset tropft, was der multiplen Gaumenfreude der Ermittlergattin freilich keinen Abbruch tut.

Nach dem Nachtessen schlägt der Mittagsschlaf erbarmungslos zurück. Anselm Anderhub hat sein Quantum Bewegung heute nicht erreicht, seine Schritt- und Muskelkontraktions- sowie Relaxationszahl, die ihm das Gefühl verleihen, er lebe statt bloss zu vegetieren. Trudi macht sich bereit für ihren Nachteinsatz im Betagtenzentrum, während Anselm am liebsten gleich losginge. Er weiss sich zu benehmen, und gemeinsam spazieren sie zum Städtchen hoch. Auf der Höhe des Friedhofs wirft Anselm einen Blick hinein und sieht zu seiner Beruhigung, dass der Stein des Heinrich Meyer wieder gerade steht. Als ob damit die Welt wieder in Ordnung wäre.

»Immerhin«, sagt er, ein Wort, das Trudi nicht zu deuten weiss.

»Immerhin steht der Stein wieder gerade«, erklärt sich Selmi, als mit dem Verschwinden der Sonne die grossen Bäume wie gutmütige Riesen erscheinen, die Wesen wie jenem Eichhörnchen, das auf der Friedhofmauer tanzt, Zuflucht bieten. Der Friedhof, ein Biotop. Lebensraum. Das ist kein Widerspruch und erinnert Anselm daran, dass er auf einem Panzerübungsplatz in Frauenfeld seinerzeit seine ersten freilebenden Fasane gesehen hat.

Auf dem Rückweg trifft Anselm beim Untertor Melchior Kaufmann, der ihm heute mit der Identifizierung von Doris Buholzer geholfen und mit seinem Nebensatz, die Frau sei übrigens mit dem Schwinger Sämi Burri liiert, einen Treffer gelandet hat, dessen Wert aber im Moment noch nicht abschliessend einzuschätzen sei. Eigentlich möchte Anselm noch ein paar Schritte mehr tun. Seine Wohlanständigkeit, vermutlich angeboren, hindert ihn indes daran, seinem Kollegen – das Wort Freund hat für ihn ein zu starkes, ja schon unangenehmes, mit Verantwortung verknüpftes Gewicht – einen Korb zu geben, und so setzen sie sich in die gedeckte Gartenwirtschaft der »Metzgerhalle«, bestellen eine Stange Bier. Und Prost!

»Der Burri, kennst du ihn?«, fragt Melchior.

»Nicht persönlich, was man so liest halt«, sagt Anselm.

»Kein unbeschriebenes Blatt«, fährt Melchior fort.

»Wie meinst du das?«

»Erinnerst du dich an die Gansabhauet vor, was ists, zwei oder drei Jahren, als der Metzgermeister?«

»Und ob ich mich daran erinnere!«

Langsam dämmert es dem Polizisten, denn Melchior erzählt von jenem Vorfall zu Beginn des Anlasses, für die Kriminaler nicht relevant, als die Tierschützer protestierten gegen den alten Surseer Brauch, der die Würde des Tieres verletze.

»Da war der Burri einer von den Burschen, die das Gefährt der Tierschützer geentert haben«, sagt Melchior.

»Ich erinnere mich schwach an die Akten der Kollegen aus Sursee, die wir im Zusammenhang mit dem toten Metzgermeister studiert haben«, sagt Anselm und will wissen, was er von der ganzen Sache halte.

»Familienfehde, aber nicht um Ehre, eher um Handfestes, finanzielle Interessen, Macht, was weiss ich«, meint Melchior, und Anselm gehen die hehren Wörter durch den Kopf, die sich neben ›Ehre‹ und ›eher‹ noch aus diesen vier Buchstaben bilden lassen: Rehe, Heer.

»Und du? Warst wieder auf Wanderschaft?«, will Anselm wissen.

»Nichts Gewaltiges, über Nottwil, die Flüsskapelle, nach Ruswil, drei, vier Stunden, ich schaue in der Regel nicht auf die Uhr, und zurück mit dem Bus«, sagt Melchior.

Nichts Gewaltiges? Da ist Anderhubs Anselm aber anderer Meinung. Und zwar dezidiert.

»Bei der Kapelle hab ich ein Gedicht geschrieben«, sagt Melchior, »willst du es lesen?«

Anselm nickt, und Melchior nimmt sein kleines Notizbuch aus der hinteren rechten Hosentasche, ziemlich mitgenommen sieht es aus, abgewetzt, nein, es sieht nicht nur so aus, denn seit seiner Pensionierung ist das Büchlein der ständige Begleiter des verwitweten pensionierten Bauarbeiters mit Bewegungsdrang.

»Da, kannst selber lesen, es ist mir in den Sinn gekommen, weiss der Teufel, woher diese Bilder und Gedanken immer kommen, aber sie kommen, und manchmal kommt dabei etwas heraus, das aus einer Erfahrung für mich so etwas wie eine Wahrheit macht«, sagt Melchior und reicht Anselm das Büchlein.

Der liest das Gedicht, mit kleinen Druckbuchstaben, also leserlich, geschrieben, mit Zeilensprüngen:

meine wildschweinnase

geh ich den weg
von a nach b
kenn ich den weg
mit allem drum
von a nach b

und dran
bloss zur hälfte
geh ich den weg
augen offen
von a nach b
und nüstern dito
nicht auch von b nach a

»Merkst du den Widerspruch?«, fragt listig Melchior Kaufmann.

»Widerspruch?«

»Ich hätte in Ruswil nicht das Postauto nehmen sollen.«

Vier ist das Kreuz. Vier ist das Leiden, vier klingt wie der chinesische Tod. Vier ist spannungsfrei, es sei denn, ein Schenkel ist länger. Den steckt man auf Friedhöfen in den Boden. Vier Bauern sind zweihundert. Wer vier Asse hat, wird selten überwiesen. Nur Bauern und Nellen gelingts. Ich werde vielleicht überwiesen. Wer das Leben als Spiel sieht, darf sich nicht wundern, wenn er es verliert. Würde ich mich dabei ausnehmen, machte ich mich unglaubwürdig. Die Drei mag magisch sein, die Vier ist praktisch. Wie leicht gerät ein Tisch mit drei Beinen, der grundsätzlich zwar nicht wackeln kann, bei unterplattig montierten Beinen aus dem Gleichgewicht, wenn jemand auf der falschen Seite seine Arme abstützt.

9

»Sie könnte beim Einkaufen sein«, meint Susanne Brechbühl.

Anselm Anderhub bezweifelt dies, hatte Sandra Meyer, die Witwe des alten Heinrich, dessen Grab geschändet wurde, doch nicht auf den Anruf der Polizisten reagiert, und das vor mehr als einer Stunde. Er hatte den Vorschlag gemacht, die andere Witwe, die alte, die demente, die erste, im Willisauer Betagtenzentrum zu besuchen, doch damit war er bei Max Hunziker, dem Chef, nicht gelandet. Weder Wagner noch Müller noch Susanne hatten Anselm unterstützt, und schliesslich musste er klein beigeben, sich Maxens Argumenten beugen: »Das Risiko, dass Sandra Meyer in Schenkon das nächste Opfer sein könnte, erscheint mir höher; und sollte sie die Drahtzieherin der Anschläge sein, ist ein Besuch sogar dringend angezeigt.«

Dann der erfolglose Telefonanruf und der Entscheid, an diesem wettermässig unbestimmten Frühlingsmorgen, bewölkt mit sonnigen Durchbrüchen, trotzdem oder erst recht an den Sempachersee zu fahren.

Anselm betätigt erneut die Klingel der Villa auf dem Tannberg. Keine Reaktion. Schläft sie aus? Er versuchts mit einer Triole; vielleicht ist das die Spezialität des Postboten? Nichts. Er läutet Sturm. Niemand bewegt sich auf die Haustüre zu, kein Schatten, der im rautenförmigen Milchglasfensterchen der Türe näherkäme, nichts.

»Mir kommt die Sache spanisch vor«, sagt Anselm zu seiner Kollegin, als er bei einem Rundgang um das Haus durchs Fensterchen in der Garage ein Auto sieht,

»die geht bestimmt nicht zu Fuss einkaufen; nur schon der Weg vom Einkaufszentrum bis zum Tannberg hoch, und das mit voller Einkaufstasche, mich würds überfordern.«

»Was liegt dort drüben?«, fragt Susanne und deutet auf den Garten; Anselm dreht sich um.

Unter der Blautanne neben dem Swimmingpool liegt der Hund; als sie vorsichtig nähertreten, ohne dass das Tier reagiert, sehen die Polizisten, was los ist: ein heller, schöner Golden Retriever, der nicht schläft. Denn er ist tot. Erschossen.

Das ist ein deutliches Zeichen, allerdings kein eindeutiges. Hat die Frau sich davongestohlen zu ihrem vierten Anschlag, vor dem sie alle Brücken abgebrochen hat? Ist sie Opfer des vierten Anschlags geworden? Opfer und Täter. Herr und Knecht. Während Anselm nun an die Scheiben der Fenster im Erdgeschoss, da wo er eben zukommt, zu klopfen beginnt, überschlagen sich in seinem Kopf einmal mehr Gedanken, diesmal drehen sie sich um Opferanteile von Tätern und Täterkomponenten von Opfern mit dem Resultat, dass es im Wesentlichen, so seine Meinung, die er gerne als Einsicht sähe, auf das Mischverhältnis ankommt.

Klopfen und Rufen. Eine Katze, ganz schwarz mit weissen Pfoten, als sei sie in einen Haufen Mehl oder weisse Farbe getreten, gesellt sich zu den Polizisten, und sie maunzt, hat wohl Hunger. Geh mausen, denkt Anselm, verwöhntes Biest. Die Katze reagiert mit treuherzigem Blick. Vor dem Kellerfenster bleibt sie stehen; weder Susanne noch Anselm sehen da aber einen möglicherweise abgeschlossenen Katzeneingang. Die Katze schnuppert an der Scheibe, wirft einen Blick auf die beiden Polizisten, kommt zurück, streicht um Anderhubs Beine und nähert sich aufs Neue dem Fenster, als wolle sie ihm etwas sagen. Anselm sieht sich dazu veranlasst, das Fenster einer genaueren Untersuchung zu unterziehen, er tritt in die Blumenrabatte, zwischen die Rosenstöcke, und in der Tat: Da hat jemand ein Loch in den Holzrahmen gebohrt.

»Da ist jemand eingestiegen«, sagt Anselm, und Susanne kapiert sofort: ein Klassiker des gewerbsmässigen Einbruchdiebstahls, Fenster öffnen ohne Scherben und ohne mit einem Bruch fast zwangsläufig einhergehende Geräusche zu riskieren.

»Wir müssen hinein, aber schnell«, sagt eine Susanne voll der Ahnungen, der die Sache, vor allem der tote Hund im Garten, böse auf den Magen geschlagen hat.

»Aber wie?«, fragt Anselm, und er versetzt dem Fenster mit der Faust einen kräftigen Stoss.

Das Fenster gibt nicht nach; der Einbrecher hat es nach seinem unerlaubten Eintritt wieder verschlossen. Profi, wie es scheint. Die Ermittler befürchten das Schlimmste: 4/4. Dass die Täterschaft Überraschungen nicht abgeneigt ist, hat sie mit ihrer Serie bewiesen. Anderhub lässt sich telefonisch die Erlaubnis zum Einsatz von Gewalt gegen Gegenstände, Sachbeschädigung also, geben, und so geht mit Hilfe eines Steins das Fenster, das ein anderer Mensch eleganter geöffnet hat, in Brüche, Anselm greift hinein und dreht den Griff so, dass es aufgeht.

»Vorsicht!«, mahnt Susanne, als Anselm einsteigt, »Der Kerl könnte noch im Haus sein.«

»Kaum«, meint der Kollege, nachsichtig gegenüber seiner Kollegin, die keinen Gedanken an eine mögliche Kerlin verschwendet, doch der Waffe hat er sich vergewissert, man kann sich nie in vollständiger Sicherheit wiegen; als er leise und an die Mauer gedrückt die fünfzehn Tritte der Kellertreppe ins Erdgeschoss hochsteigt, nimmt er die Pistole in die Hand und kommt sich wie ein ›Tatort‹-Kommissar vor. Im Korridor liegt ein edler Teppich auf dem Parkettboden.

»Hast du gehört, da hat doch jemand gerufen«, flüstert Susanne, die hinter Anselm herschleicht.

Anselm weiss, dass er mal zum Ohrenarzt sollte, aber die Aussicht auf ein Hörgerät lässt ihn nicht in Freudentaumel ausbrechen. Wie er es überhaupt nicht so hat mit den Ärzten, zu Trudis Leidwesen.

»Bist du sicher?«, fragt er.

»Wir kommen!«, ruft Susanne Brechbühl laut, denn sie deutet die gehörten dumpfen Laute als Hilfeschreie eines geknebelten Menschen, genauer, einer geknebelten Frau. An einen bösen Kerl, der sie oben erwartet, denkt sie nicht mehr.

Anselm, der nichts gehört hat, seiner Kollegin aber vertraut, spült die Erwartung die krudesten Bilder ins Gehirn. Rundet der Übeltäter seine Serie, die mit einem halbwegs Gekreuzigten im Surseer Waldboden begonnen hat, mit einer Gekreuzigten am Tannberg ab? Erwartet sie ein blutüberströmtes Bett, eine Frau in den letzten Zügen?

Susanne Brechbühl will die Türe aufreissen, aus der deutlich nun ein Wimmern dringt, doch die ist abgeschlossen. Wos dringt, da drängts, denkt Anselm und versucht die Türe mit seinem Körpergewicht, rund achtzig Kilogramm, zu rammen, erfolglos vorerst. Da sieht er an der Tür des Nebenzimmers einen Schlüssel stecken, reisst ihn aus dem Schloss und steckt ihn ins Schloss des Zimmers, aus dem die Laute, die er nun auch wahrnimmt, kommen.

»Glück gehabt!«, sagt er zur Kollegin, als der passt und erst noch gröberen Kollateralschaden verhindert, das denkt er.

Sandra Meyer liegt in blauer Bluse und Jeans auf dem Bett, das sie einst mit Heinrich Meyer geteilt hat; ihre Augen sind kurz davor, aus den Höhlen zu quellen, so kommt es Brechbühl vor, doch als sie ihr den Knebel aus dem Mund entfernt – Anselms Swiss Army Knife leistet nicht zum ersten Mal gute Dienste – und auch die über dem Kopf zusammengebundenen Arme befreit, atmet eine Frau in Dankbarkeit auf. Dabei weiss sie noch nicht, was die beiden Polizisten mit Entsetzen beim Eintreten festgestellt haben: Auf jeder ihrer Wangen steht eine Vier. Und das ist weder Jahrgang noch Alter der Frau, und es ist kein Filzstift, der Sandra Meyer die beiden Zahlen appliziert hat, nein, so wie Anselm das einschätzt, liegen hier auch keine Schnittwunden vor, nein, hier hat jemand mit einer ätzenden Flüssigkeit gearbeitet, und die Tatsache, dass Frau Meyers erste Bewegungen der Hände zu ihren Wangen führten, bestätigt Susanne und Anselm in der Befürchtung, dass da jemandem ziemliche Schmerzen zugefügt worden sein müssen. Und bleibende Schäden, geht es Susanne durch den Kopf, die kein Vollbart je kaschieren wird.

»Es brennt«, sagt Sandra Meyer und meint ihre Wangen.

»Haben Sie eine kühlende Wundsalbe?«, fragt Susanne nach.

»Im Badezimmer, im rechten Schrank ganz oben«, sagt Sandra Meyer.

Anselm hat kein Intuitionsmonopol, hat es sich selber auch nie zugeschrieben. Vielmehr sind es Kollegen, die oft die Verantwortung ihm übertragen haben, wenn sie nicht weiterwussten. Max hatte recht, und Anselm gratuliert ihm telefonisch dazu und fordert gleichzeitig die Spurensicherung und die Ambulanz an. Denn dass Frau Meyer die Jüngere in ärztliche Obhut gehört, auch wenn sie nun, von den Beinfesseln befreit, einigermassen fit scheint, ist den Polizisten vor Ort am Tannberg in der Gemeinde Schenkon klar. Sie hat sich aufgesetzt, klagt über Durst. Susanne reicht ihr ein Glas Wasser; Sandra Meyer stürzt es gierig in sich hinein. Mit Fragen wollen die Ermittler die Frau jetzt nicht belasten.

Schneller als die Luzerner Kollegen sind die Polizisten aus Sursee auf dem Tannberg. Als sie an der Türe klingeln und Anselm Anderhub öffnet, bleibt den Surseern Gesetzeshütern kurz der Mund offen, bevor sie ihre Waffen sinken lassen, denn sie erkennen ihren Kollegen von der Kripo. Auf der Zufahrtsstrasse hat sich an diesem Vormittag das halbe Quartier versammelt, zumindest die pensionierten Menschen und die Hausfrauen ohne Verpflichtungen, die nicht auf dem Tannberg erledigt werden können, sind erschienen. Anselm Anderhub guckt ziemlich ungebügelt aus der Wäsche: Was soll der Auflauf?

»Sie?«, sagt Postenchef Michael Arnold, nachdem er sich gefasst hat.

»Du?«, repliziert Anselm Anderhub, eingedenk der Tatsache, dass seit jener Geschichte vom Jagdunfall im Surseer Wald, der sich als vorsätzliche Tötung herausgestellt hat, ein kollegiales Du gelten sollte.

Dann erzählt Michael Arnold, dass er eigentlich doppelt aufgeboten worden sei: Das Meyer'sche Anwesen ist elektronisch gesichert, und die Tannbergbewohner können trotz dichten Grundstückgrenzen auf eine aufmerksame Nachbarschaft zählen. Was den gwundrigen Menschenklüngel auf der Zufahrtsstrasse erklärt.

»Fehlalarm«, gibt Arnold seinem Kollegen Konrad Fischer und den anderen Anwesenden Bescheid, »die Einbrecher sind von der Luzerner Kriminalpolizei, doch das konnte weder die Fensterscheibe ahnen, noch ihr als Anwohner konntet das wissen, aber ich sage immer: Lieber Fehlalarm und eine Meldung zu viel als nichts tun, wenn etwas passiert. In diesem Sinne: gut gemacht und danke für die Meldung.«

Anderhub sieht die Neugier in den Augen des Publikums, aber auch die Polizisten leiden unter dieser an sich positiven Eigenschaft des Charakters. Der Ermittler aber verrät nichts, schickt die Nachbarn nach Hause und begibt sich wieder ins Haus, wo Sandra Meyer hastig ein zweites Glas Wasser verinnerlicht hat und im Badezimmer erschrickt, als sie sich frisch machen will. Erschrickt und zu schreien beginnt, zu fluchen, »verdammtes Arschloch« ist dabei und »Wixer, verfluchter, Schwein«, und diese natürliche, ja gesunde Reaktion bewegt Susanne Brechbühl dazu, entgegen ihrer ursprünglichen Absicht – doch der Zustand des Opfers ermuntert sie dazu –, die Frage zu stellen, wer sie überfallen und ihr diese Verletzungen zugefügt habe.

»Er trug eine Maske«, sagt Sandra Meyer.

»Corona-Maske?«

»Ganzgesichtsmaske, schwarz. Der muss eingebrochen sein und mich erwartet haben, als ich nach dem Besuch meiner Kosmetikerin nach Hause gekommen bin.«

»Wann war das?«, mischt sich Anderhub ins Gespräch ein; die drei Personen haben es sich inzwischen im Wohnzimmer einigermassen gemütlich gemacht, trinken, was ihnen Sandra Meyer angeboten hat: Knutwiler Mineralwasser, für Anselm mit, für die Frauen ohne Gas.

»Vermutlich so gegen sieben Uhr muss es gewesen sein. Ich wollte vor der Yogastunde noch etwas Kleines essen. Ich war ahnungslos, logisch, und bin zu Tode erschrocken; das können Sie sich ja vorstellen. Er hat sich von hinten an mich herangeschlichen und mich gepackt, als ich in der Küche Brot und Butter holen wollte, muss sich hinter dem Sofa da versteckt und auf mich gewartet haben.«

Sandra Meyer erzählt, wie der Mann ihr mit Gewalt den Mund zugehalten und ihr ein Tuch mit einer Flüssigkeit auf die Nase gedrückt habe.

»Ich konnte kaum atmen, verlor kurz das Bewusstsein, vielleicht wars auch der Schock; auf jeden Fall schleppte er mich aufs Bett und fesselte mich; ich konnte mich nicht wehren, war wie betäubt.«

»Was wollte er von Ihnen?«

»Er hat nicht viel gesagt, nur befohlen, gedroht, Wehr dich nicht, sonst. Schrei nicht, sonst. Geduzt hat er mich.«

»Und Sie haben keine Ahnung, wer sie überfallen hat?«, wirft Susanne Brechbühl ein.

»Er war maskiert, das hab ich doch schon gesagt!«

»Ich meine, die Statur, die Grösse. Denken Sie nach«, ermuntert die Polizistin, »die Art des Zupackens, die Haare.«

Sandra Meyer schliesst die Augen, taucht ein in die Situation des Vorabends, holt die verpasste Meditationsstunde nach, denkt Anderhub und lächelt still vor sich hin, blickt auf seine Armbanduhr, eine Minute, zwei Minuten, wird sich der Dauer stummer Sekunden bewusst, bis die Frau sie erschreckt mit einer ruckartigen Bewegung.

»Das war, Jessesgott, das muss, das kann ja nicht sein«, sagt jetzt Sandra Meyer völlig durcheinander und greift sich an den Kopf, »der ist doch, das ist unmöglich, aber.«

»Der Mundgeruch?«, mutmasst Anderhub.

»Der Schweiss, er hat geschwitzt, genauso hat, ich kann es nicht glauben, das kann nicht sein, aber ich habe eine gute Nase. Das ist ja mehr als dreissig Jahre her.«

»Sagen Sies endlich!«, wird Anselm ungeduldig.

»Das ist der Schweiss von, das muss Bernhard gewesen sein.«

»Aber Schweiss, Frau Soltermann, der kann doch gar nicht so individuell sein«, gibt Anderhub zu bedenken, und überdies verändere er sich doch über die Jahre, sei zudem abhängig von den Nahrungsmitteln, die man eingenommen habe.

»Es gibt Gerüche, die vergisst man nicht. Die Statur hat gepasst, die Kopfform, und vor allem die Bewegungen, jetzt ist alles klar, wie konnte ich … Die Art, wie er sich bewegt hat, nachdem er mich gefesselt hatte. Jetzt verstehe ich auch, warum er die Stimme verändert hat.«

Anselm und Susanne loben das Gedächtnis von Frau Meyers Nase, und der Name Bernhard sagt beiden etwas. Das Schild auf dem Grabstein des alten Meyer. Ein Bild nimmt Konturen an. Anselm nimmt sich vor, nie mehr über Meditationstechniken zu lächeln, die das Eintauchen in die Vergangenheit befördern können, das Re-Imaginieren vergangener Ereignisse, das Herholen derselben in deren sinnlicher Gesamtheit.

Ob der Wunsch nach einer Lösung des Falls das kritische Denken der Kriminaler ausgeschaltet hat? Man glaubt gerne, was man glauben will. Andererseits: Wer unkritisch einem Grabstein glaubt, hat leichten Grund, die Meinung zu revidieren. So möchten denn die Polizisten jubilieren und tirilieren, allein, sie sehen die Aufgabe, die auf sie zukommt: Wie finden wir einen Mann, der vor genau zwanzig Jahren verschollen und dessen Nicht-Existenz amtlich beglaubigt ist? In die Freude darüber, zu wissen, wer der Täter ist, mischt sich der Ärger über ihren blinden Fleck, ja die Enttäuschung, haben sie doch versagt irgendwie: Das hätte ihnen doch einfallen müssen, mindestens als Möglichkeit. Der Tsunamitote. Anderhub schlägt sich mit der rechten Hand auf die Stirn. Wagners Liste der Meyer-Soltermann-Sippe ist unvollständig. War immer lückenhaft. Der Sohn auf dem Grabstein! Der Verschollene! Verschollen heisst nicht tot. Andererseits ist der Trost nicht fern: Was hätts gebracht? Sie wären keinen Schritt weiter. Und es wurmt ihn dennoch. Sie sind nicht weiter. Sie haben keine Ahnung, wo Bernhard Meyer steckt.

Die Ankunft von Spurensicherung und Ambulanz, die Ambulanz eine Spur früher als die Spezialisten aus Luzern, verdrängt die plausible Erkenntnis, das erfreuliche Ergebnis der Exkursion ins Surental, für ein paar Stunden, denn nun geht es darum, Spuren zu sichern, die der Übeltäter in der Wohnung und im Haus der Frau Meyer hinterlassen hat. Und vor allem muss Sandra Meyer untersucht und medizinisch versorgt werden. Die Spuren im Gesicht, der Mageninhalt: Sandra Meyer hat gewisse Erinnerungslücken; vielleicht hat man sie betäubt. Vergiftet? Es gibt Gifte, vor allem Pilzgifte, die mit Verzögerung ihr grausames Werk vollenden.

»Lasst Frau Meyer nicht unbewacht«, sagt Anselm Anderhub den Sanitätern, »wer weiss, was der Täter noch vorhat.«

Ihm ist nicht klar: Wollte Bernhard Meyer, wenn er es denn gewesen ist, gegen den Wurm des Zweifels ist kein Kraut gewachsen, dass die Frau elendiglich verreckt, oder rechnete er mit einer Rettung? Er wird das dumpfe Gefühl nicht los, dass da einer mit der Polizei seinen Schabernack treibt. Hockt er in der Blautanne und lacht sich einen ab? Keine Zeit für solche Gefühle. Anselm wird mit Max diskutieren müssen, ob ein Polizist abgestellt werden soll, um Sandra zu schützen, sollte der Täter 4/4 noch nicht vollendet haben. Vielleicht liesse sich diese Aufgabe an die Polizisten vor Ort delegieren, denn angesichts der anstehenden Arbeit würden wohl alle Kriminaler gebraucht.

Die Spurensicherer tun ihre Arbeit an diesem Freitagvormittag in routinierter, sachlich-speditiver Form, Anderhub weist sie auf die Einstiegsstelle hin, wo allerdings auch die Spuren der beiden Ermittler zu finden wären. Auf dem Bett und auf Sandra Meyers Kleidern würden gewiss Spuren fremder Textilien gefunden werden, Fussel, dazu Haare, Hautpartikel, nachdem Frau Meyer ihnen gesagt hat, er sei auf ihr gesessen, als er ihr gegen ihren Willen – aber sie habe sich der rohen Kraft des Mannes beugen müssen – eine Flüssigkeit eingeflösst habe. Und ja, er habe Handschuhe getragen, was die Spurensicherer nicht daran hindert, in den Keller zu steigen und den Scherbenhaufen anzutreffen, den Anselm angerichtet hat.

Sandra Meyer, einigermassen geschockt und verwirrt ob ihrer Erkenntnis, was den mutmasslichen Täter betrifft, entsetzt über ihr Aussehen, die verätzten Wangen, weigert sich nicht, mitzugehen ins Spital Sursee. Wenn jemand das reparieren kann, dann die Fachleute im Spital. Sie geht duschen, wäscht sich die

Haare, und langsam wird ihr die starke Vermutung zur Gewissheit: die Art der Bewegungen, die Statur (obwohl er umfangmässig ziemlich zugelegt hat), der Blick trotz Maske, die Augen. Sie muss das den Polizisten sagen.

Um der Frau einen Spiessrutenlauf zu ersparen, fährt das Ambulanzfahrzeug ohne Blaulicht und Sirene direkt vor die Türe der Meyer-Villa, und gegen Mittag ist Sandra Meyer, fünfzig, verwitwet, in den Händen medizinischen Fachpersonals in der Erstklassabteilung des Kantonsspitals Sursee, der Abteilung der Privatversicherten, denen ein Einzelzimmer mit Service à la carte zusteht.

Die beiden Kriminalpolizisten haben ihr eine gute Genesung gewünscht, sie würden am nächsten Tag vorbeischauen, und in ihren Köpfen beginnt die Suche nach Motiven, die Bernhard Meyer gehabt haben könnte. Die Frage nach den offenen Rechnungen. Am Tisch warten sie, spekulieren, spintisieren, bis die Spezialisten der Spurensicherung ihre Proben fein säuberlich gesichert haben und die Villa Meyer verlassen.

Das Duo AB verfügt zwar noch nicht über einen Hausdurchsuchungsbefehl. Sie wären schlechte Polizisten, wenn sie sich, im Besitze eines Zweitschlüssels, den sie in einem Kistchen im Schuhkasten, der im Entree steht, gefunden und vorsorglich behändigt haben, keinen Augenschein erlauben würden. In seinem Übermut – sie wissen mit grosser Wahrscheinlichkeit, wer der Täter ist, was in ihnen, vorab aber in Anselm, ein Hochgefühl auslöst, so etwas wie eine prämature Euphorie hat Überhand gewonnen und die Skepsis zurückgedrängt – öffnet dieser den Kühlschrank, hält sich aber zurück, lässt das Bünderfleisch erster Klasse in seinem Behältnis ruhen, vielleicht wird es vergammeln, doch die Hungergefühle sind geweckt, der Sörenberger Bergkäse, reif und rassig, so sieht er aus und so riecht er, trägt dazu bei.

Susanne Brechbühl geht bei ihrer Wohnungsbesichtigung strategisch überlegter vor: Sie sucht, was zu finden sein müsste, um Aussicht auf eine erfolgreiche Fahndung zu haben, ein Bild des gesuchten Mannes. Konkret hält sie Ausschau nach einem Fotoalbum. Jede Familie dieses Alters hat doch analoge Fotoalben, und von Bernhard, dem vermutlich jüngeren Meyerling, nach Kronprinz Jonas (Geschwisterabfolge abklären, schreibt sie sich ins digitale Handy-Notizbuch), müssten auch Fotos, wenn auch nicht so viele wie von Jonas, vorhanden sein. In der Wohnwand wird sie nicht fündig. Da hats Gartenbücher, Bildbände aus allen Gegenden der Welt, und neben einer ausgesuchten Bibliothek spiritueller Literatur, die sich auch mit dem Leben nach dem Tod, Nahtoderfahrungen und dem Tod an sich auseinandersetzen, stehen Schicksalsromane, dicke Schunken mit romantischen Covers. Liebesleidlustundlaster. Die Abteilung Biografien dürfte, so vermutet Susanne Brechbühl, ihr verstorbener Mann aufgebaut haben: Napoleon, Bismarck, Kissinger, Martin Luther King, Brandt, Le Corbusier, Kennedy.

Drei gerahmte Bilder stehen im Gestell: das Hochzeitsfoto (ein ungleiches Paar), Heinrich als alter Mann (Leidbild?), der verstorbene Sohn, Fabian. Der Suizident aus unerklärbaren Gründen; der Frühvollendete, der junge Mann, der früh, kurz vor der Matura, mit seinem Leben abgeschlossen hat. Das denkt die Polizistin, und sie kann nachvollziehen, wie schwer erträglich das für eine Mutter sein muss. Für den Vater kann sie nicht denken.

Anselm vermag nicht zu widerstehen: Er bedient sich im Kühlschrank, eine fein geschnittene Scheibe Trockenfleisch vom Bündner Rind oder vom brasilianischen, das merkt ja kein Schwein. Wäre doch schade, wenn sie verdürbe, grau würde, rechtfertigt er sich, und weil eine Scheibe mutmasslich nicht gerne allein ist, schnappt er sich eine zweite, und weil es einem Paar leicht langweilig wird, wandert eine dritte über den Gaumen, wo die Aromen sich erst entfalten, später auflösen und in den Verdauungstrakt geschluckt werden, in Anderhubs Magen. Seinem Empathievermögen geschuldet – bei dreien ist stets eine allein – ist die vierte Scheibe, deren salziger Abgang nach frischem Wasser schreit. Drei waren auch die Meyerkinder. Ist Bernhard das Sandwichkind?

»Hast du etwas gefunden?«, ruft Susanne in die Küche.

»Nein, aber Sachen wie Fotoalben bewahren die wenigsten Leute im Kühlschrank auf«, erwidert Anselm, und seine Zunge kämpft mit Rindersehnen in Zahnzwischenräumen.

Was ist ein Griff in den Trockenfleischbeutel gegen den Blick unter und hinter die Unterwäschesammlung einer Frau?, denkt Anselm Anderhub, als die beiden Kriminaler ihre Suche nach Bildern des gesuchten Bernhard Meyer fortsetzen, mit schlechtem Gewissen zwar, dem der Auftrag, einen infamen Mordfall samt unschönen Nachfolgetaten aufklären zu müssen, freilich umgehend den Garaus macht.

Es nützt alles nichts, und den Estrich unter dem Dach suchen sie nicht heim, denn Anselm hat eine Ahnung: Wenn jemand nach dem Tod des alten Heinrich, möglicherweise aber auch schon vorher, als der alte Heinrich die junge Sandra geehelicht hat, Interesse an alten Familienbildern gehabt hat, dann sicher nicht die neue, die Eindringlingin, sondern in erster Linie die alte Frau Meyer, die verlassene, gut versorgte, stillgestellte, mit Ruhegehalt ruhiggehaltene Frau, vielleicht auch Jonas von und zum Napf mit seinem Sinn fürs Übersinnliche, für familiäres Karma oder so.

»So einfach kommst du nicht ins Zimmer einer Bewohnerin des Betagtenzentrums«, holt Susanne Brechbühl ihren Kollegen auf den Boden der Realität zurück.

»Klar, wir brauchen die Erlaubnis von höherer Stelle«, sieht Anderhub ein, »aber es wäre eben schon ideal, wenn wir das gleich erledigen könnten, jetzt, wo wir dem Ziel so nahe sind.«

Susanne tut, wozu Anselm sie gebeten hätte, wäre sie nicht selber draufgekommen. Sie telefoniert nach Luzern, schildert Max Hunziker die Situation: mutmasslicher Täter bekannt, Wohnort, Aufenthaltsort unbekannt, da offiziell verschollen. Um eventuell ein Fahndungsfoto herstellen zu lassen, benötige man ein Bild, und seis ein Bild aus seiner Jugend, das sich, das müsse sie ihm ja nicht erklären, mit den heutigen technischen Möglichkeiten annähernd der Realität, was Alter und Aussehen angeht, aktualisieren liesse.

»Und?«, will Hunziker wissen, »Ihr seid doch in der Wohnung der Witwe Meyer.«

Brechbühl erklärt die Geschichte der Hausdurchsuchung und erinnert den Boss an die Existenz von zwei Witwen Meyer, worauf jener sich an Anselm Anderhubs Morgenidee von einem Besuch in Willisau erinnert, und er wundert sich nicht, dass Susanne ihm telefoniert hat, hält diese Tatsache allerdings nicht für relevant, denn auf Machtspiele unter Männern will er sich nicht einlassen, wenn es um die Aufklärung eines Falls geht, der einer Lösung harrt. Dass das Ereignis

4/4 nicht hat verhindert werden können, ist Schmach genug für ihn als Chef der Gruppe Leib und Leben der Luzerner Kantonspolizei. Und er liest schon die Schlagzeilen, die dem Korps Unvermögen andichten, der Führung Unfähigkeit. Der ganze Medienscheiss eben der ahnungslosen Besserwissergilde.

»Wo seid ihr jetzt?«, fragt Hunziker.

»Immer noch in der Villa Meyer. Vielleicht kannst du Silvio oder Richard ins Spital nach Sursee schicken, nein, nicht um Frau Meyer zu verhören, um sie zu beschützen; man kann nie wissen«, sagt Brechbühl.

»Ich versuche nun zuerst die Staatsanwältin zu überzeugen und euch in Willisau anzumelden, ist das okay?«

»Super!«

»Das kann schon eine Stunde dauern.«

»Kein Problem; wir haben eh noch nichts gegessen«, sagt Susanne Brechbühl und verschweigt, dass sie wohl mitbekommen hat, wie Anselm sich in der Küche wenn nicht verköstigt, so doch einen Apéro genehmigt hat.

Eigentlich könnte Anselm Anderhub jetzt nach Hause gehen und seinen eigenen Kühlschrank plündern. Er könnte seine Kollegin auch zum Mittagessen zu sich einladen und ein Exempel seiner Kochkünste kredenzen. Vielleicht hätte Trudi noch etwas beizusteuern, allein: Es ist bald ein Uhr, und Bequemlichkeit ist dem Kriminalpolizisten aus Sursee kein Fremdwort. Kommt dazu, dass um diese Zeit im Selbstbedienungsrestaurant des Einkaufszentrums vermutlich Plätze frei sind. Anselm hat recht. Platz hats auch im Parkhaus; er leitet Susanne nach oben, denn das Restaurant befindet sich ebenfalls im Obergeschoss. Schnitzel paniert und Fritten schmecken Anselm vor allem deshalb, weil er das zu Hause nie kriegt, und Susanne hält sich vegetarisch schadlos. Das Telefon aus Luzern, Susanne wird adressiert, erreicht Sursee um 13.56 Uhr, als die beiden die Zeitung lesen (Anselm) und Kaffee trinken (Susanne). Anselm sieht bereits das Fahndungsfoto, auch im Boulevardblatt, dessen Sportteil er eben studiert, Fussball, viel anderes ist um diese Jahreszeit nicht drin, und Eishockey, aber das interessiert den Polizisten überhaupt nicht: zu schnell, zu kalt, zu grob.

»Ich habe euch angemeldet im Betagtenzentrum in Willisau und den Betriebsleiter eingeweiht«, sagt Max Hunziker.

»Super«, sagt Susanne.

»Er wird euch auch leiten, das heisst, er wird dabei sein, wenn ihr Frau Meyer in der Abteilung für Demenzkranke besucht«, sagt der Chef und ergänzt, ob ein Gespräch mit der Frau möglich sei, hange gemäss Angaben der Institutionsleitung von der Tagesform der Patientin ab.

»Wir versuchen unser Bestes«, meint Susanne, »Hauptsache, wir kriegen ein Foto ihres Sohnes.«

»Ihr könnt euch beim Empfang melden. Und dann viel Glück!«, beschliesst Max Hunziker das Gespräch.

Während Anselm zum Dessert ein Stück Schwarzwälder Torte verdrückt, macht Susanne sich an ihrem Handy zu schaffen. Sie googelt das Alterszentrum Waldmatt in Willisau, informiert sich über die Lage, den Weg dorthin und scrollt sich durch das Demenzkonzept der Institution, an dessen Ende ein Satz steht, den sie sofort mit dem Sohn der Patientin in Verbindung bringt. »Eine liebevolle Atmosphäre in deinem Heim ist das Fundament deines Lebens.« Ein Satz, der dem Dalai Lama zugeschrieben wird.

Als Susanne Brechbühl am Empfang des Alterszentrums sich und ihren Kollegen vorstellt, ist die Sekretärin informiert, und sie bittet die beiden Polizisten in die Cafeteria, wo Geschäftsführer Toni Imbach und die Bereichsleiterin Demenz, Graziella Hurni, die Gäste erwarten. Sie sind im Bild: Es handelt sich um einen Kriminalfall, und die Kriminalpolizei ist angewiesen auf die konstruktive Zusammenarbeit mit ihrer Institution. Konkret gehe es darum, so erklärt Anselm Anderhub, das Foto einer Person zu finden, die in diesem Fall eine Hauptrolle spielt. Und diese Person ist ein Sohn von Frau Meyer, ihrer Klientin. Über Details dürfe und wolle er keine Auskunft geben, aber das habe ihnen Max Hunziker sicher bereits gesagt, nimmt er den Kadermitgliedern des Zentrums den Wind der Neugier aus den Segeln.

»Der Idealfall wäre, wenn Frau Meyer uns die Fotos freiwillig und aus freien Stücken aushändigen würde«, sagt Susanne Brechbühl in breitem Berndeutsch, der auch im Luzerner Hinterland trotz Nachbarschaft, geografisch, aber auch idiomatisch in Vokalen und Diphtongen, einen Sympathiebonus geniesst, derweil sich Anselm Gedanken macht über den Unterschied zwischen Freiwilligkeit und Freistückhaftigkeit, was sich in einem Seitenblick auf seine Kollegin ausdrückt.

»Alles klar«, meint der Chef, »solange die Menschenwürde unserer Klientin nicht tangiert wird.«

»Und zu sagen ist, wenn ich das noch ergänzen darf: Frau Meyer hat zwar ihre luziden Momente, also Phasen, in denen man ihre Krankheit nur ahnen kann, doch sie werden, das ist der klassische Verlauf der Demenz, immer seltener«, wirft Frau Hurni ein, die laut eigenen Aussagen in täglichem Kontakt mit den Klientinnen und Klienten stehe.

»Hoffen wir, es klappt«, sagt Anderhub.

Die Frau besitze Fotoalben, weiss Graziella Hurni, meist liege eines auf ihrem Tisch, denn sie liebe es, Fotos aus vergangenen Zeiten anzuschauen, auch wenn sie nicht mehr alle Leute und Situationen kenne, im Gegenteil, es komme ihr manchmal vor, sie betrachte Bilder aus einer völlig fremden Familie; was sie wahrnehme, sei auch für die Betreuenden nicht einzuschätzen, doch solange die Klienten zufrieden seien, spiele das auch keine Rolle.

»Ich muss Sie einfach bitten, achtsam mit der Frau umzugehen«, sagt die Bereichsleiterin, eine Frau in ihren Vierzigern, mit kecker Kurzhaarfrisur, eine Macherin, so schätzt Anderhub sie ein, »das Aussergewöhnliche, und Ihr Besuch ist nicht alltäglich, kann eine Demenzpatientin ziemlich durcheinander bringen, ist sie doch nicht imstande, ihn einzuordnen, also sagen Sie nichts von Polizei und Kriminalfall, bitte.«

»Sie können vielleicht sagen, Frau Brechbühl, Sie seien auf der Suche nach Fotos ihres Sohnes, weil eine Klassenzusammenkunft anstehe und Sie da Bilder zeigen möchten von den Teilnehmenden als Kinder und Jugendliche, was die Leute, ich habs selber mal erfahren, zum Staunen und Lachen bringt«, gibt Toni Imbach ohne Skrupel einen heissen Tipp.

Jetzt dürfte Frau Meyer ihren Mittagsschlaf vermutlich beendet haben, meint Graziella Hurni, ruft zur Sicherheit die zuständige Pflegefachfrau an und erhält deren Okay.

Das bedrückende Gefühl, ja die Wahrscheinlichkeit, auch einmal in einer solchen Institution zu enden, trifft die beiden Polizisten beim Gang durch die Gänge hinüber zur Abteilung für demenzkranke Menschen wie ein Hammerschlag, und einen Moment lang hofft Anselm Anderhub auf einen schnellen Tod. Nur schmerzarm müsste er sein. Er weiss, Palliative Care machts möglich, und er merkt: Was er aus Trudis Erzählungen weiss, kommt in der Wirkung nicht an einen Augenschein heran, der auch ein Nasenschein ist und ein Atmosphärenschein. Dabei ist nichts gegen die Institution zu sagen. Pflanzen, Bilder, helle Farben, freundliches Personal – das Grüssen in den Korridoren nimmt kein Ende.

»Soll ich den Lead übernehmen?«, bietet Frau Hurni an, und Anselm sieht sich in seiner Einschätzung bestätigt.

»Wie Sie mögen«, sagt Susanne und denkt: Vielleicht besser so, eine gewohnte Erscheinung, eine bekannte Stimme.

Der Geschäftsführer verabschiedet sich auf sein Büro, wünscht guten Erfolg und verspricht, den Fall genau zu verfolgen, was Anderhub zur Äusserung veranlasst, so einfach lägen die Dinge nicht, doch wenn er daran denke, werde er ihn informieren über den Prozess. Und wenn ich nicht dran denke, denkt Anselm, hält der gute Mann mich für einen potenziellen Klienten, womit er vielleicht gar nicht so weit daneben liegt. Im schlimmsten Fall mittel-, im besseren langfristig.

Graziella Hurni klopft an die Türe von Frau Meyers Zimmer. Keine Reaktion. Sie klopft noch einmal. Lauter, bestimmter.

»Herein, herein, wird wohl kein Geissbock sein«, tönt es von innen, und Frau Hurni nimmt das als Einladung; das Trio betritt das Zimmer.

»Guten Tag, Frau Meyer, wie gehts?«, sagt Hurni.

»Wer ist das?«, fragt Frau Meyer, Misstrauen im Blick und Angst in der brüchigen Stimme.

»Das sind Frau Brechbühl und Herr Anderhub.«

»So? Und was wollen die? Die kenne ich nicht.«

Die beiden Polizisten wollen der Frau die Hand reichen, doch sie weigert sich, das Angebot anzunehmen.

»Dürfen wir einmal das Album da anschauen?«, fragt Graziella Hurni, nachdem sie das voluminöse Buch mit Ledereinband aufgeschlagen auf dem Tisch gesehen hat.

»Das geht Sie nichts an«, sagt Frau Meyer die Ältere.

»Wir wollen Ihnen nichts wegnehmen, möchten nur zwei, drei Fotos ausleihen, Frau Meyer«, sagt Susanne Brechbühl und schaut der alten Frau im dunkelblau geblümten Kleid und widerspenstigen Haaren auf dem Kopf tief in die Augen, als ob dort ein ihr fremdes Universum zu entdecken wäre.

»Aber der muss draussen bleiben! Den will ich nicht hier drin!«, sagt Frau Meyer und deutet auf Anselm Anderhub, worauf Hurnis und Brechbühls Augen den Polizisten hinauskomplimentieren und er in seiner Verdutztheit, zu der sich eine Verletztheit gesellt, nur noch sagen kann, er warte unten beim Eingang, in der Cafeteria.

Und Susanne denkt: Die Frau hat etwas gegen Männer. Und sie denkt weiter: Grund dazu hat sie.

Und Frau Hurni sagt: »Wollen wir uns an den Tisch setzen?«

Die Barschheit im Umgang mit dem armen Anselm verlangt aus Gründen des seelischen Gleichgewichts nach einem Ausgleich, denkt Susanne Brechbühl, als die drei Frauen am Tisch sitzen und ein Album nach Bildern von Bernhard Meyer durchforsten.

»Frau Brechbühl möchte ein paar Fotos entleihen

für eine Ausstellung über Sursee einst und heute am Beispiel einiger nobler Surseer Familien«, flunkert Graziella Hurni mit einigem Talent, »dabei geht es weniger um die Personen an sich, als viel mehr darum, den Zeitgeist zu zeigen, Frau Meyer. Welche Kleider man zu welchen Anlässen getragen hat zum Beispiel, Erstkommunion oder so. Firmung. Hochzeitskleider. Und dann natürlich die Frisuren, wie die sich verändert haben. Kurz, lang, Bart, Schnauz, rasiert.

Susanne sitzt mit offenem Mund da, die Frau hats faustdick, und eine handzahm gewordene Frau Meyer nickt und nickt und nickt. Sie nickt auch noch zum Vorschlag Hurnis, ein zweites Album und ein drittes anzusehen, und die Beschriftung erleichtert die zeitliche und personelle Orientierung wesentlich.

»Frau Brechbühl wird Ihnen die drei Fotoalben morgen zurückbringen, Frau Meyer, und jetzt laden wir Sie ein zu einem Eiskaffee, das mögen Sie doch so gerne, oder, Frau Meyer?«, sagt Graziella Hurni.

»Eiskaffee, ja«, sagt Frau Meyer, und ein Strahlen ergiesst sich über ihr Gesicht, als sie den Rollator startbereit macht.

Susanne Brechbühl staunt über Hurnis professionelle Coolness, und auf dem Weg hinunter in die Cafeteria, wo sich die drei Frauen in die Ecke setzen, die Anselms Platz am Fenster am entferntesten liegt, flüstert Hurni der Polizistin zu: »Ich organisiere das.«

»Was?«, sagt Brechbühl irritiert.

»Die Fotoalben natürlich«, sagt die Bereichsleiterin, und wenn Anselm die Szene ohrennah mitverfolgen könnte, sähe er sich in seiner Einschätzung von der Frau erneut bestätigt.

Nun sitzen sie in der Cafeteria, Frau Brechbühl neben Frau Meyer, derweil Frau Hurni am Tresen einen

Eiskaffee für die alte Dame und zwei normale Kaffees für die Polizistin und sich bestellt. Dass sie nun ihr Handy hervorkramt und einen Anruf tätigt, nehmen sowohl Anselm wie Susanne wahr. Adressatin und Gesprächsinhalt sind irrelevant für die beiden: Hauptsache, sie können am Ende ihres Besuchs an der Rezeption drei Ordner mit Familienfotos der Familie Meyer in Empfang nehmen unter der Auflage, sie umgehend, spätestens am Nachmittag des nächsten Tages, in vollständigem Zustand zu retournieren. Dass auf dem Tisch im Zimmer der alten Frau nun ein Album von Familienferien auf Sardinien liegt, stört die Polizisten nicht. Und wie Frau Meyer reagieren wird, ist nun gewiss nicht ihr Bier.

»Wahrscheinlich, und das ist zu hoffen, überhaupt nicht«, sagt Graziella Hurni, als Anselm und Susanne sich mit fetter Beute verabschieden.

»Vielleicht hast du sie an ihren Mann erinnert, den alten Schwerenöter«, versucht Susanne ausgangs Willisau die schwärende Nachdenklichkeit in Anselms Gesicht zu vertreiben.

Sie hätte besser geschwiegen, denn ihr Kollege reagiert nicht; es scheint so, als ob er sich auf die Verkehrsführung konzentrieren müsste; die Kreiselmanie hat auch das Hinterland erreicht, denkt er: Die Umfahrung der Umfahrung der Umfahrung. Sie kosten mehr Kulturland als keine Umfahrung, und jede Entlastung hier führt zu einer Mehrbelastung dort. Verlagerungswirtschaft, denkt Anselm. Wie im Sozialwesen. Von der Arbeitslosenkasse zur Sozialhilfe. Staat bleibt Staat; was wechselt, ist die Kasse, aus der das Geld entnommen wird.

»Wie habt ihr das geschafft?«, will Anselm auf der

Schnellstrasse von Wolhusen Richtung Luzern nun doch noch wissen.

»Die Chefin hats gerichtet, Menschenkenntnis, die hat die alte Frau mit Worten erschlagen. Irgendwie überrumpelt. So viel zur Menschenwürde. Aber ich bin ihr dankbar. Nach ihrem Votum gegen dich hatte ich wenig Hoffnung mehr«, sagt Susanne.

Anselm versinkt wieder in Gedanken: Da sind bestimmt auch Bilder von Isabella und Jonas drin, und die Qualität der neueren Technik, aus Kinderbildern extrapolierend Erwachsenenbilder herzustellen, liesse sich anhand dieser beiden Personen trefflich kontrollieren. Er weiss, Max würde einen solchen Vorschlag als Spielerei, als teuren Luxus abtun, erstens zeit- und zweitens monetär aufwändig. Das Kinngrübchen: Wie ausgeprägt war es angelegt, und wie entwickelte es sich bei wem? Der genetische Bauplan. Den gälte es zu entschlüsseln.

»Pass auf, da vorne ist rot!«, schreit Susanne.

»Jaja«, spielt Anselm seine Unaufmerksamkeit klein, doch ohne Voll- oder wenigstens Dreiviertelbremsung, Quietschen und Kurzblockade inklusive, geht das Manöver bei der Ampel am Eingang zur Stadt Luzern vor dem Seetalplatz nicht aus.

Feierabendverkehr. Im Hauptquartier wählen Anderhub und Brechbühl die Bilder aus für das Phantombild. Das älteste zeigt Bernhard Meyer als Kindergärtler im Kreis der Familie. Frontalansicht. Sie finden auch eines von seiner Firmung in der sechsten Klasse, zusammen mit dem Firmgötti, einem Bruder jener Frau Meyer, die sie heute besucht haben. Onkel Oskar, steht daneben. Dann ein Bild als Rekrut.

»Nehmen wir noch eines, das ihn im Profil zeigt«, schlägt Susanne vor, und Anselm wird im jüngsten

Ordner fündig: Bernhard als Mittelfeldspieler der C-Junioren des FC Sursee im Kopfballduell mit einem Gegner, freilich alles andere als entspannt, vielmehr eine gequälte Verbissenheit ausstrahlend. Oder umgekehrt.

Nachtschicht für den Spezialisten Harry Schmitt, der Phantombilder erstellt. Die ältesten sind Schwarzweissbilder, ein Vorteil, da diese die Konturen deutlicher zeigen. Jedes Kind weiss, dass sich mit dem Alter die Haaransatzlinie zurückentwickelt, die Lippen dünner werden. Wie aber siehts mit den Falten aus, die man gemeinhin als Spuren eines gelebten Lebens, Ausdruck des Erlebten betrachtet? Und wie entwickeln sich Kinngrübchen? Schmitt, der bei den Kollegen in Zürich arbeitet, lobt die Auswahl, da könne er sicher etwas machen daraus, bittet die Luzerner aber noch um ein Bild der Eltern. Gesucht und gefunden, gescannt und geschickt.

»Je früher, desto besser«, sagt Anselm am Telefon auf Schmitts Frage, wann sie denn das Phantombild bräuchten.

Detaillierte Informationen zu Mageninhalt, Blut- und Urinproben sowie Gesichtsverletzung von Sandra Meyer sind auf Montag in Aussicht gestellt. Wochenendarbeit. Montag also, der Tag, der, so hofft nicht nur Max Hunziker, die Fäden zusammenbringen wird. Vor allem von der Befragung von Frau Meyer der Jüngeren erhoffen sich die Kriminaler einiges. Richard Müller, der Aufpasser, kommt nach Ende der Besuchszeit im Spital Sursee nach Luzern zurück. Er hat den Empfang in Absprache mit der Spitalleitung darauf hingewiesen – Privatpatienten geniessen Privilegien, so auch jenes des beinahe jederzeit möglichen Besuchs –, niemandem zu sagen, wo Sandra Meyer liegt und unter keinen Umständen jemanden zu ihr vorzulassen, Verwandte schon gar nicht, mögen sie ausrufen, wie sie wollen. Müller weiss: Es gäbe nur einen Verwandten, der sie eventuell besuchen möchte, und der ist nicht blutsverwandt.

Eine geruhsame Nacht wird Anselm verwehrt bleiben. So denkt er, als er zu Fuss Richtung Bahnhof schlendert. Er kann nichts anderes erwarten, denn was heute auf den Surseer Polizisten in kantonspolizeilichen Diensten eingeprasselt ist – es sind weder Gnagi noch Schwartenmagen darunter –, widersteht einer leichten Verdauung. Er befürchtet es stark, und die Befürchtung ist wie die Hoffnung eine Erwartung, die beide sich nur in der Färbung unterscheiden. Aber die Farbe machts aus. Sich selbst erfüllende Prophezeiung. Er wüsste es, kann nichts dagegen tun.

Wenn Bernhard sich als Arzt verkleidet Eintritt zum Zimmer seiner Stiefmutter, die altersmässig seine Schwester sein könnte, verschafft, um sein Werk zu vollenden? Den mutmasslichen Täter zu kennen und seiner nicht habhaft zu sein, beruhigt Anselm keineswegs. Im Hinterkopf lauert der Gedanke, dass 4/4 kein Abschluss sein muss; er traut dem Mann eine Fortsetzung ausser Programm quasi zu. Muss ja nicht gleich eine neue Serie sein. 5/5. 6/6. Work in Progress.

Solche Gedanken spazieren, stolpern und spurten dem Kriminalpolizisten durch den Kopf, als er sich im Bahnhof Luzern bei seiner städtischen Stammbäckerei mit einer Nussstange belohnt, wofür spielt keine Rolle, bevor er sich bei Trudi meldet – es ist bereits 19 Uhr, die Zeit hat er ganz vergessen. Seine Frau kennt ihn, Leidenschaft schert sich nicht um Uhrzeiten. Ein rauschähnlicher Zustand, dieses Gefühl, kurz vor der Aufklärung eines Falles zu stehen. Euphorie ohne den Genuss psychotropischer Substanzen. Ein Fest der Endorphine, eine Art überkörperlich sublimer Dauerorgasmus im Kopf. Ein Flow.

»Soll ich dir einen Salat machen?«, fragt Trudi ihren Commissario, denn sie weiss um das Junkfood, das er sich in Stresssituationen zuzuführen pflegt, wenn es nur darum geht, Energie zu tanken, und sei es in der Form kurzfristig langfrustigen Stoffes wie Zucker, Fett und Konsorten.

Manchmal, aber das sagt sie Anselm nicht oder selten so direkt, macht Trudi sich schon Sorgen um ihren Mann, dessen Cholesterinspiegel sie nicht kennt, einen überdurchschnittlichen, ungesunden Wert, risikobehaftet in Herz- und Hirnrichtung jedoch schwer vermutet. Auch Anselm selber ahnt solches, und wenn er sich selber durchschaut, was erstaunlicherweise und gar nicht so selten vorkommt, weiss er, warum er Arztbesuche zu vergessen und hinauszuschieben versucht. Ein Grund dafür, dass Frauen im Durchschnitt älter werden als Männer? Auch eine Selbstbeobachtung, wie Trudi sie hätschelt, ist ihm fremd. Ignoranz? Lieber verdrängen und vergessen, als etwas Unangenehmem ins Auge sehen. Was er als schmerzempfindliches Sensibelchen nie täte, wenn eine Plombe aus einem Backenzahn fiele oder ein Zahnhals beim Essen eines Apfels ihn elektrisierte. Wobei: Anselm Anderhub steht nicht so auf Äpfel.

»Ja, gerne«, sagt er auf Trudis Offerte hin, »aber nicht nur Gras, kannst du noch eine Büchse Thon reinschütten und, wenn du schon in den Keller gehst, den Salat mit Süssmais veredeln?«

»Natürlich«, sagt Trudi, »mit Servelat, einem Ei, geschnetzelten Essiggurken und etwas Hartkäse, Greyerzer, ergibt das einen klassischen Wurstsalat garniert à la mode du commissaire.«

»Grossartig. Wurstsalat garniert. Aber garantiert. Und keinesfalls gratiniert«, sagt Anselm, »danke. Und bis bald!«

Anderhub überlegt sich ganz kurz, den Verzehr der Nussstange auf morgen zu verschieben, als er dem Perron entlang dem einfahrenden Zug nach Sursee entgegengeht, verwirft die Idee aber umgehend, folgt dem Teufelchen im Kopf, das so überzeugend argumentiert: Eine Nussstange will frisch genossen werden; was heute noch feucht und aromatisch schmeckt, ist morgen fad und derart trocken, dass du einen Hustenanfall riskierst.

Max Hunziker und Eva Sonderegger kommen überein: keine Wochenendaktivitäten in Sachen Soltermann und Meyer. Bringt nichts ausser Spesen, zumal die Serie mit Sandra Meyers Ätzung vollendet ist. Scheint. 4/4. Nicht die absolute Sicherheit. Grosse Wahrscheinlichkeit. Und überhaupt: Harry Schmitt kann nicht zaubern. Lieber ein Phantombild, das brauchbar ist, als ein schnell hingeworfenes. Und Sandra Meyer ist etwas mehr Ruhe auch zu gönnen.

»Was meinst du, ist Frau Meyer noch in Gefahr?«, fragt Max die Staatsanwältin.

»Du meinst, wir sollten jemanden abstellen im Spital?«, konkretisiert Eva Sonderegger Hunzikers Frage.

»Sicher ist sicher«, sagt Max, und Eva Sonderegger nickt.

Hunziker denkt an Richard Müller, der hat keine Familie, und er hofft auf Anderhub'sche Aktivitäten über dessen Auftrag hinaus. Nicht grundlos, denn sein

Teamsenior hat schon oft Abgrenzungsprobleme gezeigt, nicht zum Schaden der Polizei.

Diesmal aber hofft der Chef vergeblich. Anderhubs verreisen am Samstagmorgen mit dem Zug nach Brienz, nehmen von dort die Dampfbahn aufs Brienzer Rothorn, wo sie übernachten und am Sonntagmorgen den Sonnenaufgang geniessen mit der Option, nachher nochmals unter die Bettdecke zu schlüpfen.

Es gibt Menschen, die sich in gemachte Nester legen. Sandra. Die Bilder machten mich fertig. Ich stelle mir vor, wie sie gejubelt haben. Hubi zuerst. Isabella kaum. Ich kann mich täuschen. Und Jonas wird sein Dankgebet ins Nirwana geschickt haben mit der Bitte, dem toten Bruder möge es gut gehen, wohlfeile Wünsche, schlechtes Gewissen. Als die offizielle Meldung kam vom Departement für auswärtige Angelegenheiten. Für widerwärtige Angelegenheiten, die sich als erfreuliche Angelegenheiten entpuppten. Ha, dann können wir uns ab sofort Geldverschiebungen über den grossen Teich ersparen. Ob ich meine Schwiegereltern je wiedersehen werde?

Die Verlockung des Neustarts. Vielleicht wäre ich ihr besser nicht erlegen. Karmisch, würde Jonas sagen. Der Bruch mit der Familie. Hals über Kopf. Vielleicht hätte ich bleiben sollen. Drüben und am Leben. Will ich mich jeden Tag erinnern? Meine Frau, meine Kinder. Tot. Nein. Doch es schmerzt auch hier. Der Schmerz kennt kaum Distanzen, weder im Raum noch in der Zeit. Ich habe ihn mitgenommen zurück auf den alten Kontinent, und in gleichem Masse wie der eine Schmerz leicht abnahm, wuchs der andere, der alte, erste. Das dritte Leben. Eine Illusion?

Manchmal kommt man einfach zu spät. Manchmal muss man warten, bis die Zeit die Arbeit erledigt. Das ist schade, weil etwas fehlt. Das eigene Zutun ist nicht zu ersetzen. Es kommt vor, dass in solchen Fällen Stellvertreter geradestehen müssen. Und ihren Fall nicht aufhalten können. Solche Niederlagen, die Enttäuschung, nicht zum ersten Mal zu spät gekommen zu sein, versagt zu haben, kann auch Antrieb sein, ein Werk in der noch möglichen Konsequenz zu Ende zu führen. Ich weiss, das wird mich nicht retten.

10

Rugediguu, Ruguu, Rugediguu, macht die Taube auf Nachbar Ruckstuhls Birke, zeigt deutlich, dass sie eine Taube ist, nimmer aber eine Stumme, auch wenn sie, für Anselm Anderhub, der sich auf den Weg zum Bahnhof Sursee macht, ihr Programm regelmässig, scheinbar unmotiviert, abbricht. Rugedi. Unheimlich, dieser dunkeldumpfe Gesang. Rugediguu, Ruguu, Rugediguu, Ruge, Rugedi. Aber was will das kleine Polizistchen wissen über der Tauben Kehrreim, deren Programm, zu dem konstitutiv die abrupten Abbrüche gehören könnten? Und seine Amsel? Macht den Montag zu ihrem Freitag, schweigt zu dieser Tageszeit. Hält sie Totenwache auf dem Friedhof Dägerstein, wo eine Elster ihr Nest geplündert hat? Lazy Monday Morning. Es ist ein bestimmter Gang mit Zug, der Anselm zur Eisenbahn treibt: Heute würde sich die Schlinge um den Hals des Pseudoverschollenen zuziehen. Zweckoptimismus? Und wenn schon. Blutistimschuh, Rugediguu.

Im Kantonsspital Sursee machen die Dermatologen Sandra Meyer Hoffnungen: Kleine Narben könnten bleiben, aber mit etwas Make-up, es brauche nicht einmal viel davon, könne man gut damit leben. Zudem gebe es Schlimmeres, eine Aussage, die mehr in Rage versetzt als tröstet, denn sie gilt für 99,9 Prozent aller Fälle von Verletzungen oder Krankheiten, Gebresten und Leiden. Annette Seibert, die Chefdermatologin, wird immerhin etwas konkreter, nennt neben Ekzemen Verbrennungen durch Feuer, die Hauttransplantationen grösserflächiger Art notwendig machen würden. Die Bilder von Frau Meyers Wangen hat sie mit dem Einverständnis der Patientin im Kollegenkreis zirkulieren lassen, und auch die Frage nach der Flüssigkeit gestellt, mit der die Frau mutmasslich derart malträtiert worden sein könnte. Die meisten vermuten Natronlauge, eine wässrige Natriumhydroxid-Lösung. Einigermassen leicht zu organisieren übers Internet. Auch wer Seifen herstellen will, verwendet das sogenannte Ätznatron.

»Was sollen die beiden Zeichen bedeuten, wie Zahlen, die Vier, sehen sie aus?«, will Frau Seibert wissen.

»Fragen Sie mich etwas Leichteres«, gibt Sandra Meyer, deren Schmerzen wirksame Medikamente, aber auch die rein äusserlichen Pflegemassnahmen so weit gelindert haben, dass so etwas wie Kampfeslust in ihr erwacht, zur Antwort.

Nie und nimmer wäre sie auf Bernhard gekommen, wenn nicht diese Polizisten mit ihrer Fragerei sie darauf gestossen hätten. Obwohl: Irgendetwas sei ihr bekannt vorgekommen, das schon, aber sie wusste nicht was. Doch wie viele Menschen erinnern einen an jemand anderen, und sei es die Frisur, die Form der Lippen, Kleinigkeiten, das Ohrläppchen. Dass der Schweiss ihn verraten hat, unglaublich. Sandra Meyer weiss: Die Polizei wird sie vernehmen und mehr wissen wollen. Die wollen sicher einen Zusammenhang herstellen zwischen dem Mord an Hubi, ihrem Schwager, und dem Überfall vorgestern Abend auf sie. Was sollte sie sagen? Was müsste sie sagen? Und: Was hatten sie bereits den lieben Verwandten abgepresst?

Jetzt hat sie aber Hunger. Kein Wunder, sie hat lange nichts gegessen, und die Blut- und Urinproben, die man ihr abgenommen hat, werden zur Analyse ins kriminaltechnische Labor der Kantonspolizei Luzern nicht geschickt, sondern per Kurier überbracht. Ein Kurier, der nicht rennt, sondern Auto fährt.

Harry Schmitt, der Phantombildbastler, hat sie natürlich auch, die Gratis-App auf dem Handy, die einem zeigt, wie man aussehen könnte, in zehn Jahren zum Beispiel. Lustige Spielerei. Und er macht in der Nacht die Probe aufs Exempel, indem er Bernhard Meyer kurzspitz altern lässt, vom Kindergärtler zum Pubertierenden, in einem weiteren Schritt vom Pubertierenden zum jungen Erwachsenen. Jeder hat die Chance, sich zum Monster zu entwickeln, denkt er, angesichts des Karikatürlichen im Ergebnis. Schmitt hat feinere Instrumente, und am Sonntagmittag hat er den Bernhard Meyer als Fünfzigjährigen so weit, dass er ihn nach Luzern schicken und damit Max Hunziker eine Freude bereiten kann.

Einmal Frontalansicht, einmal im Profil. Harry Schmitt weiss, was die Charakteristiken eines menschlichen Kopfes ausmachen. Es sind zum einen die Knochen, an denen das Gewebe hängt, die mehr oder weniger stark ausgeprägt sind. Dazu gehören der Unterkiefer mit dem Kinn, in diesem Fall ein gespaltenes, ebenso wie das Jochbein. Und dann natürlich die Nase als dominanter Teil eines Gesichts, nicht nur, was die Länge betrifft. Es geht auch um die Beschaffenheit, die in den meisten Fällen zur allgemeinen Körpererscheinung passt. Ein hagerer Mensch verfügt selten über eine fleischige Knolle (wobei hier die Trinkgewohnheiten eine falsche Fährte legen können); korpulente Menschen tragen meist auch eine Nase, die sich in ihrer Massigkeit nicht verstecken kann.

Der Physiognomik als Pseudowissenschaft, als körperliches Kryptogramm, aus dem die Wesensart von Menschen herausgelesen werden könnte, bis hin zu nationalsozialistischen Rassentheorien, der ideologischen Unterfütterung nazistischer Erbgesundheitslehre, kann Schmitt nichts abgewinnen. Er macht noch einen Versuch mit Gesichtsbehaarung, bei Männern, die nicht erkannt werden wollen, immer gut.

Silvio Wagner, möglicherweise zu einem Sondereffort herausgefordert wegen des vergessenen Tsunamiopfers, hat noch am Freitag zu recherchieren begonnen. Bernhard Meyer wurde im Jahr 2007 vom Amtsgericht Sursee für verschollen erklärt. Dies auf Antrag seiner Schwester, Isabella Soltermann-Meyer. Gemäss Akten berief sich die Antragstellerin auf das Verschwinden ihres Bruders in hoher Todesgefahr. Sie hat sich seriös vorbereitet, vermutlich beraten von den Juristen der Firma. Konkreter Grund für die hohe Todesgefahr: der Tsunami am Stephanstag 2004, der Thailand und daselbst die Küstenregion, wo Bernhard Meyer zusammen mit seiner thailändischen Frau und den gemeinsamen zwei Kindern eine kleine Feriensiedlung betrieben hat, schwer betroffen und den Begriff Tsunami auch bei Wagner in den Wortschatz befördert hat.

Die Frau und die beiden Kinder, ein Mädchen von sechs Jahren und den dreijährigen Sohn, so ist zu lesen, habe man tot bergen und identifizieren können, während Bernhard nicht gefunden worden sei. Auf die Ausschreibung im Amtsblatt des Kantons Luzern hin gingen keine Meldungen über den Verbleib des Mannes ein, und auch die thailändischen Behörden gingen davon aus, dass der Mann beim Tsunami umkam und, wie viele andere auch, nie gefunden wurde. Unter Trümmern, im Meer, irgendwo.

Unterstützt wurde gemäss Akten des Surseer Amtsgerichts, das später im Bezirksgericht Willisau aufgegangen ist, Soltermanns Begehren durch den zweiten Grund für eine Verschollenheitserklärung: lange nachrichtenlose Abwesenheit. Da war die nötige Zeit von fünf Jahren freilich noch nicht erreicht, doch das erste Argument, der Tsunami, erschien dem Gericht ausreichend für eine Verschollenheitserklärung des Mannes, zumal Isabella Soltermann-Meyer, glaubhaft und durch Akten wie Banküberweisungen und Briefe gestützt, bezeugen konnte, dass ihr Bruder alljährlich und regelmässig, jeweils um die Weihnachtszeit, seinen Anteil an der Dividende aus der Firma Meyer und Partner Immobilien und Treuhand AG, deren Mitbesitzer er als direkter Nachkomme des Firmengründers Heinrich nach seiner Auswanderung geblieben war, geltend gemacht habe. Und es sei ja klar, dass sie die Abrechnung jeweils etwas nach unten frisiert hätten, auch bei den Auszahlungen an Jonas und, nach dem Tod ihres Vaters, an den vierjährigen Fabian, respektive Sandra als dessen gesetzliche Vertreterin.

Eine eigenartige Unschlüssigkeit befällt Anselm Anderhub in der Bahnhofunterführung. Nein, es ist nicht die Frage, ob süss (Nussstange) oder salzig (Brezel), die ihn am Montagmorgen umtreibt. Es ist eine dumpfe Ahnung, etwas vergessen, etwas nicht erledigt zu haben, aber er könnte nicht einmal sagen, ists ein Gegenstand oder ists etwas Immaterielles wie ein Telefongespräch, ein Gedanke oder eine Umarmung.

Er mag sie nicht, diese unbestimmten Zustände. Handelt es sich um ein unbewusstes Abdriften in eine Unentschlossenheit angesichts einer Unzahl von Sachen, die seiner harren und von ihm erledigt werden müssten? Die lähmende Masse der Aufgaben vermiest seine Morgenmusse im Schreiten die Pilatusstrasse hoch in Richtung Hauptquartier. Rugediguu, Ruguu, Rugedi, Rugediguu, Ruge. Tauben verscheissen Bankenfassaden und Fenstersimse. In rücksichtsloser Anmassung: ihr Wohlsein über alles. Spatzen verschlucken sich am Überangebot im Abfallkübel, und eine ausgemergelt erscheinende Bettlerin mit ungepflegtem langem Haar, rot getönt, und einer Gehetztheit im Blick, die ihn an sich erinnert, wenn er in einem Fall ansteht, weil die Reihenfolge der nötigen Aktionen sich nicht auf Anhieb erschliesst, er schätzt ihr Alter auf gut vierzig, macht sich schnurstracks an Anselm heran, möchte einen Fünfliber für die Notschlafstelle, der Polizist greift in die Tasche und produziert aus der Mitte der Münzen im Hosensack, die seine Finger der linken Hand feinmotorisch nicht ungeschickt untersuchen, das grösste Stück, einen Zweifränkler.

Wie merken die bloss, wer schwach wird?, überlegt sich Anderhub, und sieht ihre Stärke in einer intuitiven Menschenkenntnis, wie sie auch Tiere haben, Katzen beispielsweise, jene von Jonas Meyer. Hunde sowieso: der Sennenhund des Alpengurus.

Andrea Zurfluh, denkt Anselm Anderhub, als er im Hauptquartier eintrifft, müsste sich umtaufen lassen. Zulfruh. Sie ist es, die die Ruh behält, wenn rinks und lechts das Chaos herrscht (danke, Elnst Jandr). Wenn Max vom entscheidenden Durchbruch schwafelt, der kurz bevorstehe. Theoretisch, theoretisch!, denkt Anderhub, denn was bringt das Wissen um die mutmassliche, sehr wahrscheinliche Identität des Täters, dies, nachdem Sandra Meyer noch auf körperliche Übereinstimmungen wie Statur und Gestik hingewiesen hat. Aber das muss er Max ja nicht sagen, Max, der Zauberer, der Bernhard aus dem Hut holt? Nein, Max, der Zauderer, ändert seinen Charakter nicht mehr. Er glaubt, mit Strukturierung seines eigenen Durcheinanders Herr zu werden. Vorgehen nach Punkten, wie im Militär, wie in der Feuerwehr, als ob es in der Natur Uniformen tragender Institutionsangehöriger läge, ohne Punkt 1, Punkt 2, Punkt 3 sich zu verlieren! Anselm muss sich Mut zusprechen: Sei nicht so negativ, gib dem Boss doch eine Chance. Er tut sein Möglichstes, wie wir alle.

»Harry hat gute Arbeit geleistet«, sagt Hunziker, als er die Phantombilder präsentiert.

»Das ist doch…«, rutscht es Anselm heraus.

»Der gleicht sehr stark dem Napf…«, sekundiert Susanne, doch Anselm meint nicht Jonas Meyer; er hat den Gaffer vom Surseer Wald im Kopf, und der gleicht, wenn man den Dreitagebart wegdenkt, durchaus dem projizierten Kopf.

»Kannst du eine Version mit Bart bestellen?«, fragt Anselm.

»Voilà!«, triumphiert Max, indem er das nächste Bild zeigt.

Im Labor wird gleichzeitig der Mageninhalt von Sandra Meyer aus Schenkon analysiert. Da ist nicht mehr viel vorhanden – zum Abendessen war sie wegen des Eingreifens eines Totgeglaubten nicht gekommen. Interessanter ist die Frage, was der Meyer-Sprössling seiner Stiefmutter gemäss deren Aussagen eingeträufelt hat. Die Vermutung bestätigt sich bald, indem die Spezialisten Spuren von Gammabutyrolacton und Butandiol identifizieren können. Im Klartext: Sie haben Glück gehabt, konnten sie die K.O.-Tropfen in den Körperflüssigkeiten, zumindest im Urin, noch nachweisen; einen halben Tag später, und die Spuren hätten sich vollends aufgelöst. Andererseits, das denkt Susanne Brechbühl, nachdem sie den Bericht gelesen hat: Diese Tatsache bringt die Ermittler genau so viel weiter wie das Wissen um die Identität des Täters.

»Mist!«, ruft Anselm Anderhub in die Sitzung.

Ihm ist eben eingefallen, was er vergessen hat. Er blickt auf die Uhr, 10 Uhr 17 Minuten, und verlangt harsch nach den Familienalben der ersten Witwe des Heinrich Meyer. Das Kollegium reagiert überrascht.

»Was ist in dich gefahren?«, sagt Max Hunziker.

Susanne Brechbühl versteht, was Anselm sagen will, nein, nicht sagen, tun will er es, die Pflicht, die Pflicht, das Versprechen, die Bedingung; sie versteht bloss seine Aufregung nur der Spur nach, dieses spiessbürgerliche Gewissen, denn ob die Frau ohne Zeitgefühl – das nimmt sie an aufgrund dessen, was sie über Demenz weiss –, ob Frau Meyer die Alben nun heute oder erst morgen wieder studieren kann, hält sie, abgesehen von ihrem ziemlich labilen Geisteszustand und entsprechend unverlässlichem Erinnerungsvermögen, für wenig relevant. Für Anderhub sind das keine Argumente.

»Ich übernehme das und gehe am Nachmittag im Kantonsspital Sursee vorbei, Sandra Meyer besuchen, die hat uns sicher noch einiges zu erzählen«, sagt Anselm bestimmt, das Erregungsniveau willentlich tief gehalten, beherrscht, so gut es eben geht.

Die Fotos, die Harry Schmitt für seine Werke verwendet hat, liegen noch auf dem Tisch, während eine dienstfertige Andrea Zurfluh sich um die drei Ordner aus dem Willisauer Alters- und Pflegezentrum Waldmatt kümmert.

»Sie liegen auf meinem Schreibtisch«, ruft Susanne ihr zu, »und die Bilder da, die Harry gebraucht hat, habe ich hinten mit Bleistift beschriftet. Kannst du sie wieder richtig einordnen? Du siehsts schon; vier weisse Fotoecken ohne Foto. Danke!«

Max ist etwas verdattert ob Anselms Eigenmächtigkeit. Dessen Pflichtgefühl indes, und seis gegenüber einer Heimleitung einer Hinterländer Institution, freut ihn heimlich, denn wenn ein Mensch so pflichtbewusst durch und durch ist, unabhängig von der Person, versprochen ist versprochen, wie loyal muss er dann erst gegenüber seinem Arbeitgeber sein?

»Wer nimmt sich die Schwester vor, die ihren Bruder etwas voreilig ins Jenseits geschickt hat?«, fragt der Boss in überraschend basisdemokratischer Laune in die Runde.

Brechbühl und Wagner schauen einander an. Wäre Müller nicht bereits wieder morgens um sieben zu seinem Spitaldienst in Sursee aufgebrochen, hätte es noch mehr Blickkollisionen gegeben.

»Wollen wir das Los entscheiden lassen?«, witzelt Wagner, der es in der Regel lieber hat, wenn man ihm sagt, was er zu tun hat. Anselm kennt das, hat es ausgelebt in der Rekrutenschule, fällt aktuell eher durch seinen Drang nach Selbstwirksamkeit auf.

»Ich mache das, von Frau zu Frau«, erlöst Susanne Brechbühl die Männer aus der peinlichen Situation, »und vielleicht kann ich mich ja mit Anselm kurzschliessen.«

»Ich nehme dich mit nach Sursee; alle Wege führen nach Willisau«, meint Anderhub, als er, beladen mit drei Fotoalben, beiläufig Zeuge der Nennung seines Vornamens wird, »ich führe dich doch rasch zu Isabella nach Schenkon; dann können wir nachher zusammen ins Spital, oder so, einverstanden?«

»Okay«, sagt Susanne.

Die Idee eines zweiten Lebens: Sie lässt Anselm Anderhub nicht los. Hat da einer in einer Klarsicht und Geistesgegenwart eine Chance gepackt, die nur einmal kommt? Der Verkehr auf der Autobahn ist mässig dicht, als die Polizistin und der Polizist gegen elf Uhr Richtung Sursee fahren. Anderhub ist froh darüber; auch wenn er einen Schwenker nach Schenkon macht, um Susanne aussteigen zu lassen, würde er rechtzeitig im Alterszentrum Waldmatt in Willisau ankommen.

»Ich ruf dich an; wenn alles gut läuft, bin ich um halb eins wieder da«, sagt Anselm, als er seine Kollegin im Restaurant des Einkaufszentrums am Rand von Schenkon abgeladen hat, »du kannst hier auch ein Menu haben. Und weiter oben ist eine Bäckerei.«

Sie solle sich doch rasch anmelden bei Frau Soltermann; vielleicht sei sie ja beim Arzt, wobei: Wie er sie kennengelernt habe, sei die hart im Nehmen. Und weg ist er.

Die Frau an der Rezeption des Heims ist zunächst leicht irritiert, erinnert sich dann aber an den Besuch vom Freitagnachmittag. Anderhub lässt Frau Meyer und die Zentrumsleitung grüssen, nein, es sei nicht nötig, der Frau die Bücher persönlich zu übergeben, dankt für die vorbildliche Zusammenarbeit, als Toni Imbach sein Büro verlässt und der Cafeteria zustrebt.

»Ah, Herr Anderhub«, spricht er den Polizisten an, »und, konnten Sie etwas anfangen mit den alten Fotos?«

»Herr Imbach, guten Tag«, sagt Anderhub, »wir hoffen es doch sehr, morgen sollte ein Phantombild in der Tageszeitung erscheinen, vermutlich nächste Woche auch im ›Willisauer Boten‹, und dann wird sich weisen, ob der Aufwand sich gelohnt hat, aber wir sind zuversichtlich.«

»Einen Kaffee? Oder sind Sie im Druck?«, sagt Imbach zu Anderhub, und Anselm dankt und bestätigt den Druck, ist froh um seinen Namen, denn an der Hueb ist es alleweil noch angenehmer als im Bach, denkt der Polizist und verlässt die Waldmatt mit einem Lächeln im Gesicht, das Imbach nicht zu deuten weiss.

Anselm Anderhub trifft Susanne Brechbühl im Restaurant des Grossverteilers in Schenkon. Er hat im Auto noch die Nachrichten gehört und gleich wieder vergessen.

»Ich hab mit Isabella Soltermann-Meyer um 14 Uhr einen Termin«, sagt Susanne.

»Das trifft sich gut: Ich hab mich mit Frau Meyer um die gleiche Zeit in der Cafeteria des Kantonsspitals verabredet«, sagt Anselm, »da können wir ja das Auto hier auf dem Parkplatz stehenlassen; ich jedenfalls gehe zu Fuss, in einer Viertelstunde bin ich dort.«

»Du isst nichts?«, will Susanne wissen, und Anselm bestätigt sie in ihrer Vermutung: Er hat im Städtli Willisau ein Eingeklemmtes und eine Nussstange gekauft, deren Spuren, Brot- und Blätterteigbrosamen, im Dienstwagen Zeugnis von Anderhubs Verpflegung ablegen.

Beim Kaffee – es bleiben noch mehr als dreissig Minuten, bis sie aufbrechen müssen – erhalten die Gedanken der beiden kurz Auslauf. Sie kreisen einerseits um Bernhard Meyers Motive – Mord, Grabschändung, mehrfache Schmerzzufügung –, andererseits klingt Bewunderung mit, wenn Anselm über Bernhards Trick fabuliert.

»Das muss wie eine zweite Geburt sein, stell dir das

einmal ganz plastisch vor. Niemand kennt dich, niemand erwartet dich; die ganze Welt hält dich für tot. Dich gibt es nicht mehr für die Welt, aber du bist da, du kannst dir eine neue Identität geben, denn du lebst, brauchst nur die richtigen Papiere, und du kannst werden, wer du willst. Eine ganz profane Form von Wiedergeburt«, sagt Anselm.

»Mit Geburtswehen«, ergänzt Susanne.

»Genau.«

»Als Ureinwohner Papua-Neuguineas würdest du jedenfalls nicht durchgehen«, wirft Susanne ein.

»Einverstanden, aber die Auswahl ist dennoch riesig.«

»Neben dem Aussehen muss auch die Sprache stimmen, denn die bleibt dir, sonst fliegst du schnell auf.«

»Stimmt doch überhaupt nicht. Wie mancher eingebürgerte Schweizer spricht keine lokale Mundart und ist dennoch Schweizer? Und einige Schweizer Auswanderer aus dem 19. Jahrhundert pflegten noch eine Generation lang oder mehr nicht nur ihre Sprache, sondern auch Sitten und Gebräuche, zum Teil bis heute, die brasilianischen Fahnenschwinger und Jodlerklubs lassen grüssen!«

Anselm fasziniert die Idee, in beinahe völliger Freiheit eine neue Identität wählen zu können. Die international verbandelte Kriminologie, das globalisierte Informations- und Kontrollwesen, das fällt ihm eben ein, könnte Personen, die sich verschellen lassen, also vorsätzlich verschollen gehen wollen, freilich einen Strich durch die Rechnung machen: Mindestens so eindeutig wie Fingerabdrücke ist die DNA, und wenn einmal alle Menschen registriert sind, eine Frage der Zeit, denkt Anselm Anderhub in seiner kulturpessimistischen Phase, wäre auf Knopfdruck jede Identität geklärt. Du könntest im Wald nicht einmal mehr potenziell anonym an einen Baumstamm pissen.

»Wollen wir das nicht?«, sagt Susanne.

»Was? Anonym pissen?«

»Nein, alles wissen!«

»Einerseits und andererseits«, meint Anselm und lässt seine Exkurswolke vor dem Einkaufszentrum landen und sich auflösen; der Realitätssinn des Polizisten schleicht sich an den Tisch der beiden Ermittler, und er gibt ihm Ausdruck, indem er sagt: »Irgendwo und irgendwie werden wir heute mehr erfahren über mögliche Motive eines Mannes mit kriminellen Energien.«

Ein Wort, das unwidersprochen bleibt, denn, so denkt auch Susanne, ohne Hoffnung ist alles nichts.

Isabella trägt den rechten Arm in der Schlinge, um die verletzte Schulter zu entlasten. Ihre Tochter, Hanna Soltermann, hat sich unbezahlt für einige Tage beurlauben lassen, um ihrer Mutter beizustehen. Kleinlaut ist die geworden, denkt Susanne Brechbühl; sie hat das Protokoll Wagners vom ersten Besuch im Hause Soltermann gelesen – Vorbereitung ist die halbe Miete –, bei dem Hanna sich ziemlich rotzig zeigte, fast schon renitent, als ob sie es wäre, die etwas zu verstecken hat, denkt die Polizistin.

»Sie haben also die Verschollenheitserklärung Ihres Bruders beantragt«, sagt Susanne Brechbühl, feststellend.

»Das ist korrekt«, sagt Frau Soltermann-Meyer, denn sie hätten trotz mehrmaligen Nachfragens, auch bei der Schweizer Botschaft in Thailand, nach jenem verhängnisvollen Ereignis Ende 2004 nichts mehr von Bernhard gehört. Da sind übrigens etliche Schweizer Bürger, nicht nur Auswanderer, auch Touristen umgekommen, unter ihnen ein ziemlich bekannter Luzerner Schriftsteller, Otto Dingsbums, ich hab den Namen vergessen.

Nicht dass sie vorher regelmässigen Kontakt gehabt hätten, aber einmal habe Bernhard ihr zum Geburtstag gratuliert, eine Karte geschickt, und jeweils Ende Jahr habe ihr Mann ihm die Dividende überwiesen.

»Bernhard war an Ihrem Unternehmen beteiligt?«, fragt Susanne nach.

»Ja, obwohl sich Hubi jedes Jahr aufs Neue fürchterlich aufgeregt hat, und einmal, als er die Zahlung vergessen hat, dabei hat ers darauf ankommen lassen wollen, einmal hat Bernhard sich per Mail beschwert, als kein Geld eingetroffen ist«, sagt Frau Soltermann, »da war ich ganz auf Seiten Hubis, und ich hab das meinem Bruder auch deutsch und deutlich gesagt: Wer nicht mitarbeitet, soll auch nicht von der Arbeit anderer profitieren. Das gilt auch für Jonas.«

»Aber rechtlich, ich meine, Ihre Brüder besitzen Aktien der Firma, so funktioniert doch das System, der ganze Kapitalismus: Jene, die am meisten profitieren, rühren kaum einen Finger dafür«, will sich Susanne versichern und erschrickt über ihren letzten Satz, der Isabella eigentlich nur die Scheinheiligkeit ihrer Argumentation vor Augen führen wollte.

»Das schon, und wir waren ehrlich gesagt alles andere als unglücklich darüber, als Bernhard sich nicht mehr meldete, wir hatten die Überweisung glücklicherweise noch nicht ausgelöst, und die Vermutung, er könnte mit seiner Familie ein Opfer jenes Tsunami geworden sein, war für uns, wie soll ich sagen, ähm, unsere Trauer hielt sich in Grenzen, ich will Ihnen da nichts vormachen, auch wenn Sie das vielleicht nicht nachvollziehen können, immerhin ist Bernhard mein

Bruder, und auf eine Art und Weise auch mein Lieblingsbruder, ich habe ihn bewundert, denn immerhin hat er etwas gemacht aus seinem Leben, immerhin hat er konkrete Konsequenzen gezogen«, sagt Frau Soltermann.

Susanne kann das, den positiv konnotierten Wegfall eines Profiteurs, natürlich nachvollziehen. Ein Mitesser weniger am Tisch gibt den Verbliebenen ein grösseres Stück vom Braten, da brauchst du weder Mathematik noch Wirtschaftswissenschaften studiert zu haben, um dieses Gesetz zu verstehen.

»Kommt dazu, dass die beiden faulen Brüder, ich sags noch deutlicher, auch wenn ich Hubi nur ungern recht gebe, diese beiden Schmarotzer immer wieder versucht haben, noch mehr aus der Bude abzuzügeln, der Johnny für sein Kötersanatorium, der Beni für seinen Betrieb in Thailand, der, wie er öfters jammerte, nicht so lief, wie er sich das vorgestellt hatte, angewiesen auf die Gunst korrupter Beamter, für die wir hätten die Milchkuh spielen müssen«, ergiesst sich aus Isabella Soltermanns Mund ein Schwall von Wörtern, wie nach einem Dammbruch, kommt es Susanne vor.

Motive, ihren Bruder möglichst schnell unter dem Boden (oder eher im Meer, Andamansee oder südchinesisches Meer stehen zur Auswahl) zu sehen, hatte Isabella zweifellos. Dass sie die Gelegenheit beim Schopf packte, dies, ohne sich die Hände schmutzig zu machen, ist ihr nicht zu verübeln, zumal sie alle nötigen Fristen eingehalten hat. Und am Ende hat das Gericht entscheiden müssen. Vorsorglich flossen nach dem Stephanstag 2004 keine Gelder mehr auf ein Konto, das nach der erwirkten Verschollenheit des Inhabers drei Jahre später (und der Plünderung durch die dortige thailändische Bank, Spesen und Umtriebe) vor allem durch seine Leere einen nachhaltigen Eindruck hinterliess, bevor es endgültig aufgelöst wurde. Übrigens habe Jonas darauf bestanden, als gleichberechtigter Erbe die Hälfte von Bernhards Anteilen zu bekommen.

»Hubi hat sich schier hintersonnen«, sagt die Witwe Soltermann.

In Luzern haben Max Hunziker und der Medienmensch der Kriminalpolizei Luzern, Roman Stübi, einen Text zusammengewurstelt, den sie zusammen mit zwei Phantombildern, eines frontal, das andere im Profil, an die Zeitungen und Fernsehstationen der Zentralschweiz, für deren Anschlagkasten aber auch an alle Gemeinden des Kantons verschicken.

»Kennen Sie diesen Mann?«, das ist der Titel der Meldung, womit in der Bevölkerung nach Bernhard Meyer gesucht wird, natürlich nicht mit Namensnennung, dafür mit einem vagen Signalement aufgrund eines nicht ganz scharfen Ganzkörperbildes, das bei der Bergung Hubert Soltermanns gemacht worden war, und dem Hinweis, der Mann könnte einen Bart tragen und bewaffnet sein. Kein Hinweis auf die ihm zur Last gelegten Verbrechen. Relativ neutral. Wie eine Vermisstmeldung. Samt Dank für die Mitarbeit und der Telefonnummer der Polizei.

Anselm Anderhub hat inzwischen nach einem Marsch von wohl anderthalb Kilometern das Kantonsspital Sursee erreicht. Er schickt Richard Müller in den Mittag, Cafeteria. Der Kollege war am Morgen früh zu seinem Bewachungsdienst aufgebrochen. Er übernehme, sagt Anselm, sicher für die nächsten zwei Stunden. Er melde sich wieder, wenn er die Befragung beendet habe, aber natürlich könne Müller auch dabei sein, wenn er wolle. Aber Müller hat Hunger, und das blosse Warten im Korridor vor dem Zimmer der Sandra Meyer hat ihm die Zeit nicht kurz gemacht.

»Was haben Sie mir da für einen Wachhund geschickt?«, begrüsst Sandra Meyer den Polizisten.

Anselm sagt nichts, er weiss, sie weiss schon, dass es um ihre Sicherheit geht, aber wenn sie nicht mehr bewacht werden will, muss sie ihm das schriftlich geben.

»Es scheint Ihnen wieder besser zu gehen«, sagt Anderhub in deutlicher Anspielung auf die Energie im Tonfall der Frau.

»Ja, mir geht es so weit gut, und die Narben sollten auch einigermassen verheilen«, sagt Frau Meyer, die Jüngere.

Das hört Anselm gerne, denn er ist nicht zum Smalltalk nach Sursee gepilgert, er erwartet Informationen, ja nichts weniger als den Durchblick, oder wenigstens einen Einblick in Bernhard Meyers möglichen Blick auf seine Familie. Von wegen Familie und Besucher: Keine einzige Blume schmückt die Ablage beim Fenster, das einen Blick auf den Sempachersee bis nach Sempach hinauf und die Schneeberge hinter der ersten Reihe, Pilatus, Stanserhorn, freigibt.

»Sie können sich sicher vorstellen, warum ich hier bin«, versucht es Anselm auf die sanfte, verständnisvolle Tour; immerhin haben Susanne und er die Frau gestern aus einer misslichen Lage befreit.

»Sie werden mich gleich aufklären«, sagt Sandra Meyer und betätigt einen Knopf am Rand des Metallbettes, der ihren Oberkörper in eine aufrechte Position hievt, »setzen Sie sich doch.«

Anderhub schiebt einen Stuhl in die Nähe des Bettrandes, so dass sich ihre Blicke auf Augenhöhe treffen.

»Frau Meyer, der Überfall auf Sie hat einen Grund, und wir sehen es als unsere Aufgabe an, den Urheber Ihrer Misshandlung zu fassen, was uns vermutlich besser gelingt, wenn wir etwas über die Motive, die zu dieser Tat führten, wissen.«

»Hm.«

»Ihre, verzeihen Sie den Ausdruck, Brandmarkung, hat eine Bedeutung; sie ist die vierte Tat einer Serie von Taten, die alle etwas mit Ihrer Familie zu tun haben, und insofern ist es nichts als logisch, dass ein Mitglied dieser Familie die Taten verübt hat.«

»Ich habs mitbekommen, den Tod von Hubi, meine ich.«

»Sie werden vermutlich auch nicht an der Abdankungsfeier teilnehmen, dabei war er Ihr Schwiegersohn.«

»Schwiegersohn? So hab ich das nie gesehen.«

Anderhub schweigt; er macht im Kopf eine Skizze und setzt die mutmasslichen Alter hinter die Personen, siedelt Hubis zweite Schwiegermutter im gleichen Alter an wie Hubi und Isabella und ihre beiden Brüder, kann Sandras Sicht nachvollziehen.

»Das Verhältnis zu Ihrer Familie war getrübt; auf der Todesanzeige für Hubert Soltermann, die in der ›Luzerner Zeitung‹ und im ›Surseer Boten‹ erschienen sind, waren Sie nicht aufgeführt.«

»Und wenn die liebe Familie mich gefragt hätte, ich hätte darauf verzichtet, denn nach Heinrichs Tod haben mich alle geschnitten, ich war in deren Augen die Hure, die sich an ihren Vater herangemacht hatte, die das Geld und das Haus geheiratet hat. Wie eine Aussätzige hat man mich behandelt. Und so sehe ich jetzt auch aus.«

Hoppla, geht es Anselm durch den Kopf. So kann

man das sehen. Soll er der Frau vom zweiten und dritten Vorfall erzählen, der Schmiererei auf Heinrichs Grab, dem Anschlag auf Isabella? Darf er ihr die Bedeutung der Ziffern auf ihren Wangen vorenthalten? Wenn ers nicht tut, wird sies verlangen, zumal er schon zu viel verraten hat, um jetzt einen glaubwürdigen Rückzieher machen zu können.

Als in Schenkon Susanne Brechbühl Isabella Soltermann auf den Überfall auf ihre Stiefmutter anspricht, erschrickt diese im ersten Moment, fasst sich aber schnell wieder.

»Es stimmt, wir hatten das Heu nie auf der gleichen Bühne, Sandra und ich, aber das ist eine alte Geschichte, das hat mit meinem Vater zu tun, und wenn ich das jetzt so anschaue, gibt es da eine Verbindung, und diese Verbindung heisst Bernhard«, sagt sie, und Susanne meint ein Licht der Erkenntnis aufleuchten zu sehen in den Augen der Frau.

Es ist Sandra Meyer im Spital Sursee, privilegierte Privatpatientin dank ihrer Heirat mit Heinrich Soltermann, die mit der Wahrheit herausrückt.

»Sie können denken über mich, was Sie wollen, aber ich sahs als meine Chance und würde vermutlich wieder gleich handeln«, sagt sie und erzählt von ihrer Zeit im Büro von Meyer und Partner, ihrer Lehrzeit als Kaufmännische Angestellte, Fachrichtung Treuhand, verhehlt nicht, dass Bernhard, damals ein Jahr plus ein paar Monate älter als sie, ein Auge auf sie geworfen hatte, ein paar Mal seien sie auch ausgegangen miteinander. Bernhard habe studiert und dazu stundenweise im Büro seines Vaters gearbeitet, da seien sie sich nähergekommen, aber dann habe sich der Vater ganz ernsthaft um sie bemüht, das müsse er ihr glauben, ein Charmeur alter Schule, habe sie zu Überstunden zuweilen abends noch ins Büro bestellt. Die Zeit habe sie aufschreiben können als Überstunden, spezieller Ansatz.

Anselm wähnt sich in einem Arztroman mit Krankenschwester und Oberarzt, kann nicht glauben, dass ein kitschiges Klischee zur Wahrheit mutiert, und er versteht nun auch die Flucht von Bernhard Meyer, als sein Vater Sandra geheiratet und geschwängert hat; Reihenfolge irrelevant. Und er begreift, dass die Kinder aus erster Ehe sich mit ihrer Mutter solidarisiert haben, kann den harten Schnitt der Meyer-Familie nachvollziehen, den Hass auch, das Aussteigen des Kronprinzen.

Aber warum musste Hubert Soltermann sterben? Was hatte der Bernhard angetan?

Anderhub lässt den Oberarzt kommen, und Sandra Meyer bestätigt dem Polizisten vor Zeugen, dass sie aus freien Stücken auf eine weitere Bewachung durch die Polizei verzichte. Was Richard Müller, der in der Cafeteria einen Käsekuchen verdrückt hat und nun unschlüssig am Tresen mit den Desserts steht, als Anselm ihn telefonisch darüber aufklärt, nicht stört. Er solle warten, er könne mit ihnen fahren; Susanne sei noch in Schenkon und fahre sicher heute nach Luzern zurück.

»Was glauben Sie, warum musste Ihr Mann sterben?«, fragt derweil Susanne Frau Soltermann.

»Ich fürchte, der Grund ist ein ganz profaner«, sagt Isabella.

»Ich höre«, sagt Susanne.

»Ich habe zufällig Ausschnitte eines Telefonanrufs mitbekommen, in der Woche vor seinem Verschwinden, Hubi hat getobt, er hat gesagt: ›Du bist tot und du bleibst tot, verstanden? Sonst sorge ich persönlich dafür, dass du keine anständigen Leute mehr erpressen kannst.‹ Das habe ich gehört, obwohl Hubi in seinem Büro und die Türe geschlossen war. Wenn ihn jemand richtig ärgerte, war er schnell auf 180, und dieser Anruf muss ihn bös auf die Palme gebracht haben.«

Und Brechbühl denkt: Der passt in die Familie der temporären Kurzschlusshandler mit cholerischer Schlagseite, ohne das Blut mit ihnen zu teilen.

Isabella Soltermann habe ihren Mann nachher gefragt, wer das gewesen sei, und da habe er ihr gestanden, dass Bernhard, sie hätten ihn bloss den »Thailänder« genannt, angerufen habe, und zwar nicht aus dem Jenseits, sondern ganz irdisch und mit höchst irdischen Forderungen.

»Ich zweifelte am Geisteszustand meines Mannes, witterte eine Notlüge, das kannte ich, Hubi-Geflunker; Bernhard war doch tot; ich hatte ja selber die Verschollenheit erwirkt!«, sagt Frau Soltermann, und sie ahnt den Grund für den Überfall auf sie, auf der Fahrt mit dem Fahrrad, zurück aus dem Aargauischen nach Sursee: ein Denkzettel für die Verräterin, die ihn so schnell tot haben wollte, ein Denkzettel an die Adresse der Schwester, die der Gier ihres Gatten verfallen war.

»Ich hatte mich geirrt, denn Hubi zeigte mir daraufhin drei E-Mails, in denen Bernhard immer unverschämtere Forderungen stellte, und zwar ultimativ unter Androhung ernsthafter Konsequenzen, deren eine, nämlich einen tiefen Kratzer am Porsche meines Mannes, er bereits in die Tat umgesetzt hatte«, erzählt die Frau.

»Was wollte ...«

»Was? Geld! Worauf er als Miteigentümer der Firma Anspruch zu haben glaubte. Als ob ein Toter noch irdische Ansprüche stellen könnte. Und begründet hat er dies dreisterweise damit, dass man ihn jahrelang, mindestens seit dem Tsunami 2004, um ein Vermögen geprellt habe, sodass er jetzt, statt zu privatisieren, als Unterhund im Gastgewerbe mit Lächeln und Smalltalk seine Brötchen verdienen müsse.«

»Und warum haben Sie nicht umgehend die Polizei informiert, Frau Soltermann?«

»Wir nahmen das doch am Anfang nicht ernst, Bernhard, unser Bubi; erst als die Sache da mit dem Auto passierte, der musste eine Schere oder ein Taschenmesser verwendet haben, bekamen wir es mit der Angst zu tun. Kommt dazu, dass man mir Betrug hätte vorwerfen können, denn wie hätte ich beweisen sollen, dass ich nicht gewusst habe, dass mein Bruder den Tsunami überlebt hat?«

»Sie hatten doch die Todesbestätigung vom Departement!«, sagt Susanne.

Da bricht Isabella Soltermann ein, sie weint, denn sie weiss, die Polizisten haben recht. Und sie sagt immer wieder schluchzend, die Familie, das heisst Hubi, habe die Sache innerhalb der Familie lösen wollen, denn wenn Bernhard aufgetaucht wäre, hätte dies, abgesehen von einer Neuaufteilung des Familienbesitzes, ein Gerede verursacht, von dem vor allem das Geschäft, bekanntlich ein heikles, da es auf Vertrauen beruhe, betroffen gewesen wäre, und das habe Hubi um jeden Preis vermeiden wollen. Keeping up Appearances.

»Jeden?«, wirft Müller ein, und er denkt an Möglichkeiten, unliebsame Personen zum Schweigen und damit aus dem Verkehr zu ziehen.

»Ich weiss nicht, was Hubi vorgehabt hat; das dürfen Sie mir glauben«, sagt Frau Soltermann.

Susanne Brechbühl und Richard Müller fahren je allein in ihren Dienstwagen zurück nach Luzern. Gesprächsstoff wäre da, doch gäbs nur Selbstgespräche. Nicht aufhalten lassen sich indes die Gedanken. Sie kreisen um Kränkungen, die blutroten Hass gebären und stinkende Wut, wie sie auf einem Grabstein einen Ausdruck gefunden haben. Und wie hätte Susanne sich an Sandras Stelle verhalten? Was hätte Richard in Bernhards Situation getan? Im Nachhinein und von aussen lässt sich die Moral leicht mit Pauken und Trompeten ins Feld führen.

Die Polizisten kennen nun den Täter, wissen um die Motive, und der Fall wäre geklärt, wenn Bernhard Meyer auch gefasst wäre.

Anselm Anderhub sitzt mit Trudi im Garten, versucht den lauen Frühlingsabend mit Lazy Sunday Afternoon und Rugediguu ohne Blutimschuh aus Büschen, Gehölzen und von Dachfirsten zu geniessen. Ob sie das gewusst habe, dass der alte Meyer dem jungen Meyer, muss wohl gegen dreissig Jahre her sein, die Freundin ausgespannt habe, fragt der Polizist seine Frau. Man höre allerhand, weicht Trudi aus, und es stimme eben schon, dass man vom Hörensagen lügen lerne, grundsätzlich, und wie wolle man so dummes Gerede, oft von unverhohlener Schadenfreude befeuert, einschätzen? Natürlich, wenn man das so aus erster Hand hören würde, von den betroffenen Personen nämlich, sähe es anders aus, aber von dieser Seite habe man nichts gehört. Eine höhere Kaste, sagt Trudi. Dass er eine junge Frau geehelicht und seine erste Frau mit einem Chalet im Wallis ruhiggestellt hat, das hingegen sei natürlich Stadtgespräch gewesen. Städtligespräch. Und in gewissen Kreisen seien sicher auch die Hintergründe bekannt gewesen. Verbergen lasse sich solches ja nicht, irgendwo bohre immer irgendwo ein Wurm ein Loch, und irgendwo rinne der vermeintlich geschlossenste Zirkel, siehe eidgenössische Bundespolitik.

Anselm macht ihr keinen Vorwurf, auch wenn in diesem Fall das Stammtischgetratsche, vielleicht eher jenes der Beckenbodenturnfrauen im Café als jenes der Hand- und Maulwerker im ›Vollen Mond‹ oder in der ›Metzgerhalle‹, als Ideengeber oder Horizonterweiterer oder Möglichkeiteneröffner den Polizisten hätte helfen können. Als Trudi, offenbar fasziniert von Bernhard Meyers Schicksal mit seinem Leben nach dem Tod, ihren Ehemann fragt, ob er für sich ein solches zweites Leben denn für erstrebenswert halte, errötet jener, freilich nicht sichtbar für Trudi, denn der Schatten der Birke steht auf Anselms Seite, und Selmi meint: Nicht wirklich, doch die Idee habe etwas für sich. Rein grundsätzlich und theoretisch. Als jemand, den es nicht mehr gibt, müsste er zum Beispiel keine Steuern bezahlen. Ein Leben mit sichtbarer Tarnkappe: Man sieht dich zwar, aber es gibt dich nicht. Du bist nirgends mehr verzeichnet.

»Wovon würdest du denn leben wollen?«, fragt Trudi.

»Ich will ja gar nicht«, sagt Anselm und wird sich bewusst: Sobald du arbeitest, bist du registriert, AHV, Bankverbindung, Pensionskasse, und von Licht, Luft und Liebe könne nicht einmal ein Siebensiech wie Jonas Zenmeyer leben, also müsste man sich eine neue Identität verschaffen, Namen, Personalien überhaupt, inklusive Heimatort und Nationalität. Und ob die zweite eine bessere wäre als die erste? Eine mühsame Geschichte, kriminell müsste man werden, Urkunden fälschen, gegen Bares fälschen lassen, falsche Tatsachen wären vorzuspiegeln, eine Vergangenheit zu erfinden, denkt Anselm, verstecken müsste man sich trotzdem, eine anstrengende Sache, und er sei froh, nicht mehr vorne anfangen zu müssen, auch wenn die Idee an sich etwas Bestechendes habe. Und er stellt sich vor, es gäbe in seiner Umgebung solche Menschen mit zweitem Leben, ein neuer Pass gewiss bloss eine Preisfrage auf dem Schwarzmarkt der Kriminalität, im Darknet des Verbrechens, alles eine Frage von Geld und Beziehungen.

Wem ist letztlich noch zu trauen? Auch Stammbäume liessen sich fälschen, und gegen Bachelor- und Masterarbeiten, ja Dissertationen, Habilitationen, die man sich schreiben lassen kann, ist ein simpler Lebenslauf ein Klacks, ja die reinste Freude für den Auftragnehmer, kann er seiner Fantasie doch freien Lauf lassen, sofern der Auftraggeber keine konkreten Vorstellungen hat.

»Ich nehme noch ein Bierchen, war ein strenger Tag heute«, sagt Anderhub und begibt sich in die Küche, wo der Kühlschrank steht, »nimmst du auch eines?«

Nein, Trudi mag nicht, langsam dunkelt es, und nach Anselms Schlummertrunk und den letzten Amselklängen verlassen Anderhubs den Garten, wo auch die Stechmücken ihrem Blutdurst zu frönen begonnen haben.

»Hab ich dich erwischt!«, sagt Anselm und zeigt Trudi die blutige Innenseite seiner rechten Hand, und Trudi sieht nicht, dass auch der Ärmel seines Hemdes einen roten Farbtupfer abgekriegt hat.

Anderhub wälzt sich hin und her und verlässt schliesslich nach Mitternacht, auch vom Harn gedrängt, das Schlafzimmer, um Trudi eine erholsame Nacht zu ermöglichen. Er torkelt ins Büro, nimmt einen Notizblock zur Hand und zeichnet eine Tabelle, füllt sie aus mit der Tat in der ersten Zeile und dem Motiv in der zweiten. Kränkung gebiert Rachegelüste, letztlich Wut und Hass. Anselm sieht eine Logik im Rachemotiv, im energetischen Pseudoausgleich hin zu einem Gerechtigkeitspegel, wie ihn der Täter wohl angestrebt haben wird. Ob er freier atmet, nun, da die Taten vollbracht, das Unrecht, das ihm angetan wurde, in seinen Augen gesühnt ist?

Anselm sieht in seinem Zimmer nicht, wie der Mann, der bei der Bergung Hubert Soltermanns als Gaffer dabei gewesen ist, eine Einkaufstasche in der Hand, über die Christoph-Meyer-Strasse in Richtung Bahnhof schlendert und das Elektrovelo auf Anderhubs Vorplatz dank des Körbchens mit stillem Vergnügen als jenes Fahrzeug identifiziert, mit dem der Polizist vor einer guten Woche in den Surseer Wald gefahren war. Was ihm bestätigt, dass er sich nicht geirrt und seine Tasche zielkonform bestückt hat: Der Polizist ist der Junge vom alten Anderhub, der auf der Stadtverwaltung gearbeitet hat, Steueramt, als die Sache mit Sandra lief. Ein Mann, mit dem man sich als Unternehmer mit Vorteil gut stellte. Hat offensichtlich das Elternhaus übernommen, der junge Anderhub. Kontrollgen? Rechtsbewusstsein im Erbgut? Und der Mann staunt darüber, wie der kleinstädtische Kosmos noch über Regeln verfügt, wenn vielleicht auch bloss an der Peripherie. Im Subkosmos der Eingeborenen. Und er? Ist selber einst Teil dieser ehrenwerten Gesellschaft gewesen, hat sie vor bald dreissig Jahren aus eigenem Antrieb, wenngleich er für sich subjektiv keine andere Wahl gesehen hat, verlassen und ist nun zurück in seinem Vaterstädtchen, um die Ordnung wieder herzustellen. Der Mann hasst den Zufall, es sei denn, er kann von ihm profitieren.

Ich musste mir eine neue Aufgabe stellen. Der 5/4-Takt. Dave Brubeck-Quartett mit ›Take Five‹. Das ist der Groove meines Lebens, ein vorwärts treibender Rhythmus, ungerade, widerspenstig, immer weiter, immer weiter. Vier sind nicht genug, Vier schreien nach Fünf. Und fünf kommt, fünf machen das Quartett voll, übervoll. Denn voll macht satt, satt macht träge, träge am Ende tot, wenn vier platzt.

11

Dieser Dienstag ist ein ordentlicher Diensttag für die Luzerner Polizisten der Gruppe Leib und Leben. Harry Schmitts Phantombild ist in der ›Luzerner Zeitung‹ erschienen, und die Angehörigen der Gruppe Leib und Leben erwarten erste Reaktionen. Je nach Ergebnissen wird die Polizei reagieren müssen. Natürlich steht kein Name unter dem Bild, und wenn da geschrieben stünde, dass in Mitteleuropa ein Verschollener gesucht wird, der bei einem Tsunami in Fernost umgekommen ist, geriete das im besten Fall zum Fasnachtssujet, im schlechteren hagelte es Leserbriefe und im Kantonsparlament dringliche Anfragen zum Gesundheitszustand der Polizeidirektion. Auch wenn da statt »ist« relativierend »sein soll« zu lesen wäre.

Die einzige Information bezüglich Grund des Aufrufs: Der gut fünfzigjährige Mann werde im Zusammenhang mit einem Gewaltverbrechen in der Region Luzerner Mittelland gesucht. Kein Hinweis auf Sursee und Umgebung, keiner auf mehrere Taten, die der Mann erst noch durchnummeriert hat. So etwas gäbe das Polizeikorps vollends der Lächerlichkeit preis. Am Ende des Einspalters, nach der Bitte um Mithilfe, steht die Telefonnummer der Polizei, deren Wahl auf Sandro Wagners Schreibtisch für Laute sorgt.

Anselm Anderhub ist nicht in Luzern; er kompensiert Überstunden. In dieser Beziehung ist Max Hunziker sauber, wenn Sauberkeit Fairness mit beinhaltet. Einzelne freie Tage oder Halbtage verschmerzt er leichter als ganze Ferienwochen. Denn die Überstunden, die richtigen, die über das von Kaderleuten erwartete

Mass hinausgehen, können sich durchaus zu Bergen von Freitagen türmen. Freiberge sozusagen. Nichtsdestotrotz: Anselm Anderhub hat ein ungutes Gefühl. Hätte er Sandra Meyer nicht auch gegen ihren Willen bewachen lassen sollen, ja müssen? Was, wenn ihr etwas zustösst, wenn der Schweisser Schwitzer Schweizer zuschlägt? Wenn die Frau Bernhard erkannt hat, ist er enttarnt. Er muss um das Risiko wissen. Hat er es vielleicht darauf angelegt, erwischt zu werden, reicht es ihm, sein Vorhaben in die Tat umgesetzt zu haben, Punkt für Punkt? Nimmt er in Kauf, aufgegriffen und gefangen gesetzt zu werden? Angesichts der deutlichen nummeralen Hinweise an und bei den vier Opfern kann Anselm das nicht ausschliessen. Wäre die Verhaftung das grosse Finale eines Wettbewerbs, die Auflösung eines aufregenden, ja erregenden Versteckspiels?

Spieler sind unberechenbar, denkt Anderhub, als er im Garten die Zeitung liest; Spieler müssen unberechenbar sein, wenn sie erfolgreich sein wollen. Er denkt nicht nur an verrückte Schachspieler wie weiland Bobby Fischer; er denkt auch an die genialsten Fussballer, deren Aktionen nicht zu antizipieren waren. Diego Armando Maradona. Paul Gascoigne. Spieler, die auf dem Platz intuitiv das Unerwartete taten.

Die Spatzen in der Hecke vollführen einen Riesenmais. Für nichts! Daraus lässt sich keine eingängige Melodie gewinnen, ihr Spatzenschnäbel! Da ruft – es hat gerade neun Uhr geschlagen in der Ferne, vom Rand des Städtchens her, wo über und hinter dem Rathaus die Pfarrkirche die (einstige?) Hierarchie wahrt – Melchior Kaufmann an.

»Ist das der Mörder von Soltermann?«, will er wissen, indem er Bezug nimmt auf die heutige Zeitung.

»Mutmasslich, Melchior, mutmasslich, und es gilt

die Unschuldsvermutung«, sagt Anselm und – das traut er dem Mann nämlich zu, ja, das ist Melchior mit seinen guten Augen und dem Gespür, seiner Fähigkeit, unaufgeregt an Kriminalfälle hinzustolpern –, er fragt seinen informellen Kollegen, ob er den Mann vielleicht kenne oder ihn gesehen habe.

»Du hast ihn auch gesehen, am letzten Sonntag«, sagt Melchior, und das lächerliche Wort Unschuldsvermutung, Zeitungen, Radios, Fernsehen, alle verwenden die blöde Floskel, um keine Anklage wegen Vorverurteilung zu riskieren, ärgert den Rentner. Unschuldsvermutungen allenthalben. Unmutsverschuldung!

»Recht hast du, aber wir hätten ihn eben gerne jetzt und in voller Grösse, leibhaftig also.«

»Ich halte die Augen offen.«

»Danke, Melchior, und sonst, wie hast dus? Immer flott unterwegs?«

Das hätte Anselm nicht fragen dürfen, denn Melchior Kaufmann holt heute ziemlich weit aus, beschreibt in allen Details seine gestrige Wanderung von der Marbachegg hinunter ins Kemmeribodenbad, und als er vom Meringue zu schwärmen beginnt, das er daselbst genossen habe – ja, ja, die Margrit sei auch dabei gewesen, mitsamt Janosch, dem talentierten Hund, den kenne er ja –, läuft dem armen Polizisten das Wasser im Mund zusammen; die Trockenheit saharisch; er hätte in diesem Moment ein Königreich gegeben für eine feuchte Nussstange.

Nicht gerade heiss laufen die Leitungen, das wäre übertrieben, aber immerhin, auch in Luzern kommen Telefonanrufe an. Silvio Wagner notiert die Namen der Anrufer und deren Vermutungen, beruhigt die Anrufenden, nein, nein, sie müssten keine Angst haben, ihr

Name tue nichts zur Sache und werde nicht veröffentlicht, weder mündlich noch schriftlich, sollte es sich bei der genannten Person um die gesuchte handeln, gebe die Polizei den Namen des Informanten oder der Informantin – es sind mehr Frauen, die telefonieren – unter keinen Umständen preis, darauf könnten sie sich verlassen. Er mache das, um Rückfragen zu ermöglichen.

An Wagner ist ein Buchhalter verloren gegangen, würde Anderhub denken, wenn er sähe, welche Tabelle Silvio vorbereitet hat, ein richtiges Formular hat er entwickelt. Nun füllt er die einzelnen Spalten aus. Name und Adresse des Anrufers, dessen Telefonnummer (bevorzugt die Handynummer), fakultativ E-Mail-Adresse, Name der verdächtigten Person, deren Adresse, wenn das möglich ist (wenigstens Ort, wo sie gesichtet worden ist), Zeit der Sichtung. Ihm ist klar von früheren Aufrufen her: Die Wahrscheinlichkeit, die richtige Person gefunden zu haben, verdichtet sich mit Mehrfachnennungen eines Namens. Jedem einzelnen Hinweis nachzugehen, dazu reichten die Ressourcen in der Regel nicht. Schon wieder eine Schlinge, denkt er. Die Zahl der Nennungen macht die Schlinge enger.

So war es seinerzeit bei der jungen Tamilin gewesen, die in der Nähe von Willisau gefunden worden war, am Fuss der Kastelen. Ebenso klar ist ihm, dass Menschen einander halt gleichen können und Irrtümer menschlich sind. Um zwölf Uhr mittags sind sieben Meldungen eingegangen, in dreien davon, und das ist eine sehr hohe Quote, die im Normalfall zum sofortigen bewaffneten und abgesicherten Ausrücken führen würde, wird in der von Harry Schmitt mit technischen Hilfsmitteln visualisierten Person ein Jonas Meyer vom Menzberg genannt, wobei nur eine Person ihn beim Namen nennt, während die beiden anderen in ziemlich abschätziger Weise, die der Glaubwürdigkeit der Aussage abträglich ist (Wollen die ihm böse? Rache oder Eifersucht?), vom Barfussgänger vom Napf reden beziehungsweise vom Gnadenhofguru. Also bleibt Wagner am Ende nichts Schlüssiges ausser dem Verdacht, dass die beiden Brüder einander gleichen müssen. Was alles andere als eine sensationelle Erkenntnis ist. Und sicher keine Exkursion an den Napf rechtfertigt.

Ein kurzes Telefon mit Hunziker, der ihn auf Anderhub verweist, bestätigt Wagner in seiner Einschätzung: Jonas Meyer ist mit hoher Wahrscheinlichkeit nicht Bernhard Meyer, denn Jonas hat ein (allerdings bloss auf seiner eigenen Aussage beruhendes, nicht verifiziertes) Alibi für die Tatzeit. Es sei denn, und bei diesem Gedanken wird Anselm Anderhub im Sitzen in seinem Garten heiss, es sei denn, auch der Körpergeruch, der Schweiss, verfüge über familienspezifische Charakteristika, deren feinste Unterschiede für eine Sandra Meyer nicht festzustellen waren. Zumal aus dreissigjähriger Distanz. Es sei denn, man versuchte es mit einer Gegenüberstellung der beiden Gerüche, zu welchem Zwecke aber zuerst Bernhard gefunden werden müsste, Blindversuche sozusagen, wie mans bei Lebensmittelvergleichstests macht, Wein oder Kekse, Käse und Konfitüre, und dann müsste es zu ziemlich intimen Begegnungen kommen, denn auf Befehl lässt sich Schweiss, im Gegensatz zu Speichel, kaum absondern.

Scheisse!, denkt Anderhub, als er den Gedanken weiter denkt, und er sieht den gräulich-braunen Haufen auf der Grabplatte des Familiengrabs der honorablen Familie Meyer auf dem Friedhof Dägerstein in

Sursee, übersieht nicht das borstige Spritzinstrument im kupfernen Weihwassergefäss, das der Attentäter mit flüssig gewordenen spürbaren Wut- und Hassgefühlen gefüllt hatte. Nein, sicher nicht mit Schweiss.

Das sind Anselms Freitage, die Trudi so liebt.

Hunziker macht am Nachmittag ein Rundmail, in dem er ein Fazit zieht aus den eingegangenen Meldungen. Er erwähnt die Mehrfachnennung von Jonas Meyer, relativiert diese, nennt eine Doppelmeldung, einen Mann aus Deutschland, der in Luzern zu Hause und in einem bekannten Hotel als Concierge tätig ist, dazu eine Handvoll Einzelnennungen aus dem ganzen Kanton, allerdings mit Schwerpunkt Luzern und Agglomeration.

»Der Concierge könnte ein heisser Tipp sein, zumal unser Mann im Tourismus, im Hotelgewerbe gearbeitet hat vor seinem Verschollengehen, allerdings nicht in unseren Breiten«, schreibt Hunziker und ergänzt sein Mail mit einem Hinweis auf Fremdsprachenkenntnisse, die in diesem Job mit internationaler Kundschaft nötig sind und über die der andere Meyer mit seiner kolportierten Vergangenheit in Thailand wohl verfügen dürfte.

Er schliesst mit den Worten, man sehe am Mittwoch weiter, nichts überstürzen, die Nerven nicht verlieren, zudem brächten die Lokalzeitungen das Bild erst in den nächsten Tagen, was nochmals einen Schub Meldungen aus der Landschaft auslösen könnte.

Als Anderhub das Rundmail liest, bezweifelt er, dass Bernhard, wie er ihn vermutlich angetroffen hat im Surseer Wald, in einem der ersten Häuser in Luzern arbeitet. Und wer soll ihn da erkannt haben, in einem Nobelhotel, wo doch vor allem Touristen absteigen? Oder frequentieren potente Seitenspringerinnen und

Seitenspringer aus der Region am Ende auch solche Häuser?

»Was meinst du, Trudi?«, fragt er seine Frau, die sich an diesem vorsommerlichen Dienstagnachmittag, bevor der Besuch kommt, zu ihm in den Garten gesellt und die Ruhe vor dem Sturm geniesst, nachdem er ihr Hunzikers Mail zu lesen gegeben hat.

»Wer seine Verschollenheit inszenieren kann, für den muss es ein Kinderspiel sein, Hotelconcierge und harmlosen Spaziergänger in einer Person zu vereinen«, sagt Trudi, und den Hinweis Anselms auf ein eher ungepflegtes Auftreten im Wald argumentiert sie schonungslos weg, sei es doch gerade ein typisches Merkmal einer solchen Persönlichkeit, die ja, wenn stimmt, was die Polizei vermutet, fähig sein müsse, sich eine ganze neue Biografie zu erfinden, oder wenigstens zurechtzulegen, wogegen eine simple Verhässlichung oder Aufhübschung der Schale, also der Kleidung, der Frisur, des Auftretens, sie wiederhole sich, ein Kinderspiel sein müsse.

»Wo du recht hast, da hast du recht«, muss Selmi eingestehen, und einmal mehr imponiert ihm das logische Denken seiner Gemahlin, der aber auch der Zen-Buddhismus, allerdings mehr theoretisch als praktisch, nicht ganz fremd ist.

Als am späteren Nachmittag Sarah mit ihrer Familie zu Besuch kommt, Bräteln ist angesagt, spielt Anselm den Feuermeister. Tradition seit 40 000 Jahren. Josua, der Fünfjährige, besucht den Kindergarten und schafft aus dem Gartenhäuschen in der Ecke von Anderhubs Grundstück Holz herbei, darunter Tannzapfen von Anderhubs Tanne, aber auch Scheiter, die er zu tragen vermag. Clever findet Anselm seine Idee, gerade ihn damit zu beauftragen: Nur so sind die Holzstücke nicht zu gross zum Anfeuern. Jessica, die Drittklässlerin, hilft Trudi den Tisch decken, faltet Servietten, verstreut Efeublätter, legt auf jede Serviette drei Massliebchen, die sie im Rasen gepflückt hat. Anderhubs gedenken draussen zu speisen, unter der Sonnenstore, und man will früh essen heute, zwischen fünf und sechs Uhr, wenn man noch sieht, was man sich zwischen Unter- und Oberkiefer schiebt.

Schwiegersohn Stefan hilft Anselm im Aussendienst, bedient den Blasbalg, den auch Josua beansprucht, nachdem er seinen Vater bei diesem lustigen Spiel beobachtet hat. Hui, wie fliegen da die Aschepartikel, wie glühen heiss und rot die Innereien der Buchenscheiter! Sarah steht ihrer Mutter beim Kochen bei, wobei es da nicht viel zu tun gibt, denn man begnügt sich mit Salaten von grünen Blättern über Karotten bis Mais. Dazu Kartoffelchips mit und ohne Paprika. Gelegenheit zu plaudern und gleichzeitig manuell tätig zu sein. Angewandtes Multitasking halt in klassisch verewigten Rollenbildern.

Zur Diskussion steht Sarahs Wiedereinstieg ins Berufsleben – sie ist Primarlehrerin und hat in den letzten Jahren, als die Kinder noch nicht schulpflichtig waren, in ihrer Wohngemeinde im Aargauischen einige kürzere Stellvertretungen übernommen – was allerdings hiesse, dass die Kinder an zwei Tagen, mehr als vierzig Prozent möchte sie nicht ausser Haus arbeiten, entweder einen Mittagstisch in Anspruch nehmen müssten, es sei denn, die Grosseltern, im Klartext die Grossmutter, könnten einspringen. Trudi tut sich schwer. Dass Sarahs Schwiegermutter für einen Tag zugesagt hat, macht die Sache nicht leichter: Erwartungsdruck. Will Trudi das, neben ihrem Teilzeitjob im Alterszentrum?

Die Bauernbratwürste brutzeln auf dem Grill, grausam, wenn man sich an deren Stelle die eigenen Finger vorstellt, denkt Anselm; die Maiskolben nehmen Farbe an, und er legt sie, damit sie nicht schwarz werden, auf eine Alufolie. Die Wespen sind noch nicht aktiv, und das Wetter scheint aller Voraussicht nach zu halten, auch wenn ein verdächtiges Windchen aufkommt.

»Mit Regen ist erst in der zweiten Nachthälfte zu rechnen«, sagt Stefan, der als selbstständiger Garagist tagsüber keinen Kinderhütedienst übernehmen kann oder will, und auch als Küchenchef sieht er sich nicht, aber er hat den Wetterbericht gehört. Und sich den Nachmittag für die Brätelei bei den Schwiegereltern freigeschaufelt.

Das Essen mundet allen, man lobt die knusprige Kruste der Würste und die feine Salatsauce, und Trudi hat wie immer viel zu viel Fleisch eingekauft. Neben den Schweinsbratwürsten noch ein paar weisse, die Favoriten der Kinder, dazu einige Servelats. Auch der Salate wird die Grossfamilie Anderhub heute nicht Herr.

»Den grünen sollte man essen; der wird nicht besser«, mahnt Trudi, doch die Enkelkinder widerstehen indirekten Druckversuchen, denn sie wissen: Es gibt noch ein Dessert.

Es gibt immer ein Dessert bei Oma und Opa. Oft kann man aus mehreren Angeboten wählen. Diesmal ists ein Zwetschgenkompott mit oder ohne Vanilleglacé. Wer will, kann auch eine Meringue haben, die brauchen Rahm, sonst stöben sie, und Guetzli gibt es zum Kaffee sowieso. Und die Kinder haben noch Marshmallows dabei, Schaumzuckerware, die sich am Stecken bräteln lässt.

Melchior Kaufmanns Bewegungsbedürfnis ist nicht gestillt. Das bisschen Hundigassiführen mit Margrit

Röösli kann nie und nimmer genügen. Manisch nennt sie die Gehsucht ihres Lebensabschnittsgefährten. Gehsucht! Melchior hat gelacht über diesen Ausdruck. Ohne h genau das, was zum Foto in der heutigen Zeitung passt: Gesucht. Gesucht wird ein Gesicht, beziehungsweise dessen Träger. Melchior will Margrit ihre Müdigkeit nicht ausreden, zumal sie diese Woche eine Extraschicht zu schieben hatte, weil die Chefin dringend weg musste, ein Notfall in der Familie. Mehr hat Margrit nicht verraten. Vermutlich Hütedienst bei den Enkeln, denkt Melchior. Stoffmesse? Oder ein Unfall eines Verwandten, also Spitalbesuch. Oder ein Arztbesuch. Darf gerne auch ein Dentist sein.

Was er an seinem Rentnerdasein am meisten schätzt: Er braucht nicht früh ins Bett zu gehen, um am anderen Tag wieder fit auf der Matte zu stehen. Er kann auf der Matratze liegen bleiben, solange ihn gelüstet. Das energetisiert den Mann dergestalt, dass er auch nach elf Uhr, manchmal sogar nach Mitternacht, nochmals hinausgeht. Das Gerede von Leuten, von dem Margrit bei solchen Anwandlungen spricht und das sie fürchtet, sagt mehr aus über sie selber als über die Leute. Sie will nicht, dass die Leute über sie reden, sie könnten ja auf die Idee kommen, sie habe ihn hinausgeworfen, wenn sie den armen Mann nachtwandeln sehen!

Da kann Melchior nur lachen. Ihn sehe ja niemand, sagt er, und jene, die ihn sähen, wären ja in der gleichen Situation wie er, sie könnten noch nicht schlafen und hätten wohl Verständnis für einen Nachtwanderer wie ihn. Margrit überzeugen kann er nicht. Soll sie sich halt grämen. Er ist er und sie ist sie, basta. Das sind die Gleichungen, die Melchior Kaufmann versteht, die aufgehen, nach denen er lebt. Wäre seine Frau auch so geworden wie Margrit, wenn sie bei seiner Pensionierung noch gelebt hätte, jetzt noch leben würde? Oder hätte sie ihn auf den Nachttouren durch das schlafende Städtchen begleitet?

Margrit hats auch mit Angstmacherei versucht: Die Jugendlichen, die Besoffenen, die Raser. Nimm wenigstens einen Stock mit, hatte sie ihm geraten, dann kannst du dich verteidigen. Ihr zuliebe nimmt er seither einen Spazierstock mit, einen alten, massiven, mit Metallkappe an der Spitze unten, über die er aber ein Gummistück geleimt hat, um die Leute nicht in ihrem Schlaf zu stören, wenn er unter ihren offenen Schlafzimmerfenstern vorbeigeht. Gefunden im Brocki der Caritas in der Surseer Industriezone. Ein Stock mit rundem Griff wie die traditionellen Regenschirme, mit dem man einem Menschen ein Bein stellen könnte. Als Waffe hat er ihn nie gesehen, höchstens gegen einen streunenden Hund oder einen tollwütigen Fuchs. Begegnet ist er weder diesem noch jenem. Er macht Margrit die Freude; sie soll sich keine Sorgen um ihn machen.

Melchior versteift sich nicht auf eine bestimmte Runde, nein, er hat längere und kürzere Routen im Repertoire, und heute Nacht wählt er eine längere, denn für den nächsten Tag ist Regen angesagt, der ihn zwar nicht grundsätzlich einschränkt in seiner Bewegungsfreiheit, gegen Anflüge des inneren Schweinehunds (ein Flughund also) ist er jedoch immer weniger gefeit, das muss er sich in der Rückschau eingestehen.

Es treibt ihn zunächst durch das noch belebte Städtchen, wo vereinzelt Autoposer die Motoren aufheulen lassen, um Blicke von Passanten und Wirtshausgästen, die im Freien sitzen, zu generieren, beim Kreisel der Umfahrungsstrasse geht er geradeaus, streift die

Industriezone, deren Hauptteil er rechts liegenlässt, und biegt dann gegen den Bahnhof ein, wo in dieser Dienstagnacht ebenfalls Betrieb herrscht, denn noch fahren Züge nach Luzern, andere kommen in Sursee an, und die Taxis lauern wie grosse Käfer auf dem Parkplatz neben der Weinhandlung auf Kundschaft, die auf einem abgelegenen Weiler in Schlierbach wohnt oder in Knutwil und deren letztes reguläres Postauto die Stadt Sursee bereits verlassen hat. Nachtbus? Nicht alle Menschen mögen nächtens die Gesellschaft angeheiterter junger Menschen auf engstem Raum.

Die freie Jugend, denkt Melchior, und er erinnert sich an die Lehrlinge in Geri Keisers Baugeschäft, deren Lehrmeister vor Ort er gewesen war. Da muss am Freitag und Samstag die Post abgegangen sein, was am Zustand abzulesen war, in dem sie am Montag auf die Baustelle kamen. Tempi passati, sagt sich Melchior Kaufmann, und er ist glücklich darüber. Sein Weg führt ihn über die Centralstrasse Richtung Städtchen zurück, allein, die Neugier, ob Anselm Anderhub schon schläft oder ob er noch Licht hat und über dem aktuellen Fall brütet, lässt ihn in die Christoph-Meyer-Strasse einbiegen. Am Friedhof vorbei, da würde er seiner Maria, die dort liegt, einen Gutenachtwunsch schicken, käme er dann nach Hause zurück und wäre müde genug, um in einen tiefen Schlaf zu fallen.

Als er sich Anderhubs Haus nähert, steigt ihm als Begleitgeruch zu heisser Holzasche jener von Benzin in die Nase. Er verlangsamt seinen Schritt, verordnet sich leise Pfoten und sieht im Licht der Strassenlampe, wie jemand sich an Anselms Gartenhaus zu schaffen macht. Das ist nicht Anselm; Anselm hat eine andere Statur, ist grösser, nicht unbedingt breiter. Schlagartig wird ihm klar: Da will jemand Anselms Gartenhaus abfackeln! Er zückt sein Handy, wendet sich ab, tritt ein paar Schritte zurück in den Schatten der Hecke und wählt die Nummer des Polizisten. Der ist bereits im Bett, Halbschlaf, und reagiert gereizt.

»Was willst du so spät noch?«

»In deinem Garten ist jemand, der nicht da hingehört«, flüstert Melchior Kaufmann.

»Was? Ist der Igel wieder aktiv?« Anderhub schüttelt den Kopf, kann nicht sein, den will er ja, gegen die Schnecken! Und wenn er genüsslich schmatzt, war seine Jagd erfolgreich.

Nun wird Melchiors Flüstern lauter: »Steh auf, nimm deine Knarre und komm herunter; ich versuche ihn aufzuhalten.«

»Mach keine Dummheiten!«

»Komm, sonst mach ichs selber. Aber rasch, sonst ist es zu spät! Ich mache keine Witze!«

Es ist zu spät; der Mann giesst noch etwas Benzin an die hintere Ecke des Gartenhauses, wirft ein Zündholz an die Türe der Vorderseite, die er offensichtlich vorher mit Brennstoff behandelt hat, wartet, bis das Holz Feuer gefangen hat und springt davon. Er hat aber nicht mit Melchior Kaufmann gerechnet. Der fährt ihm mit seinem Spazierstock übel in die Beine und bringt den Fliehenden damit zum Stürzen, just, als dieser in Richtung Bahnhof verschwinden will, also dorthin, woher der ehemalige Bauarbeiter gekommen ist und hinter der Hecke gewartet hat.

In der Unterhose – Nacktschläfer Anderhub hat sie sich, verkehrt, aber das ist ihm egal, angezogen – erscheint Anselm an der Haustüre, ohne Waffe, aber trotzdem gelingt es den beiden älteren Herren, den Brandstifter zu überwältigen, während Trudi auf dem

Balkon auf Anweisung Anselms hin die Polizei über den Zwischenfall unterrichtet.

»Nicht nur die 117, ruf auch Max an, oder Susanne!«, schreit Anselm, während er erstmals in seiner Karriere als Polizist in einem Ernstfall einen Menschen mit rein physischer Kraft unschädlich machen soll.

Und das ausgerechnet an einem freien Tag.

»Mach schnell!«

Als ob Trudi deren Nummern kennte, was glaubt Selmi eigentlich? Sie schüttelt den Kopf und will die 117 wählen.

»Und die Feuerwehr!«, schreit nun Melchior und stellt den Mann unter ihnen, der sich zu befreien versucht, nachdem Zureden nicht gefruchtet hat, mit einem angedeuteten Nasenstüber vorläufig still. »Die Nummer 118!«

Trudi hat, geistesgegenwärtig, zuerst die 118 gewählt, denn das Gartenhäuschen lodert lichterloh; die Nachbarn, aufgeschreckt vom ungewöhnlichen Geschrei auf der Strasse einerseits und vom Feuer, vom Rauchgeruch andererseits, sehen einen halbnackten Kriminalpolizisten und einen pensionierten Bauarbeiter auf einem Mann sitzen, auf den Beinen, den Knien Anselm Anderhub, auf dem Brustkorb, in die andere Richtung – das Gesicht nämlich – blickend, Melchior Kaufmann.

Nachbar Ruckstuhl versucht mit seinem Feuerlöscher das Feuer zu löschen, was ihm dort, wo es ausgebrochen ist, zu gelingen scheint, allein, ein Funke entzündet alsbald das Benzin auf der Hinterseite, eine Stichflamme rast gen Himmel, und die ersten Blätter der Birke kräuseln sich vor Schmerz, werden schwarz und verglühen. Chancenlos. Ein paar Frauen und Männer aus der Nachbarschaft – neben dem Lärm mögen der Rauch und der Gestank sie geweckt haben, denn zu dieser Jahreszeit schätzt man bei offenen Fenstern die frische Luft im Schlafzimmer – versuchen es mit Wassereimern. Frau Ruckstuhl fragt nach dem Anschluss des Gartenschlauchs.

»Da, gleich neben der Kellertreppe!«, ächzt Anselm Anderhub, der in diesem Augenblick, aber nur in diesem, froh wäre, statt nur gut achtzig hundert Kilogramm zu wiegen. Sobald der Mann unter ihnen sich für Melchiors Empfinden zu stark zu bewegen beginnt, sich zu winden und so zu befreien versucht, holt seine Faust erneut aus. Der Brandstifter lernt rasch und ergibt sich, so scheints, doch Melchior traut ihm nicht, vielleicht sammelt er Energie für einen Ausbruch. Trudi im geblümten Nachthemd hat ihre Telefonanrufe erledigt und greift dank Heimvorteil zum grünen Wasserschlauch, verdrängt jeden Gedanken an die Wasserrechnung und spritzt mit einigem Geschick direkt in die brennenden Bretter, was das Gartenhaus als Ganzes zwar nicht rettet, aber auch die Hecke nässt und mit der Windstille dazu beiträgt, ein Übergreifen des Feuers auf benachbarte Gebäude zu verhindern.

Als die Feuerwehr eintrifft, ohne Martinshorn, denn Trudi hat präzise Angaben geliefert, und der Verkehr auf den Surseer Strassen ist um diese Zeit überschaubar, ist das Feuer unter Kontrolle; sie gibt ihm mit Schaum den Rest. Die Polizeistreife hat etwas länger, bis sie vor Ort ist. Schneller ist Max Hunziker, den Trudi über die 117 (»Unbedingt sofort Max Hunziker alarmieren!«) aus dem Bett holen lässt. Anselm Anderhub abzulösen, kommt ihm nicht in den Sinn, und auch Melchior Kaufmann bleibt auf ihrem Opfer sitzen.

Hunziker möchte am liebsten mit der Vernehmung beginnen. Das Ganze dauert ihm zu lange. Hätte er

Handschellen mitgenommen, dann könnte Anderhub sich endlich ordentlich anziehen! Anselm ärgert sich, muss aber zugeben: Auch er hat im Privatwagen, seinem alten Opel Zafira, weder Handschellen noch Kabelbinder. Und seine Unterhosen tragen zwar nicht den teuren Namen eines berühmten Modeschöpfers, aber sauber sind sie, denn der überzeugte Nacktschläfer hat sich ein paar frische aus dem Schrank geangelt.

Da weder die Zeit stimmt noch der Ort der richtige ist für ein Verhör, machen die Polizisten aus Luzern nach ihrer Ankunft zehn Minuten später kurzen Prozess. Sie stillen das Nasenbluten – Melchiors Spazierstock hat den Mann aufs Gesicht fallen lassen – und die Handschellen sowie die Fussfesseln machen endlich klick.

»Wie heissen Sie?«, fragt Max Hunziker den mutmasslichen Brandstifter, denn er weiss, er wird heute Nacht nur ruhig schlafen können, wenn das geklärt ist, wenn Bernhard Meyer wirklich hinter Schloss und Riegel sitzt.

Eine Antwort erhält er nicht, aber im Zwielicht der Strassenlampe und im Volllicht der polizeilichen Taschenlampe erkennen Anselm, Max und Melchior ihren Mann.

»Sind Sie Bernhard Meyer?«, bohrt Max Hunziker weiter.

Schweigen.

»Können Sie sich ausweisen?«, insistiert der Polizist.

Keine Antwort.

Max Hunziker verliert die Geduld mit dem Mann, der trotzig vor ihm steht, pfeift einen Augenblick auf Korrektheit und die unantastbare Würde jedes Menschen, greift dem Mann in die Hosentasche hinten rechts und entnimmt ihr ein Portemonnaie. Und da ist auch ein Personalausweis drin. Ein deutscher Personalausweis, ausgestellt auf den Namen Burkhart Müller. Das Handy verfügt über eine Taschenlampe: Das Foto stimmt, unter dem Geburtsort steht der Name Schweinfurt.

Als Anselm, inzwischen immerhin in Hose und Hemd, das sieht, muss er lachen, und gleichzeitig schüttelt er den Kopf, denn er weiss, das ist ihr Mann, das ist Bernhard Meyer. Vielleicht ein Sturkopf, wie Isabella Soltermann ihren Bruder sieht, wenns ums grosse Ganze geht, verspielt im Kleinen. Als ob die Strenge zur Enge würde, der Mensch einen Ausbruch sucht. Und er stellt sich Bernhard Meyers kleine Freuden vor. Hat er, um das edle Ypsilon zu retten, mit dem Namen Burkhart Myller geliebäugelt?

Am anderen Morgen, es ist der letzte Mittwoch im April, der 25. des Monats, sieht Anselm Anderhub, was in der Nacht zuvor in der Dunkelheit niemand gesehen hat: In roter Farbe, permanenter Filzstift wie beim Akku von Isabella Soltermann-Meyers Elektrofahrrad, sind auf dem Briefkasten zwei Ziffern, getrennt durch einen Schrägstrich, zu lesen, dahinter, nach einem Komma, ein einziges Wort. 5/4, Zugabe.

Nachtrag:

Im Verlaufe der polizeilichen Befragungen wird Bernhard Meyer gesprächiger, weiss der Teufel warum. Die Polizeipsychologin vermutet eine narzisstische Störung: Erst, wenn die Welt weiss, wie er ihr auf der Nase herumgetanzt ist, kann er mit seiner Leistung zufrieden sein. Dafür und für seinen Ruf als Spieler, nicht als Hochstapler, denn Bernhard Meyer ist weder als Heiratsschwindler aufgetreten, noch hat er sich – abgesehen von Kleinigkeiten wie Name und Herkunft – Dinge zugeschrieben, die nicht sind, dafür nimmt er in Kauf, ein paar Jahre aus dem Verkehr gezogen zu werden. Zeit für Memoiren? Auszuschliessen ist es nicht, sagt auch die Psychologin. Verboten ebenso wenig.

Die Liste der ihm vorgeworfenen Delikte ist lang. Auf dem gefälschten Personalausweis der Bundesrepublik Deutschland stellen die Untersuchungsbehörden einen offensichtlichen Fehler fest, was Anselm Anderhub, als er das erfährt, an einen Geldfälscher erinnert, einen gewieften Schriftsetzer, der vor dreissig, vierzig Jahren seine Hundertfrankenscheine ganz klein, für den Künstler, der wusste, wo suchen, aber deutlich sichtbar, mit einem kleinen lachenden Gesicht verzierte. Meyer (oder wohl eher der von ihm beauftragte Fälscher) hatte, vermutlich unabsichtlich, denn die leptomorph schmalbrüstige Postur Meyers kann den Fehler nicht nahegelegt haben, statt »Signature of bearer«, also Unterschrift des Inhabers, »Signature of bear«, Unterschrift des Bären, auf den Personalausweis drucken lassen.

Die Lage des toten Soltermann nach Art von Leonardo da Vincis vitruvianischem Menschen, der Mann im

Kreis mit idealisierten Proportionen wird als Zufall abgetan. Kein Thema. Das erübrigt öffentliche Spekulationen über Sinn und tiefere Bedeutung dieses ikonischen Bildes, wie ein gewisser Herr Kaufmann sich im Verein mit einem Herrn Anderhub sie im privaten Kreis treiben: Sollte idealerweise ein Kreis sich schliessen? Parodiert der Täter das Ideal des Menschen von heute, charakterisiert durch die reine Gier am Exempel Hubert Soltermann? Bernhard Meyer sagt nichts dazu.

Alle im Verhältnis zur Haupttat, der Ermordung (oder korrekter, neutral: Tötung) von Hubert Soltermann-Meyer, seinem Schwager, untergeordneten Delikte wie die Störung der Grabesruhe samt Sachbeschädigung, illegaler Waffenbesitz, aber auch die Verletzungen von Schwester und stiefmütterlicher Ex-Geliebten – obwohl diese von Staatsanwältin Eva Sonderegger eventuell als Versuch der fahrlässigen Tötung, mindestens aber der Körperverletzung gewürdigt werden könnten – tragen höchstens zur Strafverschärfung bei.

Als Bernhard Meyer zu diesem Hauptdelikt befragt wird, steigert er sich in eine grosse Wut hinein, der Hund und Erbschleicher habe ihm gesagt, er solle gefälligst tot bleiben, und ihm gedroht, sonst werde er nachzuhelfen wissen. Und wenn er nicht aufhöre, ihn mit seinen Forderungen nach Weiterzahlung von Beteiligungserträgen der Firma zu belästigen, lasse er ihn hochgehen. Meyers Bernhard spricht von einem klärenden Gespräch unter Männern, zu dem er Hubert eingeladen habe, ein ernstes Gespräch im Gehen, ein diskretes, vernünftiges Gespräch im Spazieren durch den Surseer Wald, nicht im Besprechungszimmer von Meyer und Partner Immobilien und Treuhand AG, wo nicht nur die Wände, wo das ganze

Mobiliar Ohren habe. Als Chance für ein sachliches Gespräch habe er erachtet, was offenkundig aus dem Ruder gelaufen sei.

Der Verteidiger plädiert auf Notwehr, angesichts der Bedrohung durch einen grösseren, kräftigeren, sportlicheren Mann, aktenkundig, auch wenn Soltermann die einschlägigen Mails gelöscht haben sollte, der Computer seines Mandanten lüge nicht, eventualiter Totschlag im Affekt, doch er argumentiert auf verlorenem Posten. Bernhard Meyer habe die Waffe sozusagen als Vorsichtsmassnahme mitgenommen, und so sei es gekommen: Soltermann sei handgreiflich geworden.

Meyer wird sein Nummerierungswahn zum Verhängnis. Spieltrieb? Als unglaubwürdig beurteilt das Gericht in der Urteilsbegründung die Aussage, es sei ihm erst nach der Tötung Huberts in den Sinn gekommen, endgültig aufzuräumen mit seiner Vergangenheit, indem er die Personen, die sein Leben ruiniert hätten, zur Rechenschaft ziehe. Das Gericht sieht ein planmässiges Vorgehen, und zwar von allem Anfang an, als erstellt an. Also Mord. Und Bernhard Meyers etwas unbedarfte Aussage, das Schlimmste sei die Tötung von Sandras Golden Retriever gewesen, denn der Hund habe sich ausser dem Bellen zur Unzeit und einem Angriff auf ihn nichts zuschulden kommen lassen, ist nicht dazu angetan, mildernde Umstände zu erwirken.

Den Vater zuerst, dieses Schwein, der ihm seine Freundin abspenstig gemacht hat, die nette Schwester, der es nicht schnell genug gehen konnte, den parasitären Bruder unter dem Boden zu wissen. Und schliesslich Sandra, die ihn schmählich verraten, die ihm eine Existenz in Sursee verunmöglicht habe, als Versager wäre er dagestanden, als Schwächling. Am Pranger wäre er gestanden, dafür braucht es keine Einrichtung mit eisernem Halsband, wie sie das Rathaus Sursee besitzt. Ausgelacht hätte man ihn oder noch schlimmer: belächelt. Schliesslich: nicht mehr beachtet. Sein Kainsmal, unsichtbar, doch stets präsent, denn die Leute seien giftig, er kenne sie. Giftig und gierig danach, sich am Unglück anderer zu weiden und aufzugeilen, in keinem Verein der Region hätte er mitmachen können, er hört sie tuscheln, aha, das ist der, dem der Vater die Freundin ausgespannt hat, Schlappschwanz, dabei habe er Fussball gespielt und Sandra mit seinem überdurchschnittlichen Stellungsspiel, seinen Fähigkeiten, das Spiel zu lesen, beeindruckt, das habe sie ihm selber gesagt.

So bricht es in den Vernehmungen aus Bernhard Meyer heraus, sturzbachartig, eruptiv. Kainsmal, das ist Eva Sonderegger von der Lektüre der Verhörprotokolle geblieben. Die erfahrene Staatsanwältin nimmt in ihrem Plädoyer während des Prozesses in ihrem Sinne geschickt Bezug auf die »äusserst brutalen« Kennzeichnungen, »da kann man mit Fug und Recht von Malen sprechen«, die Meyer seinen Opfern, Hubert Soltermann und Sandra Meyer, zugefügt hat.

Denkzettel ja, Mord nein. Das sagt Bernhard Meyer zu Soltermanns Ableben. Denkzettel für alle. Die Waffe? Selbstschutz, Notwehr, denn der andere habe ihn bedroht, das habe er sogar schriftlich, und dem Schnüffler da – er habe schon bemerkt, dass man die Zuschauer fotografiert, damals im Wald, er sei ja nicht blöd –, dem Surseer Schnüffler da – der gleiche ja seinem Vater wie er seinem Bruder, und dass er das Elternhaus übernommen hat, habe er verifiziert, Briefkasten, E-Bike samt

Einkaufskorb, gewisse Sachen brennten sich ihm ein –, dem Anderhub da gehörte ein heisser Denkzettel, wo er sich doch auf einer heissen Spur wähnte, kapiert?

Selbstverständlich habe er die Chance packen müssen, sein Glück, war er am Stephanstag 2004 in der Stadt beim Einkaufen und nicht im Resort, wer hätte sie nicht ergriffen, ein zweites Leben, ein solche Gelegenheit kommt nur einmal im Leben. Er hat die Bilder gesehen von den Überresten des Resorts, seines Lebenswerks, im Fernsehen eines Restaurants in der Stadt, Zufall? Zeichen? Totalverwüstung, nur die grössten Häuser blieben stehen, nicht seine Bungalows, Bilder der Zerstörung, die keine Hoffnung nähren konnten und nicht die geringsten Zweifel zuliessen. Zumal seine Anrufversuche ins Leere liefen. Das Handy seiner Frau, diejenigen der Nachbarn: niemand, der antwortete. Und immer wieder die Bilder des Desasters. Die Toten, von den Fluten ereilt, von den Hausdächern erschlagen, unter Steinbrocken wenn nicht erdrückt, so erstickt. Und damit die Gewissheit. Nichts mehr zu verlieren: die Familie tot.

Mit einem kleinen Startkapital – die Dividenden aus der Schweiz hatte er die ganzen Jahre nicht angerührt – neu anfangen. Und nach seinem Entschluss habe er dieses Geld, von dem niemand, nicht einmal seine Frau wusste, umgehend, in den Tagen nach der Katastrophe unter Ausnützung des allgemeinen Durcheinanders, abgezogen, das Konto auf der kleinen Bank in der Stadt aufgelöst, sicher ist sicher, auf dass die lieben Verwandten in Europa nicht noch auf dumme Ideen kämen.

All dies hat er seinem Verteidiger erzählt. Auch dass sich die Schwiegereltern damals an seinem Resort beteiligt hätten, finanziell, denn sein kümmerliches Pensionskassenguthaben allein hätte nicht gereicht. Bernhard

Meyer verschweigt nicht, dass ihm seine Schwester und ihr nichtsnutziger Gatte ein zinsloses Darlehen als Starthilfe verweigert hätten. Ein Glücksfall, die Beteiligung der Schwiegereltern. Einheimischenbonus beim Bauen und im Kontakt mit den Behörden. Unbezahlbar. An sie, die ihn wie die ganze Familie unter den Tsunamiopfern wähnten, werde die Versicherungssumme gehen.

Zunächst in Deutschland und Österreich habe er nach seiner Rückkehr nach Europa, mit neuer deutscher Identität, im Gastgewerbe Fuss fassen wollen, denn dass sein Startkapital nicht zum Privatisieren reichen würde, war ihm klar. Allerdings sei ihm das bloss mit überschaubarem Erfolg gelungen, grosse Konkurrenz, Missgunst, kleine Margen. Ein Haifischbecken, das habe er bald gemerkt. Die reine Mafia in den Städten. Vetternwirtschaft, Heimatschutz auf dem Land.

Der Fall erregt mediales Aufsehen. Roman Stübi hat zu tun. Ebenso der Informationsbeauftragte der Staatsanwaltschaft. Es ist der Exotikbonus, der den Fall so interessant macht, dass in diversen Medien die Frage aufgeworfen wird, ob möglicherweise mehr Totgeglaubte unter uns leben, als man gedacht hat. Das Boulevardblatt spricht von potenziellen Zombies. Ein Fressen für Verschwörungsvermuter, die gerade Konjunktur haben. Fälle von verschwundenen Personen nähren die Hoffnung Hinterbliebener, reissen alte Wunden wieder auf. Ein Vater, der von einer geschäftlichen Auslandreise, wo er, so die offizielle Lesart, bei einem Autounfall ums Leben gekommen, in seinem Auto verbrannt ist, nicht zurückkehrt. Dabei frischfröhlich unter neuer Identität, alles eine Frage des Kleingeldes, sein neues Leben geniesst. Dass ein solcher Mensch zurückkehrt, weil er noch offene Rechnungen zu begleichen hat, als Ausnahme?

Für reichlich Kopfschütteln im Gerichtssaal sorgt Bernhards Antwort auf die Frage des Gerichtsvorsitzenden, warum er überhaupt auf die Idee gekommen sei, verschollen zu gehen. Er hätte doch normal weiterleben können. Der Gedanke, eine neue Existenz unter einer neuen Identität anzufangen, habe ihn als Möglichkeit sofort gepackt, erzählt Bernhard. Ein Blitz, eine Art Erweckung. Wie ein neues Leben. Dieses Hochgefühl, tabula rasa zu machen, habe er bei seiner Auswanderung bereits als ungeheuer befreiend erlebt. Aber das sei noch eine andere Schuhgrösse. Den Mief der Vergangenheit abschütteln, hinter sich lassen.

Das Grösste aber: der Reiz, nicht zu sein und doch zu sein. Meyer kommt ins Schwärmen. Wie ein Leben unter einer Tarnkappe. Und als der Richter wissen will, warum er sich, zurück in Europa, nicht den Behörden gestellt und ein bürgerliches Leben ohne Versteckspiel wieder aufgenommen habe, mehr als eine Busse oder eine bedingte Strafe hätte er kaum zu gewärtigen gehabt, zumal er ja niemanden geschädigt habe, verweist Bernhard Meyer auf seine offenen Rechnungen und darauf, dass er es genossen habe, als Zombie quasi schamlos durch die Surseer Altstadt zu flanieren. Ja, schamlos. Sehen und zwar gesehen, aber nicht erkannt zu werden. Komme dazu, dass er keine Windfahne sei, die bei den ersten Schwierigkeiten umkippe. Charaktersache. Meyersache?

Philosophen machen sich, auch in der ›Luzerner Zeitung‹, Gedanken über den Begriff der Identität, Psychologinnen äussern sich ebenfalls, und Anselm Anderhub wird eines klar: Weder mit dem Namen noch mit einem neuen Personalausweis gibt ein Mensch seine Identität auf, ja mehr noch: Zur Identität eines Menschen wie Bernhard Meyer gehört wohl konstitutiv die Möglichkeit des Wandels und des Sichverwandelns. Und eine gewisse Impulsivität im Treffen von Entscheidungen unter gleichzeitiger Beherrschung der Impulse im Dienste höherer Ziele. Identität muss also nichts Fixes sein. Anselm denkt an die erste flüchtige Begegnung mit Gaffkandidat Meyer im Surseer Wald und stellt sich das Erscheinungsbild des Mannes bei seiner beruflichen Tätigkeit im Nobelhotel vor. Rollenmensch. Mal Sohn, mal Familienvater, berufsmässiger Freundlichkeit bis hin zur Unterwürfigkeit fähig. Chamäleonesk.

Als ruchbar wird, dass der Täter mit der Nummerierung seine Untaten quasi angekündigt hat, ohne dass es der Polizei gelungen ist, sie zu verhindern, gibt es ein paar empörte Leserbriefe (»Wozu bezahlen wir Steuern, wenn die Polizei nicht einmal fähig ist, einem offenkundigen Serientäter das Handwerk zu legen?«), denen ein einziger Leserbrief eines ehemaligen Kantonsrats aus dem Luzerner Hinterland Paroli bietet: Gut geht es einem Kanton, dessen Polizeikräfte es schaffen, innerhalb einer Woche einen solch komplexen Fall zu lösen. Das schreibt der Mann, leicht übertreibend, denn eine Woche hat auch im Hinterland nicht zehn Tage, und er senkelt die Kritiker als ewige Besserwisser, denen es nicht wohl ist, wenn sie nicht irgendjemanden, am liebsten den Staat und seine Vertreter, in den Dreck ziehen könnten. Eine chronische Krankheit grassiere da in der Gesellschaft wie seinerzeit bei der Corona-Geschichte, als nicht nur die Wirksamkeit von Gesichtsmasken angezweifelt wurde, nein, der Virus selber wurde geleugnet, aller Evidenz zum Trotz.

Wie Balsam fliessen solche Worte auch in Anselm Anderhubs Seele, wenn er bloss wüsste, wo sie ihren Sitz hat, am ehesten vermutet er sie dezentral verteilt in Körper und Geist, von Zehennagel bis Ohrläppchen, von Frontallappen bis Kleinhirn und das Rückenmark hinunter.

Im Nachhinein lässt sich auch das Staunen der Mitarbeiterinnen und Mitarbeiter jenes Luzerner Hotels, wo Burkhart Müller alias Bernhard Meyer zuletzt als Concierge gewirkt hat, über die nahezu akzentfreie Beherrschung des Schweizerdeutschen, die Burkhart, wenn er darauf angesprochen wurde, auf seine langjährige Tätigkeit in Helvetien zurückführte, leicht erklären.

Dass er seinen Lebensabend, zumindest die nächsten paar Jahre, also den Vorabend quasi, in einem Haus mit weit geringerem Renommee verbringen muss, scheint Bernhard Meyer nicht gross zu kratzen. Er hat getan, was er tun musste und stellt sich vor, dass er, wenn er spätestens im Rentenalter wieder frei sein würde – der Seriencharakter seiner Taten hat sich, was das Strafmass angeht, als Verwandter bandenmässig vollbrachter Taten erwartungsgemäss strafverschärfend ausgewirkt – noch ein viertes Leben beginnen könnte. Da könnte sogar eine Versöhnung mit seiner Schwester Isabella möglich werden. Familiäre Bande, die Konsistenz von Blut.

Und Sandra? Wird sie Bernhard im Gefängnis besuchen? Die Frau, die ihn verraten hat für ein warmes Nest in wirtschaftlicher Sicherheit. Anselm befasst sich einmal mehr mit Dingen, die ihn nichts angehen, stellt sich vor, die beiden sitzen dereinst im gleichen Speisesaal des Betagtenzentrums St. Martin in Sursee: Würden sie einander kennen wollen? Narben an den Wangen als Falten getarnt? Und wenn Soltermanns Kinder oder irgendein Familienforscher einmal einen Stammbaum der Surseer

Familie Meyer erstellt, erscheint Sandra Meyer als Stiefmutter von Bernhard Meyer, obwohl sie jünger ist als ihr Stiefsohn und ehemaliger Geliebter. Derweil ihr früh verstorbener Sohn Fabian – die Todesursache hat aus Platz- und Pietätsgründen im Gegensatz zu den Lebensdaten keinen Platz auf einem übersichtlichen Stammbaum – Bernhards Halbgeschwister ist. Auch Halbbruder von Jonas vom Napf und Isabella vom Tannberg.

Anselm Anderhub mutet eine Tatsache eigenartig an. Während man in rechtsbürgerlichen Kreisen über die Ausbürgerung eingebürgerter Schweizer diskutiert, die straffällig geworden sind, erhält ein vermeintlich Deutscher, den das Glück verlassen hat, Schwein furt, die Schweizer Staatsbürgerschaft aufgedrückt, Meyer Bernhard, Bürgerort Sursee, ob er will oder nicht.

Ein Versicherungsfall ist noch hängig: Anderhubs frischfroschgrünes Gartenhaus. Totalschaden. Ob da bei Bernhard Meyer etwas zu holen sein wird? Und Fabian Meyer, der Frühvollendete. Blödsinn. Der Kaumerwachte. Der Erschrockene. Ob sie mitkomme, am Sonntagnachmittag, nach Schenkon, fragt Anselm seine Frau, während sie mit der Computermaus einen Online-Katalog durchblättert. Er möchte das Grab des jüngsten Meyer-Sprosses besuchen. Warum? Einfach so. Trudi sagt nicht nein, als ihr Mann ihr einen Spaziergang dem See entlang bis nach Schenkon vorschlägt, mit der Option, für die Rückkehr das Postauto zu nehmen. Je nach Grad der Müdigkeit und Wetter. Sie kennt die Anziehungskraft von Friedhöfen auf Selmi, zweifelt aber an der Erdbestattung des jungen Mannes. Die Namen, die Lebensdaten. Die Steine, deren Gestaltung. Das Vergessenwerden. Die Bepflanzung. Und Anderhubs Lust, sich aus toten In-

formationen und Eindrücken Geschichten lebendig zu malen. Noch ist nicht Sonntag. Und überhaupt: Anselm interessiert auch die Gestaltung von Gemeinschaftsgräbern, rein ästhetisch. Und er würde sich eine Besichtigung der gesamten Anlage nicht nehmen lassen.

Anselm und Trudi tummeln sich auf der Website des Herstellers von Gartenhäusern. Geschäftssitz im aargauischen Seetal. Es geht nur um die Farbe. Nordisch Skandinavisch? Hellgrün muss es nicht mehr zwingend sein. Die Farbpalette erweist sich als Herausforderung. Schwedendumpf, ob dunkelrot, blau oder grau, fällt ausser Rang und Traktanden. Gelb? Grell und heikel: Vogelschisse, Feinstaub, schattseitig Pflanzenschmiere. Anselm denkt an den Winter, Trudi an den Herbst. Der gemeinsame Nenner: ein warmes Orange.